Un printemps en Virginie

SUSAN WIGGS

Un printemps en Virginie

Jade

Titre original :
THE HORSEMASTER'S DAUGHTER
publié par MIRA®

Traduction française de MARIE-JOSE LARMORLETTE

Jade® est une marque déposée par le groupe Harlequin

Photos de couverture
Paysage : © DARYL BENSON / MASTERFILE
Couple : © BRITT ERLANSON / GETTY IMAGES
Cheval : © GEORGE SIMHONI / MASTERFILE
Réalisation graphique couverture : V. ROCH

PREMIÈRE PARTIE

L'île enchantée

1

Poquoson Bay, Virginie — Avril 1854

Lester Bohannon commença à boire de bonne heure, ce jour-là. Cependant la brûlure sucrée du whiskey ne lui apporta pas l'oubli ni la lénifiante léthargie auxquels il aspirait de tout son être. Bonté divine, que n'eût-il donné pour ne rien ressentir, au moins l'espace de quelques heures !

Le néant procuré par l'alcool lui semblait de loin préférable à cet enfer qui l'habitait en permanence.

Par l'une des hautes fenêtres qui ornaient la façade de la maison, il porta son regard vers les eaux trop calmes de la baie, d'une transparence de verre. Une balise était en train de sombrer, d'autres planches pourrissaient sur le pont. A défaut d'un port digne de ce nom, la plantation était dotée jadis d'un mouillage correct. Mais cela n'avait plus d'importance, maintenant.

« Ce pauvre Lester Bohannon », murmuraient les gens quand ils le croyaient trop ivre pour les entendre. Ils parlaient toujours de lui avec un mélange de pitié et de soulagement — pitié pour le malheur qui l'avait frappé, soulagement qu'une telle épreuve les ait épargnés.

Les femmes, en général, trouvaient à la fois tragique et terriblement romanesque la façon spectaculaire dont il avait perdu son épouse. Les hommes, eux, montraient plutôt du dédain et de la condescendance : jamais, au grand jamais, ils n'auraient laissé un drame pareil se produire au sein de leur propre famille !

Bohannon ramena les yeux sur son verre, comme s'il voulait puiser dans le liquide ambré la volonté nécessaire pour accomplir la corvée qui l'attendait.

« Sacré bon sang…, pensa-t-il encore. Si l'océan était fait de whiskey et si j'étais un canard, je plongerais jusqu'au fond et ne remonterais plus jamais ! »

Il avait dû fredonner à son insu les paroles de cette chanson de matelot, car un grommellement irrité lui parvint de la pièce voisine.

— Epargne-moi tes sarcasmes, Nancy ! protesta-t-il. Je suis encore maître chez moi, que je sache, et j'ai le droit de chanter si cela me plaît !

— Humph ! Vous appelez ça chanter ? maugréa la voix chevrotante de sa vieille domestique noire. J'ai cru que les chiens des voisins avaient étripé un

10

raton laveur ! Je ne suis pas dupe, m'sieur Lester. Je sais bien que vous buvez en cachette !

Alors que l'accusé vidait son verre d'un trait et le reposait le plus silencieusement possible sur le buffet au bois balafré, Nancy franchit la double porte qui donnait accès dans le salon et tâta de sa canne le parquet recouvert d'un tapis usé jusqu'à la corde.

Son visage émacié, ridé par les années qu'elle n'avait jamais su compter, exprimait un mélange de patience et d'exaspération. Elle riva sur Lester ses prunelles sans vie, blanchies par la cataracte, et comme toujours ces yeux d'aveugle parurent le sonder jusqu'au fond de l'âme.

— Humph..., grogna-t-elle encore, la mine sévère. Je voudrais bien savoir comment vous vous servirez de votre fusil, si vous êtes imbibé de whiskey !

Avec un petit rire sec, son maître se resservit et vida un second verre, qu'il posa sur le marbre maculé de suie de la cheminée.

— Sobre ou ivre, Nancy, m'as-tu déjà vu manquer une cible ?

Ne pouvant ignorer la réprobation muette de la vieille femme, il emplit la flasque en argent accrochée à sa ceinture et tourna les talons.

— Excuse-moi. Il faut que j'y aille.

Entêtée comme un âne, la gouvernante le suivit dans le long couloir qui traversait la maison et conduisait à la salle du fond, où étaient entreposées les quelques armes qui lui restaient. Alors qu'il décrochait sa winchester et vérifiait qu'elle était bien huilée, il entendit le martèlement décidé de la canne qui se rapprochait.

Lugubre, il passa un sac de cartouches à son ceinturon. S'il comptait sur l'alcool pour l'aider, c'était raté ; apparemment, la bouteille de Jim Hooker's n'avait pas suffi à lui procurer le courage dont il allait avoir besoin.

Il se figea un instant devant la fenêtre et contempla les vastes jardins de Whitefield. Cornouillers et rhododendrons poussaient à profusion, leur conservant un peu de leur luxuriance passée, mais les massifs mal entretenus étaient envahis par les mauvaises herbes.

— Vous feriez mieux de vous presser, dit Nancy. M'ame Wicomb a emmené les enfants à Toano pour la journée, et vous avez intérêt à finir cette sale besogne avant leur retour.

— Je sais.

Lester Bohannon se crispa en imaginant la condamnation silencieuse qu'il lirait dans les yeux de son fils, le soir, quand ce dernier apprendrait ce qui s'était passé en son absence. Blue avait déjà tellement souffert, durant ces deux ans, et subi des pertes si cruelles ; comment réagirait-il, si son propre père lui ôtait encore l'une de ses dernières consolations ?

Une vague de dégoût le submergea au souvenir

12

du petit déjeuner qu'il avait pris avec ses enfants quelques heures plus tôt. Il s'était occupé d'eux comme si de rien n'était, tartinant de confiture le pain de Belinda, versant du lait dans le bol de Blue, feignant une sérénité qu'il était loin d'éprouver. Cette comédie le rendait malade.

Avec cet étrange instinct qui ne la trompait jamais, Nancy le rejoignit et posa une main noueuse sur son bras.

— J'ai de la peine pour vous, mon grand. Autant que je peux en avoir, marmonna-t-elle en triturant un pli de sa chemise.

— Je sais, ma bonne Nancy. Je sais...

Lester caressa d'un regard ému ces doigts déformés qui avaient si souvent rafraîchi son front fiévreux, essuyé ses larmes ou reprisé ses culottes déchirées, lorsqu'il était enfant. Nancy avait toujours été là quand il avait besoin d'elle. Et, quand il lui arrivait de le réprimander, elle ne manquait jamais de le consoler tendrement après l'avoir puni comme il le méritait.

Comment oublier le jour où il avait signé l'acte de manumission par lequel il l'affranchissait ? Elle avait appuyé une main tremblante sur sa joue, simplement, et ce geste de gratitude lui avait paru plus éloquent que tous les remerciements que l'ancienne esclave était incapable d'exprimer.

Mais l'affection maternelle de sa vieille nourrice ne pouvait rien pour lui, ce matin-là. Pas plus que la flasque d'argent qui reposait contre sa hanche et qu'il renonça à saisir.

— Je serai de retour dans un moment, grommela-t-il.

Il sortit sous la véranda, chargea son fusil, contracta les épaules et descendit quatre à quatre les marches qui menaient vers l'allée.

Le radieux printemps de Virginie semblait le narguer, avec ses fallacieuses promesses de bonheur. De fins nuages cotonneux veinaient délicatement le ciel d'avril, un soleil éclatant déversait ses rayons dorés entre les troncs tourmentés des grands chênes, les longues bandes de terre nimbées d'une brume légère montaient à l'assaut des collines verdoyantes.

La plantation bruissait de vie, autrefois, pareille à un village en pleine activité. Dans les champs de tabac qui couvraient des centaines d'acres, des hommes et des femmes s'affairaient par dizaines. Mais cette époque était révolue. Seuls restaient à présent Lester Bohannon et ses enfants, une poignée de serviteurs trop vieux ou trop faibles pour quitter la propriété et un rêve sur le point de s'écrouler.

Une nouvelle fois, Lester envisagea de tout abandonner et de vendre Whitefield, malgré les souvenirs qui s'y attachaient et les sacrifices qu'elle lui avait coûtés. Un acquéreur potentiel serait-il séduit par la grandeur passée du domaine ou n'en verrait-il que les ruines, la peinture écaillée des hautes colonnes qui supportaient le fronton majestueux de l'entrée, le piètre état des pelouses jadis immaculées ?

Saurait-il deviner le travail acharné, la sueur qui avaient été investis sans compter dans la création de ce superbe haras, avec son manège, ses enclos, ses granges, ses écuries et la seule piste de course ovale, longue d'un mille, disponible dans tout le comté ? Aurait-il envie de poursuivre l'œuvre déjà accomplie, fasciné par les perspectives qu'elle offrait, ou baisserait-il les bras devant l'énormité de ce qui restait à faire ?

Lester n'en savait rien. Ces derniers temps il doutait de tout, était incapable de répondre à ce genre de questions.

Il inspira à fond, goûtant l'odeur fraîche et piquante des prés salés qui jouxtaient les marécages en bordure de la baie. La winchester pesait sur son épaule, ne se laissant pas oublier. La rosée trempait le cuir éculé de ses bottes de cavalier, mais ce n'était pas grave ; il ne monterait pas, aujourd'hui.

Près de quelques bâtiments blottis dans l'ombre matinale, une sorte de traîneau grossier avait été confectionné avec des planches mal équarries ; posé sur de lourds madriers, il attendait la carcasse qu'il faudrait transporter.

Un hennissement aigu troua le silence. La troupe de chevaux apparut à l'ouest, sur la colline la plus éloignée, se déployant telle une écharpe soyeuse à travers les pâturages fleuris. Il s'agissait là des plus beaux pur-sang que l'on ait jamais vus en Virginie. Libres et fiers, ils étaient splendides, d'une beauté primitive et presque mythique qui ne manquait jamais de serrer le cœur de Lester Bohannon.

A une certaine époque, ces chevaux lui avaient procuré un réel bonheur, d'autant qu'il possédait depuis l'enfance un talent inné pour sélectionner les meilleurs spécimens. Par la suite ils lui avaient permis de commencer à surmonter les multiples difficultés financières léguées par son père, et lui avaient rendu l'espoir de redonner à Whitefield son lustre d'antan. Puis la mort de Flora, dans des circonstances abominables, l'avait détourné de son rêve ; poursuivre une chimère paraissait bien futile, quand le monde s'écroulait autour de soi.

Néanmoins, à travers toutes ses épreuves, la passion qu'il vouait à ces chevaux extraordinaires lui avait apporté un soutien constant. Ce que les riches propriétaires voisins nommaient ironiquement « la folie de Lester » demeurait souvent pour lui la seule chose qui gardait un sens.

Portant deux doigts à ses lèvres, il émit une série de sifflements stridents. L'étalon de tête s'écarta de la bande et descendit vers lui de biais, avec ce mélange de docilité et de dédain qui le caractérisait.

Lester s'avança jusqu'à la barrière et lui tendit un morceau de sucre d'orge.

— Bonjour, Julius. Comment ça va, mon beau ? demanda-t-il calmement.

Le pur-sang qui avait fait sa gloire, et avait maintenant achevé une carrière triomphale, poussa du museau la cartouchière passée au ceinturon de son maître.

Ce dernier s'écarta, la bouche crispée.

— Ce n'est pas pour toi, vieux, même si d'autres éleveurs se seraient empressés de t'abattre depuis que tu ne rapportes plus de quoi te nourrir. Mais tu as raison de me rappeler à l'ordre ; il ne sert à rien de repousser ce qui doit être fait.

La mine sombre, Lester Bohannon s'éloigna en direction d'un paddock. L'enclos paraissait désert, et le calme qui y régnait l'emplit un bref instant d'un espoir fou. Peut-être s'était-il trompé, peut-être ne serait-il pas obligé d'en arriver à cette extrémité, en fin de compte...

Un grondement furieux explosa alors sous les frondaisons, tandis qu'un mouvement rapide se produisait à l'ombre des chênes. Lester s'approcha prudemment de la barrière en cèdre, prenant bien soin de surveiller le cheval à la dérobée. Peu après une tornade fauve surgit, lui confirmant malheureusement que son cauchemar ne s'était pas évanoui.

L'animal s'arrêta, les yeux fous, les naseaux

frémissants, la bouche écumante. Sa robe alezane, maculée de crottin et de boue séchée, était sillonnée de veines saillantes et tremblait sans cesse comme s'il voulait chasser des mouches importunes.

Lester ajusta son arme. Il devait viser juste, et rapidement. L'air vif du matin avait dissipé les derniers effets du whiskey, il savait qu'il n'aurait aucun mal à assurer son coup. Plus rien ne s'interposait entre lui et la douleur à laquelle il tentait vainement de se préparer depuis des heures.

Que d'espoirs il avait placés dans ce pur-sang exceptionnel, acheté en Irlande par son agent ! Il l'avait attendu avec une impatience fiévreuse, décuplée par l'intérêt que cette acquisition avait semblé provoquer chez son fils. Pour la première fois depuis la mort de sa mère, une lueur s'était allumée dans les yeux de Blue. Quand il saurait qu'il avait fallu abattre l'étalon, nul doute que le petit garçon se retrancherait de plus belle dans son monde intérieur — impénétrable et muet.

De surcroît, sir Finnegan était de la graine de champion. Le cheval le plus rapide de sa génération. Lester Bohannon comptait sur lui pour redresser définitivement sa situation financière, et il avait rassemblé tous ses gains de l'année pour l'acheter. Devoir le sacrifier représentait un vrai désastre, une catastrophe dont il ne se relèverait pas.

Mais cette bête était un danger. Un danger mortel. La conserver était impossible.

Serrant les mâchoires, Lester s'enveloppa d'une détermination glacée et s'obligea à ne plus penser. Le coude droit appuyé sur le haut de la barrière, un pied calé sur la planche inférieure, il mit en joue cet animal magnifique qui incarnait les derniers restes de sa fortune.

Il aurait dû boire plus de whiskey.

Un seul coup entre les deux yeux et ce serait fini.

Il inspira lentement, relâcha son souffle, commença à appuyer sur la détente.

— M'sieur Lester ! Monsieur ! Attendez ! hurla une voix derrière lui.

Sa concentration vola en éclats, tandis que l'étalon se remettait à tempêter et labourait le sol de ses sabots. Grinçant des dents, Lester abaissa son fusil et se retourna.

— Sacrebleu, Noah, qu'y a-t-il ?

Un jeune mulâtre se précipitait vers lui, en nage. Il avait dû courir comme un fou.

— Il ne faut pas l'abattre, m'sieur ! s'exclama-t-il, hors d'haleine. Je connais un moyen de le sauver !

Exaspéré, Lester abandonna son poste et considéra l'adolescent de seize ans dont les chevaux étaient toute la vie. En dépit de son jeune âge, Noah passait pour un expert en élevage et le meilleur jockey de toute la région. Lui aussi avait attendu avec une excitation fébrile l'arrivée de Finn.

Pâle, les traits tirés, il tremblait de tous ses membres.

— Tu sais bien que c'est impossible, mon garçon. Crois-tu que je pourrais me résoudre à faire une chose pareille, si je n'y étais pas forcé ? J'ai fait venir les plus grands dresseurs de Virginie ; tous l'ont déclaré irrécupérable. La tempête l'a rendu fou, sans parler des blessures causées par sa muselière. Et après ce qu'il a fait hier...

— Ecoutez-moi, je vous en supplie !

Lester se laissa fléchir, attendri par cet enfant qu'il était seul à considérer comme un membre à part entière de la famille Bohannon. Fils de son cousin Charles et d'une servante noire, et partant sans identité reconnue, Noah avait grandi à Whitefield.

— Je veux bien t'écouter, mais ma décision est prise.

L'adolescent riva sur lui ses yeux vert d'eau.

— Je suis allé à Eastwick, au club des éleveurs, et j'ai entendu parler d'un homme qui réalise des miracles avec les chevaux. Il vit dans une île déserte de la côte Est, de l'autre côté de la péninsule...

— Un charlatan, je suppose.

— Non ! C'est quelqu'un de très sérieux ! Il se nomme Henry Flyte et il a été le dresseur de lord Derby, en Angleterre. Le petit-fils du grand *lord Derby* en personne, celui qui a instauré les fameuses courses d'Epsom il y a plus d'un demi-siècle ! C'est cet Henry Flyte qui a entraîné Aleazar !

Cette dernière précision retint l'attention de Lester, car la stupéfiante histoire d'Aleazar était mondialement connue dans le milieu des courses. Ce pur-sang de trois ans, issu des haras royaux, avait été jugé immontable par les meilleurs experts du Royaume-Uni. Puis lord Derby l'avait présenté un jour par surprise au steeple-chase d'Epsom, et Aleazar avait battu tous les records de l'Histoire. A ce que l'on disait, il avait été préparé par un dresseur d'exception, qui avait usé avec lui de méthodes inhabituelles.

— Tu prétends donc que cet homme providentiel s'est établi en Virginie, si je comprends bien.

Noah dansa d'un pied sur l'autre, l'air très agité.

— Les éleveurs l'affirment. Cela fait des années qu'il vit en ermite sur Wreck Island, au large des marécages de Cape Charles.

Wreck Island. L'île des Naufrages.

En pensée, Lester se représenta ces chapelets d'îlots découpés qui flanquaient les côtes américaines ouvertes sur l'Atlantique, par-delà la longue péninsule qui abritait la baie de Chasepeake. De tout temps ces terres battues par les vents et les flots avaient échappé aux lois et servi de repaire à des aventuriers, flibustiers, pirates et fuyards de tout bord. C'étaient des endroits dangereux où les

21

naufrages ne se produisaient pas que par accident, disait-on, et dont les sombres légendes alimentaient les veillées dans les tavernes.

L'adolescent tira une brochure de sa poche et la tendit à son compagnon.

— Son nom est mentionné là, sur le Registre des Fermiers de Virginie. Regardez : Henry Flyte, dresseur de chevaux à Wreck Island. On indique qu'il dresse des poneys sauvages pour la monte et les travaux des champs.

— Pourquoi un entraîneur d'un tel renom aurait-il quitté les pur-sang de lord Derby afin de se consacrer à des poneys sauvages ? objecta Lester.

— Je ne sais pas.

Le maître de Whitefield feuilleta les pages jaunies.

— Ce registre est vieux de deux ans. Comment peux-tu être sûr qu'Henry Flyte est toujours là ?

— Pourquoi n'y serait-il plus ? rétorqua Noah avec une ardeur farouche. Il peut sauver cet étalon, j'en suis certain !

— Même un miracle ne pourrait sauver Finn, petit.

— Rien ne vous oblige à l'abattre aujourd'hui ! insista le jeune mulâtre. Pourquoi ne pas attendre quelques jours, le temps de consulter M. Flyte ?

— En quelques jours, cet animal furieux peut encore tuer ou blesser quelqu'un, répondit Lester, sinistre. Il a déjà estropié un valet et massacré une poulinière. Et qui te dit que ce dresseur acceptera de venir jusqu'ici pour le dompter ?

Noah baissa sa tête bouclée.

— Il paraît qu'il ne se déplace pas, murmura-t-il, penaud.

Lester partit d'un grand éclat de rire.

— Encore mieux ! D'après toi, il faudrait donc que je lui conduise le pur-sang ? Dans l'état où il est ?

L'adolescent se remit à danser sur place.

— C'est faisable, m'sieur ! J'ai réfléchi à tout ! A nous deux, nous pourrions le pousser dans le petit corral et l'immobiliser. Là je lui banderai les yeux et lui passerai une muselière plus légère. Ensuite, nous n'aurons plus qu'à l'embarquer sur le chaland à fond plat dont se servent les éleveurs pour transporter leur bétail d'une rive à l'autre de la baie. Celui qui est équipé d'une stalle de bois. Il suffira d'accoster sur Wreck Island à marée haute, en s'aidant d'une perche.

Un grognement agacé lui répondit.

— Arrête, petit. A quoi bon nourrir des espoirs insensés ? Cette histoire est assez douloureuse comme cela, crois-moi. Finissons-en et n'en parlons plus.

Comme il tournait les talons, Noah se cramponna à son bras, désespéré.

— Abattez-le et vous aurez à coup sûr un cheval mort, m'sieur. Mais si vous le conduisez chez

Henry Flyte, vous aurez une chance sur deux de retrouver votre champion. Comment pouvez-vous accepter d'y renoncer ?

Lester décocha une œillade à l'étalon, qui ruait et se cabrait comme s'il devinait que son sort était en jeu. La lettre que son agent lui avait envoyée de Dublin lui revint à la mémoire : « Ce cheval est d'une beauté à vous couper le souffle, quand il est lancé à fond de train. C'est un coursier d'une classe extraordinaire. Il a du cœur au ventre, vraiment. »

— Il est superbe, m'sieur, murmura le jeune jockey. Laissez-lui une chance ; vous ne le regretterez pas. Je sais tout ce que je vous dois, mais depuis que je vis à Whitefield je ne vous ai jamais rien demandé. Accordez-moi cette faveur, je vous en prie. C'est la seule que je vous réclamerai jamais, aussi vrai que je suis le fils de votre cousin. Faites cela pour moi.

Ayant épuisé tous les arguments dont il disposait, Noah renifla, son regard brûlant rivé sur Finn, et s'essuya rapidement les yeux de sa large manche blanche.

Immobile près de lui, Lester Bohannon s'aperçut que le canon de son fusil s'était réchauffé entre ses doigts crispés.

Voir courir ce pur-sang magnifique, ne fût-ce qu'une seule fois… Ce rêve était sans doute le plus fou de tous ceux qu'il avait caressés dans sa vie, ce qui n'était pas peu dire. Mais, si Noah avait raison, ce serait aussi sa plus grande joie — surtout si Blue acceptait de la partager avec lui.

2

Le moment de la journée qu'Eliza Flyte préférait était le soir, quand les derniers feux du soleil couchant fondaient le ciel et l'océan en un seul bain de lumière dorée.

La nature se drapait de cuivre et d'argent, une moire diaprée semblait la recouvrir pour la nuit de calme et de tranquillité. La marée haute changeait les marécages en une sorte de royaume flottant, d'un vert-de-gris très doux, que les oiseaux de mer traversaient de leur vol silencieux afin de regagner leurs nids. Les herbes souples des dunes frémissaient sous la caresse de la brise, puis grenouilles et criquets entamaient leur mélopée, saluant à leur manière la fin d'un autre jour.

En de tels instants, quand la beauté de l'île s'imprégnait d'une force à la fois sereine et grandiose, la jeune fille avait l'impression de posséder toutes les richesses de la terre. Ce décor sauvage et intact, cette solitude bénie l'emplissaient d'un merveilleux sentiment de plénitude et de paix.

Debout sur le rivage, se protégeant les yeux de

l'éclat mourant du crépuscule, elle observait des cygnes sauvages. Ils avaient élu résidence dans les joncs de l'estuaire, au bord de la rivière d'eau douce qui se jetait dans l'Atlantique. Tous les oiseaux du ciel, semblait-il, choisissaient de nicher en cet endroit que les marées et les brumes tenaient miraculeusement à l'écart du reste de l'univers.

Comme toujours, Eliza frissonna en entendant le cri nostalgique des grands oiseaux blancs ; il lui paraissait empreint d'une insondable tristesse, tel un *lamento* dédié à un compagnon disparu.

Elle s'apprêtait à tourner les talons pour gravir les dunes encombrées de liserons rampants et de roseaux des sables, quand un autre mouvement retint son regard. Quelque chose avait bougé à la surface de l'eau, non loin de la côte.

Plissant les paupières, elle se figea, sur le qui-vive, prête à s'enfuir.

Elle distingua peu à peu une masse grise, basse et lourde, semblable à la baleine qui s'était échouée une fois sur la plage. Mais il ne s'agissait pas d'un mammifère marin. C'était… un chaland, le genre de chaland à fond plat qu'utilisaient les éleveurs. Son père s'en servait autrefois quand il ramenait des chevaux de la foire annuelle de Chincoteague Island.

Qu'est-ce qu'un éleveur viendrait chercher ici ? se demanda-t-elle. Ces gens-là ne fréquentaient plus

Wreck Island. L'île avait perdu tout intérêt pour eux depuis bien longtemps.

Un homme manœuvrait sur le pont de la barge, sa haute silhouette sombre découpée sur le ciel cuivré. Quand elle l'aperçut, Eliza sentit une peur panique se répandre dans tout son être à la vitesse d'une traînée de poudre. Tous ses instincts en alerte, elle réagit comme les poneys sauvages qui peuplaient l'île, les narines dilatées par l'odeur du danger. Un frisson se propagea sur sa peau et elle détala.

Elle se mit à courir, remontant la plage à toutes jambes, sautant par-dessus les détritus apportés par la mer. Ses pieds nus foulaient sans bruit le sable meuble. Elle parcourut ainsi une bonne centaine de coudées avant de recouvrer la raison et de ralentir son allure.

Elle s'arrêta près d'un bosquet de cèdres qui murmuraient dans le vent. Le souffle court, elle repartit au pas et gravit une grande dune dont le flanc extérieur avait été creusé par les vagues, telle une falaise. De ce promontoire, elle pourrait surveiller le rivage.

Un éleveur n'avait rien à faire ici, se répéta-t-elle. Si cet homme espérait trouver des pâturages pour ses moutons ou ses chèvres, il serait déçu. L'herbe était rare ; de surcroît les poneys sauvages, agressifs quand on les dérangeait, n'accepteraient jamais la présence d'intrus sur leur territoire.

Parfois, il lui arrivait d'envier ces animaux libres et fiers qu'elle passait de longues heures à observer, et qui lui apprenaient tant de choses sur la vie. De tempérament grégaire, ils recherchaient la compagnie de leurs semblables et ne restaient jamais seuls, s'entraidant et se protégeant mutuellement.

Peut-être que les hommes leur ressemblaient. Peut-être avaient-ils besoin de vivre ensemble, eux aussi.

Cette pensée effleurait de temps à autre la jeune fille. Néanmoins, Eliza Flyte s'accommodait de sa solitude. Son père excepté, elle n'avait jamais rencontré un seul être humain qui lui ait donné envie d'y renoncer. Aussi l'irruption de cet étranger dans son sanctuaire, loin de lui apparaître comme une distraction bienvenue, la perturbait et l'inquiétait.

Elle s'avança à l'extrême bord de la dune et suivit du regard les méandres d'un chenal creusé par la marée montante. Tout au bout, là où le flux ne laissait affleurer que la pointe des salicornes, son visiteur inattendu poussait à l'aide d'une longue perche la barge gréée de deux voiles de toile blanche. Soudain, un coup de vent propulsa l'embarcation sur un banc de sable où elle s'échoua.

Comment se sortirait-il de là quand il voudrait repartir ? se demanda Eliza.

L'homme brandit sa perche, s'en servit pour descendre les voiles qui s'abattirent avec un long soupir sur l'espèce de baraquement de bois érigé au centre du ponton. Qu'allait-il faire, maintenant ?

Immobile, dissimulée par les ombres qui s'allongeaient sur le sable, la jeune fille l'étudia, le cœur battant ; elle rassembla tout son courage pour ne pas retourner se cacher.

Elle le distinguait plus nettement, à présent. Il était très grand, beaucoup plus qu'elle ne l'avait cru, et ses épaules musclées paraissaient encore plus larges sous l'ample chemise blanche gonflée par la brise qui lui donnait l'air d'un pirate. Comme il se tenait à contre-jour, elle ne pouvait discerner les traits de son visage. Mais il devait être assez jeune, à en juger par ses hanches minces, son allure élancée et les épais cheveux bruns que le soleil couchant nimbait d'un reflet cuivré.

Lorsqu'il jeta des cordages par-dessus bord et sauta dans l'eau qui lui arrivait à mi-cuisses, Eliza esquissa un mouvement de recul. Méfiante, elle observa la brusquerie avec laquelle il amarra le chaland à une souche de bois dur. Puis, toujours dans l'eau, il tira une longue planche qu'il positionna rapidement entre le bord du pont et le rivage.

Il semblait furieux.

Alors qu'il achevait d'installer cette passerelle sommaire, un long hennissement effrayé monta de la stalle de bois. Eliza sursauta et frémit, les nerfs à fleur de peau.

Un cheval. Cet homme transportait un cheval !

Incapable de résister à l'appel angoissé de l'animal, elle oublia ses craintes et dévala la dune dans des gerbes de sable blanc.

L'étranger lui tournait le dos. Occupé à replier les voiles, il bougonnait tant et plus. Le timbre chaud et musical de sa voix, teinté de l'accent traînant du Sud, contrastait étrangement avec la tension de ses gestes.

Un coup sourd ébranla les parois du box, suivi d'un bruit de ruade.

Figée derrière l'inconnu, le ressac baignant ses pieds nus et l'ourlet effrangé de sa tunique de toile, Eliza ne put se contenir davantage. Cet animal souffrait, il fallait le libérer.

— Vous êtes-vous égaré ? cria-t-elle afin de dominer le vacarme des vagues.

Les épaules musclées se raidirent. Puis l'individu se retourna d'un bloc et la fusilla du regard… pour autant qu'elle pût en juger, puisqu'elle ne distinguait toujours pas ses traits.

Plaçant une main en visière sur son front, Eliza plissa les paupières. Ce qu'elle découvrit alors la laissa sans voix. Elle se sentit soudain totalement déroutée, déconcertée, déstabilisée. Le visage qui lui faisait face était sculptural, si pur et si régulier qu'il semblait appartenir à un archange.

Elle avait rencontré peu d'hommes dans sa vie, mais la nature avait doté celui-ci d'une beauté peu commune. En outre, l'élégance altière de son port et l'étrange façon dont il avait débarqué sur l'île faisaient de lui l'incarnation vivante du plus doux rêve d'Eliza, né de l'imagination fertile de William Shakespeare : elle croyait voir devant elle le prince Ferdinand de Naples, tel que le représentait l'édition illustrée de *La Tempête* qui avait bercé son enfance.

Quelle troublante apparition ! pensa-t-elle, abasourdie.

La mine impassible de l'arrivant accroissait encore son mystère. S'il avait le charme d'un héros de roman, son air sombre et le pli hautain de ses lèvres accentuaient la dignité légèrement méprisante de son attitude. Il considérait la jeune fille avec une expression distante, comme si son royaume n'était pas de ce monde.

Lorsqu'il ouvrit la bouche pour s'adresser à elle, cependant, la rudesse de son intonation prouva à Eliza qu'il était bien réel — et tout à fait humain.

— Cette île est-elle Wreck Island ? rétorqua-t-il d'une voix bourrue, sans daigner la saluer.

— Oui.

— Alors je suis bien où je voulais être. Qui diable êtes-vous ?

Eliza jeta une œillade inquiète du côté du box qui emprisonnait le cheval.

— Puis-je savoir qui me pose cette question ?

Les mâchoires de son interlocuteur se crispèrent.

Il chassa une boucle dorée collée sur son front par la sueur et les embruns.

— Je me nomme Lester Bohannon et je suis propriétaire de la plantation de Whitefield, dans la baie de Poquoson. De l'autre côté de la pointe de Cape Charles.

Il la fixa un instant de son étrange regard bleu, aussi clair que de l'aigue-marine. Comme ces noms ne semblaient rien évoquer pour elle, il poursuivit :

— J'ai créé un haras. Je suis venu consulter Henry Flyte, le dresseur de chevaux.

Eliza eut la sensation que le sol sablonneux se dérobait sous ses pieds. Maintenant encore, après tout ce temps, la seule mention de ce nom lui causait un vertige.

Où était-il parti, l'homme merveilleux qui représentait pour elle le monde entier ? Le tendre magicien qui, par sa sagesse, sa douceur, faisait de chaque jour un miracle renouvelé ? Près de lui elle s'était sentie aimée, protégée. Et puis une nuit, sans prévenir, il s'en était allé pour ne plus revenir — dans un déferlement de violence dont le souvenir la hantait encore.

Le chagrin l'étouffa un instant. Sa gorge nouée ne put laisser passer les mots qui lui faisaient toujours si mal.

— Seriez-vous simple d'esprit, ma fille ? insista

l'étranger avec impatience. Je cherche Henry Flyte. Avez-vous compris ?

— Il n'est plus là, murmura-t-elle d'une voix étranglée. Il est... Henry Flyte est mort.

Sa phrase lui sembla résonner comme un coup de canon dans l'air du soir, chargé d'iode et de sel. Le juron qui l'accueillit fut tout aussi retentissant.

— Quand ? tonna Lester Bohannon, les traits contractés par une fureur sans fond.

Devant sa réaction, la peine d'Eliza céda la place à la colère. De quel droit cet inconnu venait-il la bousculer, la malmener, s'insinuer par ses questions dans l'univers qui lui appartenait ?

— Il y aura bientôt un an de cela, répondit-elle sèchement. Aussi feriez-vous bien de repartir pendant que la mer est encore haute. Sinon, vous serez coincé ici jusqu'à la prochaine marée.

De toute évidence, le planteur n'avait entendu que le début de sa réponse.

— Il est mort il y a près d'un an et personne ne le sait ? explosa-t-il.

La jeune fille frémit.

— Ceux qui sont concernés le savent.

Bohannon jura encore. Il détacha la flasque d'argent passée à sa ceinture, but une lampée et pesta une troisième fois.

— Qui d'autre vit sur cette île ?

— Une petite troupe de poneys sauvages, plus haut dans les bois de pins, trois poules, une vache laitière, un chien et quatre chats, la dernière fois que je les ai comptés. Quant aux oiseaux, ils sont plus nombreux que les étoiles.

— Je ne parlais pas de bétail ! Où est votre famille ?

La rancœur submergea Eliza telle une vague écumante.

— Je n'en ai pas.

— Vous vivez seule ici, perdue au bord de l'Atlantique ?

Cette fois, la jeune fille ne daigna pas répondre. Son visiteur ingurgita une nouvelle rasade de whiskey — elle reconnut l'alcool à son odeur — puis il se pencha vers le bateau et y prit un fusil à long canon.

Eliza se raidit, pénétrée de nouveau par la sensation aiguë du danger. Allait-il la tuer ?

— Que comptez-vous faire de cette arme ? demanda-t-elle d'une voix altérée.

Il resta muet, mais arma son fusil et le pointa sur le loquet de la stalle. Avec un haut-le-corps horrifié, Eliza devina subitement son intention.

— Arrêtez ! ordonna-t-elle. Vous ne pouvez pas...

— J'ai à bord un étalon fou furieux, coupa Bohannon. Vous feriez bien de vous écarter. Dès que j'aurai fait sauter ce verrou, il va s'échapper et je l'abattrai.

La jeune fille ne bougea pas d'un pouce.

Le planteur abaissa son fusil, les sourcils noués.

— Sans l'aide de M. Flyte, ce cheval est perdu. Il représente un danger mortel pour quiconque l'approche, homme ou animal. Autant m'en débarrasser ici, dans ce désert battu par les vents.

Il parcourut du regard les dunes encore adoucies par la lumière rasante, apparemment insensible à la beauté sereine du paysage qui se reflétait dans les eaux calmes des étangs littoraux.

Comme il portait une nouvelle fois la flasque à ses lèvres, Eliza s'empara par surprise de la winchester, se détourna et en ôta vivement la cartouche. Puis elle se hissa à bord et se planta devant le box.

— Ce désert battu par les vents, comme vous dites, est l'endroit où je vis. Je suis ici chez moi, et je vous saurai gré de ne pas abandonner une charogne sur ma plage !

Lester la rejoignit d'un bond et lui reprit son arme. D'un geste brusque, il la poussa et souleva le loquet.

— Ecartez-vous, je vous dis. Ce cheval est un tueur.

Elle ne se laissa pas faire et se remit aussitôt en position de défense, le dos contre la porte. Elle percevait derrière elle le souffle saccadé de l'étalon, avait presque l'impression de sentir sa chaleur. Les relents de foin et de fumier ranimèrent des souvenirs si vivaces, du temps où son père était en vie, qu'elle céda à ses émotions. Le terrible manque qui l'habitait se changea en un courroux irrépressible.

— Au nom du ciel, monsieur Bohannon, qui êtes-vous donc, pour croire que vous pouvez assassiner un cheval sous mes yeux ?

— Et vous, sapristi, qui êtes-vous pour penser que vous pourrez m'en empêcher ?

Eliza ferma les yeux, se laissant envahir par l'odeur puissante de l'animal furieux qui s'agitait derrière elle. A travers cette odeur, c'était l'essence même de l'étalon, son esprit, sa frayeur qui pénétraient en elle.

A la mort de son père, elle s'était juré de ne plus jamais travailler avec un cheval ; mais l'accord instinctif qui la liait à ces bêtes magnifiques était toujours là. Le don inné qui avait valu à Henry Flyte une renommée légendaire sur deux continents, avant de causer sa disparition, avait survécu en elle ; elle ne pouvait le renier.

Il n'en restait pas moins qu'elle devait s'en cacher, si elle ne voulait pas subir le même sort que lui.

Du bout de son fusil, Bohannon frôla son cou mince. Ecartant une longue mèche noire échappée de sa natte, il repoussa le bord de son corsage et dénuda son épaule.

— Ne vous faites pas prier, ma jolie, déclara-t-il avec une douceur fallacieuse. J'ai derrière moi une journée difficile et un voyage harassant. Ne m'obligez pas à user de la force.

L'intimité de ce geste parut déplacée à Eliza, qui en frémit. Elle détourna sèchement le canon et se déplaça sans un mot, mais ce fut pour tenter d'apercevoir le cheval à travers les planches disjointes du box.

Scrutant la pénombre, elle distingua bientôt un cou fièrement arqué et une tête pleine de noblesse. La vue du vieux chiffon qui aveuglait l'étalon et surtout le fait qu'il était muselé alors que des blessures suintantes entamaient son chanfrein et ses mâchoires lui firent aussitôt bouillir le sang. En une fraction de seconde, la souffrance de l'animal était devenue la sienne. De surcroît il était manifestement affamé, et la faiblesse le faisait vaciller sur ses jambes.

La fureur la rendit téméraire.

— Ce cheval était-il déjà fou avant que vous le martyrisiez de la sorte, ou l'est-il devenu après ? lança-t-elle d'un ton vibrant.

Lester Bohannon leva une main, visiblement outragé.

— Doucement, mam'zelle ! Je vous rappelle que je suis venu jusqu'ici pour le sauver.

— En le massacrant par votre brutalité !

Le planteur serra les dents.

— Ecoutez. Il était dans cet état quand il a débarqué du bateau qui l'amenait d'Irlande. Une tempête essuyée en mer l'a terrifié, et il était affublé d'une muselière trois fois plus barbare que celle-ci. Nous n'avons pas pu l'approcher pour le soigner : il a saigné l'une de mes meilleures pouliches et failli tuer un palefrenier, après m'avoir presque emporté la main. Henry Flyte était mon dernier espoir.

— Quel besoin aviez-vous de le faire venir d'Irlande ? riposta Eliza, glaciale.

— Pour la course et la reproduction. Cet étalon était un champion hors pair, quand mon agent l'a choisi pour moi. Je fondais sur lui les plus grandes espérances. Et j'aime les chevaux, contrairement à ce que vous semblez penser. Ils sont ma vie, je peux monter n'importe quelle bête à crinière. J'ai toujours été capable de les dompter, jusqu'à celui-ci.

— Est-ce parce qu'il vous résiste que vous voulez l'abattre ?

— Sacrebleu, jeune fille ! Je ne poursuivrai pas sur ce terrain avec vous !

Eliza lui tourna le dos et reprit son observation du cheval. Elle parcourut des yeux sa robe sale, ternie par une croûte de boue et de fumier. Et soudain elle se figea, le souffle court : l'étalon avait incliné une oreille dans sa direction. Il avait senti sa présence, savait qu'elle lui voulait du bien.

Elle hésita, ses doigts fins crispés sur les planches. Le besoin de soigner cet animal souffrant la submergeait, mais pouvait-elle prendre le risque de dévoiler ses dons ? De passer à son tour pour une sorcière, quand tous les éleveurs et les jockeys du comté seraient venus l'implorer de guérir leurs bêtes mal dressées ?

— Otez-vous de là, que j'en finisse ! tonna Lester Bohannon. Ce supplice a assez duré, pour lui comme pour moi !

A cet instant, le cheval émit une sorte de plainte sourde, comme s'il voulait obliger Eliza à basculer dans son camp. Elle ne put résister à son appel. La détresse et la confusion de cette pauvre bête étaient si claires pour elle !

— Je peux vous aider, murmura-t-elle, sachant que par ces mots elle scellait son destin.

Un rire sec lui répondit.

— M'aider ? Et comment ?

— Je suis Eliza Flyte, la fille du dresseur de chevaux. L'art de mon père ne s'est pas éteint avec lui.

3

Lester resta cloué sur place, ne sachant s'il devait éclater de rire ou s'emporter devant la tranquille assurance de cette sauvageonne en haillons.

C'était donc pour en arriver là qu'il avait bravé les flots de la baie de Chasepeake, puis affronté l'océan sur une espèce de radeau de fortune, avec un étalon forcené à son bord ?

Né sur une côte presque aussi découpée que l'était ce chapelet d'îles égrené au bord de l'Atlantique, il avait la mer dans le sang. Les récifs ne lui avaient jamais fait peur, pas plus que les courants ou les bancs de sable. Mais la traversée n'avait pas été facile et il tenait à en avoir pour sa peine.

Ce qui, dans l'immédiat, voulait dire qu'il devait croire sur parole l'étrange créature qui lui faisait face.

— Eliza Flyte, dites-vous ?

Il goûta sur sa langue et sur ses lèvres ce nom bref et incisif, à l'image de celle qui le portait. Petite et menue, la belle enfant paraissait à la fois farouche et habitée d'une volonté de fer. Avec ses pieds nus et sa tunique effrangée, qu'un simple lien de chanvre nouait à la taille, elle ne ressemblait en tout cas à aucune des femmes qu'il avait rencontrées jusque-là.

Son teint doré et ses pommettes hautes auraient pu évoquer une lointaine ascendance indienne ou créole, une impression que confirmaient son port fier, ses longs cils soyeux et l'ébène de sa chevelure, d'un noir de jais. Elle avait cependant la peau claire, presque lumineuse, et sous ses sourcils sombres superbement dessinés brillaient des prunelles d'un éclat indéfinissable, entre vert et gris.

Pour l'heure, elle levait vers lui l'ovale délicat de son visage et semblait partagée entre l'ennui et la compassion. Un ennui dont il était manifestement la cause, sa compassion étant de toute évidence réservée au cheval.

Elle lui arrivait à peine à l'épaule, nota-t-il avec agacement. Et c'était ce brin de fille qui se vantait de pouvoir dompter un étalon furieux !

Mais, quand la brise plaqua sa robe de toile brune contre sa silhouette, il constata que ses formes pleines et ses jambes galbées étaient celles d'une femme. D'une femme superbe. Comme il ne pouvait ignorer le sérieux et la maturité qui imprégnaient ses traits harmonieux.

Irrité par les indubitables qualités de la sauvageonne en question, Lester Bohannon décida qu'il ne pouvait s'agir que d'une intrigante. Cette fille des marais cherchait à l'escroquer, c'était clair.

— Combien demandez-vous pour vos services ? s'enquit-il d'un ton soupçonneux.

Les beaux sourcils noirs se froncèrent.

— La vie de ce cheval, rien de plus.

— Vraiment ! reprit-il d'un air railleur.

— Pourquoi vous mentirais-je ? rétorqua Eliza. Pensez-vous par hasard que j'attendais comme le messie un planteur imbibé de whiskey, accompagné d'un étalon qu'il a maltraité à mort ?

— Je vous ai déjà dit...

Lester s'interrompit. A quoi bon discuter ? C'était ce matin qu'il aurait dû réfléchir. Avant de se laisser persuader par Noah — et pour Blue — d'entreprendre cette folie.

Il jeta un coup d'œil vers la passerelle disposée à l'avant du bateau, dans l'axe du box. L'étalon se ruerait dessus à coup sûr, puis s'élancerait au galop sur la longue plage déserte. Il lui suffirait de viser. Dans la nuit, le reflux emporterait la carcasse.

Eliza Flyte avait suivi son regard.

— Libérons-le, dit-elle. Il est temps que je le voie.

D'un geste ferme, elle empoigna le loquet. Lester écarta vivement sa main fine.

— Bon Dieu ! tonna-t-il. N'avez-vous rien entendu ? Cet animal est dangereux. Ecartez-vous !

Il épaula son fusil, puis s'aperçut qu'il était vide et poussa un grognement furieux.

— Il faut que je le recharge.

Un bruit sec lui fit lever les yeux. Deux secondes plus tard, il vit la bourse qui contenait ses cartouches s'envoler dans les airs et retomber dans l'eau sombre à cent coudées de là.

Sa première réaction fut la stupeur. Jamais, de sa vie, il n'avait vu une femme lancer quelque chose aussi loin. Puis la colère l'étouffa. Une colère blanche.

— Je comprends pourquoi vous vivez seule sur cette île. Vous êtes complètement folle ! explosa-t-il.

Eliza eut un geste apeuré, presque animal, comme s'il l'avait frappée. Mais elle ne tarda pas à se reprendre.

— C'est vous, qui n'écoutez pas ce que l'on vous dit ! Vous n'abattrez pas ce cheval !

Comme il se plaçait en défense devant la stalle, anticipant son mouvement, elle le surprit derechef en se baissant d'un coup et en saisissant sa cheville à deux mains, d'une poigne de fer.

Sans lui laisser le temps de se ressaisir, elle tira. Lester battit des bras, stupéfait, perdit l'équilibre, partit à la renverse et passa par-dessus bord.

Il échoua dans la vase au milieu d'une gerbe d'eau froide. Tandis qu'il restait assis sur son séant, trempé, incrédule et à moitié étourdi, Eliza entrouvrit la partie supérieure de la porte et se mit à parler doucement à Finn. Puis elle tendit le bras droit, et peu après Lester perçut le son étouffé du chiffon et de la muselière qui tombaient sur le plancher. Enfin elle souleva le loquet, s'écarta et tira la porte à elle.

Poussant un juron, Lester se redressa d'un bond. L'étalon dévalait déjà la passerelle. Une écume bleu-vert jaillit sous le martèlement frénétique de ses sabots et il s'éloigna à la vitesse du vent, fine silhouette sombre disparaissant dans le crépuscule et l'étendue de sable blanc.

Les yeux rivés sur lui, de l'eau jusqu'aux genoux, Lester Bohannon sentit sa colère fondre comme neige au soleil. N'avait-il pas rêvé de voir courir sir Finnegan ? Il venait d'avoir un aperçu de sa fantastique puissance. Ce pur-sang possédait une énergie extraordinaire, alliée à une souplesse et à une grâce incomparables.

Son agent ne lui avait pas menti : il s'agissait bien d'un champion hors pair, ce qui rendait plus cruel encore le fait d'avoir à le sacrifier.

Un pincement le tira de ses pensées. Il sursauta et s'empressa de chasser les crabes agiles qui grimpaient à l'assaut de ses cuisses. Puis il pataugea jusqu'au rivage, le sable mouillé aspirant la semelle de ses bottes trempées.

Il avait toujours des envies de meurtre. Mais ce n'était plus l'étalon qu'il désirait abattre. C'était cette femme, se dit-il en lançant un regard noir à Eliza.

Elle l'observait, les yeux pétillants et les lèvres pincées, comme si elle se retenait de rire.

Si elle riait, il ne se contenterait pas de la tuer, se promit-il.

Elle s'esclaffa.

Lester la contempla un instant, furibond, bouillant de rage dans ses vêtements gorgés d'eau. Et pour finir, en dépit de tout, il se mit à rire aussi. D'un rire amer, désespéré. Dans la situation où il se trouvait, il ne lui restait rien d'autre à faire.

Il était veuf, avec deux enfants qu'il ne savait pas aimer et une fortune détruite qu'il ne parvenait pas à rebâtir.

Il avait perdu la considération de ses pairs, qui le traitaient comme un paria parce qu'il avait osé sortir de la voie qui lui était tracée depuis toujours.

Elevé pour devenir un riche planteur de tabac, il n'était plus qu'un éleveur de chevaux. Un éleveur ruiné. La perte de cet étalon sonnerait le glas de ses dernières ambitions.

Cette pensée lui rendit immédiatement son sérieux.

Fou ou non, le pur-sang allait mourir, livré à lui-même dans ce désert d'eau, de sable et de vent. Il avait toujours vécu en écurie, bichonné avec autant de soin qu'une délicate orchidée élevée en serre. Au dire de son agent, les lads lui mâchaient presque ses rations d'avoine, en Irlande. Comment un tel animal survivrait-il, dans une nature aussi sauvage ?

La seule solution était de le traquer et de l'abattre pour mettre un terme à sa misère. Il en revenait toujours là. Mais, à présent qu'il l'avait vu courir, cette perspective lui emplissait la bouche de fiel.

La mine lugubre, il se tourna vers la sauvageonne qui avait enfin réussi à endiguer son hilarité. Elle souriait et semblait guetter sa réaction avec curiosité.

— Vous avez résolu mon problème, déclara-t-il d'un ton acide. Ce cheval va périr tout seul, de faim et de soif.

Le sourire de la jeune femme s'évanouit, et Lester fut frappé après coup par l'image lumineuse qui restait gravée dans son esprit : la grâce de sa bouche, la blancheur de ses dents régulières, l'intelligence malicieuse qui pétillait dans ses yeux gris. Ou verts.

— J'ai dit que je le dresserai et je le ferai, affirma-t-elle avec un curieux accent qui mêlait l'indolence virginienne et une fermeté étrangère, anglaise probablement.

Lester scruta la longue plage envahie par les ombres. Très loin, il distingua l'étalon qui s'ébrouait en agitant sa crinière. Il s'arrêtait de temps à autre pour renifler des touffes d'herbe salée poussant parmi les joncs, au bord des marais.

— Si je comprends bien, lâcha-t-il d'un ton sarcastique, vous comptez le voir revenir de lui-même quand il en aura assez d'être seul.

— Vous ne croyez pas si bien dire. Les chevaux sont des animaux sociables, qui recherchent la compagnie. C'est dans leur nature, ou dans leur instinct.

— Vous parliez de poneys sauvages, tout à l'heure. Il tuera le premier qu'il rencontrera. C'est Satan que vous avez libéré de l'enfer.

Eliza riva sur lui un regard énigmatique.

— Qu'est-ce qui vous fait penser que sa folie est irrémédiable ? Qu'il ne pourra pas en guérir ?

— Je n'ai jamais rien vu de tel, jusqu'à présent.

— Moi, si.

Sur ces paroles sibyllines, elle tourna les talons et commença à s'éloigner.

— Où allez-vous ? demanda Lester.

— Je rentre chez moi. La nuit tombe et mon souper m'attend.

En l'entendant parler de nourriture, Lester sentit une crampe lui nouer l'estomac. La seule chose qu'il avait avalée depuis le matin était du whiskey, et la faim le torturait.

Il jeta un coup d'œil au chaland, puis au ciel déjà noir du côté de l'est. Inutile de songer à rentrer ce soir, pensa-t-il sombrement. Il était coincé jusqu'au matin sur cette île battue par les vents, en compagnie d'une femme pour le moins singulière.

— J'apprécierais de partager votre repas, dit-il.

— Vous ai-je invité ? rétorqua-t-elle.

Elle était déjà loin et sa voix se perdait dans la brise. Lester s'élança sur ses traces et ne tarda pas à la rattraper. Elle ne se détourna pas.

— J'ai de l'argent. Je vous paierai.

— Je ne veux pas de votre argent.

Il posa une main sur son bras. Elle s'écarta si vivement qu'il trébucha sur des lianes courant au ras des dunes.

— Vous êtes bien farouche, maugréa-t-il, mi-vexé, mi-intrigué.

— Pourquoi vous ferais-je confiance ? riposta-t-elle. Vous n'êtes pour moi qu'un étranger, nanti d'un cheval dont rien ne me dit que vous ne l'avez pas vous-même rendu fou.

Cette fois, Lester perdit patience. Allongeant le pas, il passa devant elle et la força à s'arrêter.

— Regardez-moi, Eliza Flyte. Il vous a suffi de poser les yeux sur ce cheval pour le comprendre et le juger, apparemment. Ayez donc l'obligeance d'en faire autant pour moi.

Elle leva son regard gris et il la fixa intensément.

— Regardez-moi bien, répéta-t-il. Si j'avais maltraité un pur-sang de cette valeur, pourquoi me serais-je lancé dans une entreprise aussi hasardeuse afin de le sauver ? Par amour du risque ? Par perversité ?

Elle plissa les paupières, et dans la pénombre il eut l'étrange sensation qu'elle le scrutait jusqu'au fond de l'âme.

Un long silence plana entre eux, brisé seulement par le bruit du vent et le clapotis des vagues. Mal à l'aise, Lester se sentait dans la peau d'un mauvais élève jugé par un précepteur inflexible.

— Je ne sais pas ce que je vois, conclut-elle enfin d'une voix calme.

D'un geste nonchalant, elle désigna la barge.

— Y a-t-il sur ce bateau des affaires dont vous avez besoin pour la nuit ?

— Pour la nuit ?

— Oui. Vous dormirez sous le porche, afin que je puisse vous surveiller. S'il vous faut certaines choses, c'est le moment d'aller les chercher.

— Il n'y a guère que mon fusil, répondit Lester avec rancœur. Et sans munitions, je vois mal à quoi il pourrait me servir.

Elle ne s'excusa pas.

— Venez, dans ce cas. Il faut vous sécher.

— Je vais dormir à bord, rétorqua-t-il.

— Les moustiques vous rendraient fou. Et ramener un homme à la raison n'est pas de mon ressort ; je ne m'occupe que des chevaux.

4

Une intense nervosité étreignait Eliza tandis qu'elle gravissait les dunes en direction de la maison. Depuis la mort de son père, personne n'était venu sur l'île.

Henry Flyte avait bâti leur refuge de ses mains, alors qu'elle était encore un bébé. Cela devait faire un peu plus de vingt ans. Il s'était servi de bois flotté et d'autres matériaux rejetés par la mer, souvent à la suite de naufrages. De fait, l'étrange baraquement ressemblait à un navire échoué sur le sable, avec l'espèce de hune édifiée sur son toit de bardeaux et les rambardes qui ceinturaient le porche. Juché sur des blocs de cèdre, il était doté de surcroît d'une cheminée de torchis.

L'intérieur se composait de deux pièces : une cuisine jouxtée d'un cellier, qui faisait également office de salon, et une plate-forme surélevée où Eliza avait passé toutes ses nuits depuis qu'elle était en âge de grimper à l'échelle. Le mobilier était rare, essentiellement constitué de rebuts arrachés à l'océan. La cuisine comportait pour toutes commodités un poêle en fonte, une pierre d'évier, une table élimée et deux tabourets.

Cette humble demeure était la seule qu'Eliza avait jamais connue, et pour elle c'était un château. Elle ne ressemblait nullement aux belles maisons représentées sur sa précieuse collection de gravures, certes, mais elle s'y était toujours sentie à l'abri, entourée d'amour et de paix.

C'était là que son père avait choisi de fuir les intrigues des champs de courses anglais. La jeune fille avait toujours pensé que sa naissance était pour quelque chose dans cet exil volontaire, mais Henry Flyte n'en parlait jamais. Elle ignorait tout de sa propre histoire. Il était mort avant qu'elle ait pu lui extirper les réponses aux questions qu'elle se posait.

Elle vivait seule avec ses souvenirs, désormais. A ses yeux, ce lieu était son foyer mais aussi une sorte de sanctuaire. L'idée d'y introduire cet étranger au tempérament emporté lui donnait l'impression de le profaner.

Nul doute que ce planteur de grande famille la jugerait d'après ce qu'il verrait, et non à la vraie valeur de ce qu'elle possédait. Il n'aurait aucune notion des trésors sans prix que son père lui avait légués. Elle savait fort bien qu'elle n'avait pas à tenir compte de son opinion ; pourtant elle ne pouvait s'empêcher de l'appréhender.

Arrivant par le sentier tortueux, ombragé de buissons de myrte, ils découvrirent d'abord la vieille grange détruite par le feu. Poutres et chevrons calcinés se dressaient sur le ciel noir tels les ossements d'un squelette, et les paddocks à l'abandon complétaient cette vision fantomatique.

— Vous avez eu un incendie ? demanda Lester, sa voix grave troublant de façon presque choquante le silence qui pesait sur cet endroit.

— Oui.

— Il y a longtemps ?

— L'année dernière.

— Est-ce ainsi que votre père est mort ?

Eliza hésita un instant, puis esquiva une réponse qui l'entraînerait dans des explications qu'elle ne voulait pas donner. Elle opina du menton.

— Oui.

Ils contournèrent le manège où Henry Flyte, si souvent, avait obtenu des miracles des chevaux confiés à ses soins. Un dernier bout de chemin, et ils atteignirent le potager cerné de piquets de bois que la jeune fille entretenait avec soin devant la maison. Elle caressa d'un regard satisfait ses plants de carottes, de pommes de terre, d'oignons, de haricots verts, de tomates, de maïs et de melons.

Allongée dans l'ombre, sous un vieil érable dont les branches retombaient jusqu'au sol, ils pouvaient apercevoir la silhouette familière de Claribel, en train de ruminer tranquillement. La vache laitière tourna une oreille de leur côté. Du poulailler montait le doux caquètement d'Ariel, Iris et Cérès, les pondeuses qui s'installaient pour la nuit.

— Vous n'avez pas de problèmes avec les loups ou les couguars ? demanda encore Lester Bohannon.

— Il m'est arrivé d'en apercevoir quelques-uns, mais ils ne s'approchent jamais.

— Pourquoi ?

Avant qu'elle ait pu répondre, un glapissement épouvantable retentit sous le porche branlant de la maison. Une ombre noire s'en détacha et bondit dans leur direction.

— Sacrebleu ! tonna Lester en se baissant pour ramasser un bâton. Vous avez mal choisi votre moment pour jeter mes cartouches à l'eau !

— Du calme, Caliban ! ordonna Eliza, un rire dans la voix. Couché ! C'est bien, mon vieux. Tu es un bon garçon.

L'énorme animal qui avait fondu sur eux s'était docilement allongé aux pieds de la jeune femme. Roulant sur le dos, la queue frétillante, il poussa de petits aboiements ravis pour quêter les caresses de sa maîtresse.

— Qu'est-ce que c'est que ce monstre ? s'exclama Lester.

Eliza s'accroupit près de son chien et lui flatta le ventre avec affection.

— Ce monstre, comme vous dites, est justement ce qui fait que je n'ai rien à craindre des loups ou des couguars.

Elle se redressa et tapota sa jambe du plat de la main. Caliban se leva et la suivit.

— C'est un mélange de mastiff et de chien-loup irlandais. Et peut-être bien de cheval, vu son appétit phénoménal.

Quelle étrange sensation, de parler à quelqu'un ! pensait-elle depuis un moment. A part quelques incursions occasionnelles sur le continent pour y vendre ses légumes et s'approvisionner en échange, depuis des mois ses seuls compagnons étaient des animaux. Obtenir des réponses à ses questions, et vice versa, lui semblait presque irréel.

La gorge serrée, elle se demanda encore si elle faisait bien de laisser cet individu s'immiscer dans son univers. N'était-ce pas une erreur ? D'un autre côté, une inclination naturelle la portait à secourir les créatures blessées — et quelque chose lui disait que cet homme souffrait de blessures invisibles.

— Charmé de le connaître, déclara Bohannon, mi-figue, mi-raisin. Me réservez-vous d'autres surprises de ce genre ?

— Non, sauf si vous placez Jane et Alonso dans la même catégorie. C'est une biche et son faon ; tous deux sont plutôt timides. Et puis il y a les chats, bien sûr...

— Quatre, si j'ai bonne mémoire.

Etonnée de l'attention avec laquelle il l'avait écoutée, Eliza hocha la tête.

— Miranda, Sebastian, Antonio et Gonzalo, précisa-t-elle en comptant sur ses doigts.

Lester fronça les sourcils.

— Ces noms me semblent familiers.

— Nous les avons empruntés à Shakespeare.

Il se mit à rire.

— Mais oui ! *La Tempête*, évidemment !

La nuit était tombée lorsqu'ils arrivèrent au bas des marches ; elle recouvrait l'île et l'océan tout proche de son manteau velouté, d'un noir intense.

— Je vais éclairer, murmura Eliza.

Elle saisit une lampe à pétrole posée près du perron et l'alluma en frappant l'un contre l'autre deux morceaux de fer et de silex. Passant la première, elle se sentit étrangement gênée à l'idée de ses pieds nus et de sa robe élimée qui battait ses mollets, laissant voir ses chevilles.

Pour l'amour du ciel, qu'est-ce qui lui avait pris d'amener cet inconnu chez elle ? Elle aurait dû le laisser sur son bateau, ou mieux encore l'obliger à repartir. Qu'est-ce qui lui prouvait qu'il n'allait pas l'attaquer ?

Par-dessus son épaule, elle lui jeta un coup d'œil méfiant.

— Pourquoi me regardez-vous ainsi ? demanda-t-il avec bonhomie.

— Je ne sais pas si je dois vous faire confiance, répondit-elle tout à trac.

Il rit de nouveau.

— Ce n'est pas moi qui vous en blâmerai, ma belle. Après tout, vous ne me connaissez pas. Mais n'oubliez pas que je ne vous connais pas non plus...

Comme elle ouvrait la bouche pour protester, il l'interrompit d'un geste.

— Si vous n'aviez pas insisté pour libérer ce cheval, je ne serais plus ici. Puisque vous prétendez pouvoir le guérir, il vous reste à faire vos preuves — et cela étant, je n'ai pas le moindre intérêt à vous causer du mal. Etes-vous rassurée ?

Réprimant un frisson, Eliza ne répondit pas. Et, quand elle introduisit son visiteur dans la cuisine, la main qui tenait la lampe tremblait plus que de raison.

Avec ses larges épaules et sa haute stature, il parut aussitôt remplir toute la pièce. Une pièce qui sembla terriblement pauvre et vide à la jeune fille, tout à coup. L'ordre était son péché mignon, mais elle se prit soudain à regretter le chaleureux bric-à-brac qui encombrait la maison du vivant de son père.

Après sa mort, elle avait trompé son chagrin en rangeant tout à la perfection, alignant ses précieux livres sur une étagère, serrant bouteilles de sirop et bocaux de conserves soigneusement bouchés dans le petit garde-manger qui surmontait l'évier. De ce fait, la modestie et le délabrement du mobilier n'en étaient que plus flagrants.

Ayant suspendu la lanterne à un crochet, elle se tourna vers Lester Bohannon et n'eut aucun mal à l'imaginer dans le cadre qui devait être le sien. Un maître de plantation vivait dans le luxe et l'opulence, commandait à des dizaines d'esclaves, sirotait nonchalamment des *mint juleps* sous sa véranda pendant que domestiques et palefreniers noirs s'occupaient pour lui de sa maison et de ses chevaux de course.

Ces riches propriétaires étaient des parasites, rien de moins. Et peu leur importait de maltraiter hommes et animaux.

Les lèvres pincées par la réprobation, elle se dirigea vers le vieux coffre de marin qui contenait les affaires de son père.

— Je vais vous donner des vêtements secs, déclara-t-elle.

Sans attendre la réponse, elle souleva le couvercle. Un mélange de senteurs familières lui sauta aux narines, odeurs de cèdre, de savon, d'eau de toilette, ainsi que cette essence si particulière qui n'appartenait qu'au disparu et restait imprégnée dans les moindres fibres des étoffes qu'il avait portées.

Ce n'était pas la première fois qu'elle ouvrait cette malle ; elle aurait dû y être habituée. Mais le surgissement soudain de tant de souvenirs lui fit le même effet que de coutume, et des larmes brûlantes l'étouffèrent.

Elle battit des cils et inspira avec lenteur, s'obligeant à dominer la vague de chagrin qui l'avait brusquement submergée.

De ses doigts tremblants, elle souleva les culottes et casaques de soie aux couleurs vives que Henry Flyte revêtait du temps où il était jockey. Sa main s'attarda un instant sur un paquet ficelé avec soin : il contenait la veste jaune que son père arborait le jour où il avait gagné la plus grande course d'Angleterre avec Eleazar, le pur-sang de lord Derby. Le plus beau jour de sa vie, disait-il souvent avec fierté.

— C'est cette nuit-là que tu as été conçue, avait-il ajouté une fois.

Mais il n'avait pas expliqué pourquoi, neuf mois plus tard, il s'était embarqué pour l'Amérique avec son bébé dans les bras. « Un jour, avait-il promis, je te dirai tout. »

L'espace de quelques secondes Eliza ferma les paupières, se remémorant la promesse qu'il n'avait pas eu le temps de tenir et les questions qui la taraudaient toujours. Puis elle se souvint avec un sursaut qu'elle n'était pas seule, et qu'il était imprudent de tourner le dos si longtemps à un inconnu.

Vérifiant d'une œillade rapide que Lester Bohannon n'avait pas bougé, elle reprit ses recherches. Finalement, elle arrêta son choix sur un large pantalon de toile marron, tissé à la main, et sur une ample chemise blanche. Le planteur était beaucoup plus grand que son père, mais pour un soir cela devrait aller, se dit-elle.

Elle referma la malle, se releva et lui tendit les effets.

— Voici. Vous pouvez vous changer et faire sécher vos propres affaires dehors, sous le porche.

— Je vous suis très obligé.

Il prit les vêtements, la remercia encore d'un signe de tête... et ne bougea pas.

Eliza le considéra d'un air perplexe. Il dut se résoudre à ôter sa chemise mouillée, dévoilant son torse musclé et sa peau cuivrée, pour qu'elle comprenne enfin et se détourne précipitamment, les joues en feu. Le peu qu'elle avait aperçu de ce corps magnifique avait suffi à lui nouer l'estomac de la plus étrange façon, et elle ne tenait certainement pas à en voir davantage.

D'un geste sec, elle tira le rideau qui partageait la pièce en deux et s'affaira devant le fourneau, s'efforçant d'ignorer ce qui se passait à côté.

Lorsqu'elle eut attisé les braises à l'aide du soufflet, puis posé la cafetière sur les plaques brûlantes, elle s'avisa soudain qu'elle prenait grand plaisir à préparer un repas pour quelqu'un d'autre qu'elle-même. Elle haussa les épaules. Pourquoi s'en étonner ? Sa solitude ne lui pesait pas, certes, mais elle n'était pas mécontente non plus d'avoir de la compagnie. Certains soirs, elle devait bien l'admettre, elle aurait volontiers accepté à sa table Barbe-Bleue en personne...

Peu après, Lester Bohannon rouvrit le rideau avec panache et s'inclina galamment devant elle comme s'il l'invitait à danser. Du moins était-ce ainsi qu'elle se figurait un bal, car bien sûr elle n'en avait jamais vu. Tout ce qu'elle en savait, elle l'avait lu dans son roman favori — de fait, le seul qu'elle possédait.

Comme elle s'y attendait, les effets de son père étaient trop petits pour ce géant blond. Le pantalon, réduit au rôle de culottes ajustées, moulait avec une précision insolente les courbes de ses cuisses et de ses hanches, ainsi que certains reliefs fort suggestifs de son ventre. Quant à la chemise, elle était tendue à craquer sur ses puissantes épaules ; il avait résolu le problème en dégrafant largement le col et en roulant les manches trop courtes sur ses avant-bras hâlés et musclés.

De vrais bras de travailleur manuel, songea-t-elle avec surprise. Pour un peu, elle aurait pu croire que ce gentilhomme œuvrait lui-même sur sa plantation, si cette notion ne lui avait paru totalement incongrue. En tout cas, Lester Bohannon n'avait rien de la molle indolence qu'elle avait toujours prêtée aux gens de sa classe...

Elle fronça les sourcils, intriguée. S'abusant sur son expression, il esquissa un demi-sourire.

— En l'absence de miroir, je dois me fier à

votre avis, dit-il. Et, si j'en juge par votre mine, le résultat est loin d'être concluant.

— Mon père n'avait pas votre stature, murmurat-elle, sentant qu'elle s'empourprait de nouveau.

Pourvu qu'il attribue sa rougeur à la chaleur du poêle ! pensa-t-elle, horriblement gênée de l'admiration qu'il lui inspirait — et du curieux pouvoir qu'il semblait exercer sur elle. Elle était bien la même qu'une heure plus tôt, avant de le connaître. Rien n'avait changé. Et pourtant elle se sentait le lieu d'émotions bizarres, comme si le seul fait de poser les yeux sur lui suffisait à la ramollir intérieurement. Et aussi à la rendre plus attentive à certains détails, plus vulnérable.

Pour la première fois de sa vie elle se sentait petite et presque fragile, ce qui ne lui était jamais arrivé. Une vraie femme, en quelque sorte. Sans doute par contraste, parce qu'il était si grand, si fort... et si viril. La nature les avait ainsi faits, différents et complémentaires. Il n'y avait pas de quoi se sentir embarrassée, et encore moins troublée, se fustigea-t-elle.

Sa réaction était parfaitement normale, tenta-t-elle encore de se rassurer. Son père excepté, elle ne s'était jamais trouvée seule avec un homme et sa curiosité se justifiait. Toutefois, alors qu'elle vivait au contact des animaux et croyait tout savoir des rapports naturels entre mâles et femelles, force lui était de constater qu'il lui restait bien des choses à apprendre sur sa propre espèce — et sur les effets pour le moins déconcertants que certains humains produisaient les uns sur les autres.

L'abandonnant à des pensées plus tumultueuses qu'il ne pouvait l'imaginer, Lester Bohannon prit sa flasque de whiskey et sortit étendre ses vêtements sur la corde à linge tendue entre deux piliers du porche. Quand il eut fini, elle l'observa de loin à travers la moustiquaire et le vit s'accouder à la balustrade usagée, puis avaler une longue goulée d'alcool.

Avec quel mépris il devait considérer son pauvre domaine ! songea-t-elle, saisie de honte. Mais elle se ressaisit aussitôt et se reprocha sa bassesse. Non, elle ne devait pas se sentir humiliée par le regard de cet homme. Il n'y avait nulle honte à mener une vie simple. Néanmoins, il lui tardait de connaître son avis.

Prestement, elle mit le poisson à cuire et sortit le rejoindre. Il ne se retourna pas.

— Vous avez beaucoup de chance d'habiter un endroit pareil, déclara-t-il, les yeux rivés sur l'océan qui reflétait la lune montante et le scintillement des premières étoiles.

— Oh, vraiment ? riposta Eliza, railleuse.

— Je suis sérieux. Un tel calme est incroyable.

— Vous parliez tout à l'heure d'un désert battu par les vents !

— C'est que je dois commencer à être ivre. Le

monde me paraît toujours plus beau, quand j'ai bu. Voulez-vous essayer ?

Il lui tendit la flasque, et dans le clair de lune bleuté elle vit briller ses initiales gravées sur l'argent bosselé :

L.B. Elle refusa d'un geste de la main.

— Non, merci.

— C'est un excellent whiskey.

— Je ne bois jamais d'alcool.

Elle croisa les bras, mal à l'aise ; elle se sentait si gauche, et tellement peu mondaine !

Lester releva la tête et huma l'air frais, la mine gourmande.

— Qu'est-ce qui sent si bon ?

— Du poisson frit. Venez, il doit être cuit.

Quelques minutes plus tard, les doigts tremblants, Eliza servit son hôte : elle emplit sa tasse de café et son assiette d'un appétissant mélange d'oignons, de pommes de terre et de filets de gobies.

— Je les ai pêchés ce matin, dit-elle.

Lester mangea comme un ogre, mais proprement et poliment, nota la jeune fille avec soulagement. Ivre ou non, il avait de bonnes manières et gardait une distinction appréciable.

Quand la bouilloire siffla derrière elle, elle sursauta. Le thé ! Elle en faisait chaque soir depuis des années, mais ce soir-là elle l'avait oublié. Vivement, elle se leva et revint peu après avec le service en grès noir dont elle se servait quotidiennement.

— Fichtre ! D'où tenez-vous cela ? s'exclama Bohannon en s'emparant d'une tasse pour la lever vers la lampe.

— Papa l'a trouvé dans une épave, il y a quelques années.

— Ce service à thé a été réalisé par Josiah Wedgwood !

— Qui est-ce ?

— Un célèbre céramiste anglais du siècle dernier. Ses faïences sont sans prix.

— Pour moi, cette théière n'a toujours été qu'une théière, répondit Eliza avec naturel.

Le planteur la considéra avec curiosité, et elle baissa les yeux sous son regard inquisiteur.

— Vous menez une étrange existence, Eliza Flyte. Je gage que vous ne devez pas voir grand-monde, sur votre île.

— Nous recevions la visite de fermiers et d'éleveurs, autrefois. Ils venaient chercher des poneys dressés par mon père. Plus personne ne vient, désormais.

— Ne vous sentez-vous pas un peu seule ?

Elle se raidit, sur la défensive.

— J'aime la solitude. Et rien ne m'oblige à rester ici.

Lester s'empara du plat et se resservit.

— Où iriez-vous, si vous partiez ?

La jeune fille se mordit la lèvre. Elle avait un rêve. Un grand rêve qu'elle avait partagé avec son père. Il lui était trop précieux pour qu'elle acceptât de le confier à cet étranger hautain et sûr de lui.

— J'ai quelques idées…, esquiva-t-elle. A propos, comment s'appelle votre cheval ?

Il soupira.

— Sir Finnegan. Il est enregistré sous ce nom dans le fichier des pur-sang. Mais son maudit pedigree ne lui aura pas servi à grand-chose. Quoi que vous en disiez, je l'estime irrécupérable. Si je l'ai amené jusqu'ici, c'est afin d'avoir la paix : le fils de mon cousin, qui s'occupe avec moi du haras, ne cessait de me tarabuster pour que je le conduise à votre père. Voilà qui est fait. Maintenant, il ne me reste plus qu'à le retrouver et à l'abattre avant qu'il ne cause d'autres dégâts. Si vous avez des cartouches… De quelle taille est cette île ?

Eliza avait frémi, mais elle se ressaisit.

— Une demi-journée de marche dans les deux sens.

— Je partirai à sa recherche demain matin.

— Il n'est pas perdu. Il reviendra de lui-même, je peux vous l'assurer, affirma doucement la jeune fille. Et je le sauverai. S'il y a quelque chose à retrouver, c'est le chemin qui mène à son cœur et à son âme. Rien d'autre. Il souffre, prisonnier de sa terreur, et attend que nous l'aidions. C'est à nous qu'il incombe de le rejoindre et de lui redonner confiance.

Lester releva brusquement la tête ; il semblait médusé par cette déclaration.

— Vous avez de drôles d'idées, miss Flyte.

— D'autres ont dit ces choses-là avant moi.

Elle désigna les livres serrés sur l'étagère, entre une collection de lithographies et une pile de vieilles revues d'agriculture.

— Connaissez-vous le *Traité sur les chevaux*, de Xénophon ?

Son hôte hocha la tête.

— Je l'ai lu. En grec ancien.

Un sourire fugace passa sur les lèvres d'Eliza. Elle se leva et alla chercher le volume, aux pages jaunies et à la reliure fatiguée comme s'il avait été maintes fois consulté.

Elle chercha un passage et le lut à haute voix :

— Le cheval est attentif au moindre de vos gestes et de vos réactions. S'il paraît indifférent, ce n'est qu'une feinte pour masquer son désir de se rapprocher de vous.

Ces paroles, comme les précédentes, prenaient soudain une résonnance poignante pour Lester Bohannon. Pourraient-elles, par miracle, s'appliquer à un petit garçon de huit ans muré dans son silence ? Blue n'attendait-il qu'un geste de lui — le geste adéquat qui le délivrerait de sa prison de chagrin ?

Mais comment trouver ce geste ? Comment retrouver le chemin qui menait au cœur de son fils, comme disait cette sauvageonne avec son étrange sagesse ? Il n'était pas certain de savoir y parvenir, et son impuissance à aider son enfant le minait.

Désireux d'échapper à ses tourments de père, il se leva et alla consulter les ouvrages rangés sur l'étagère.

— Fitzherbert, John Solomon Rarey, les lettres de Gambado... Excellentes références. J'ai lu tout cela, moi aussi. Ce sont des ouvrages de qualité. Mais comment se fait-il...

Il s'interrompit, retenant de justesse l'offense qui avait failli lui échapper.

— Comment se fait-il qu'une sauvageonne vivant dans le dénuement ait de telles lectures ? acheva Eliza à sa place.

— Avouez qu'il est surprenant de trouver de tels livres sur une île déserte ; en outre, rares sont les femmes qui s'intéressent à Xénophon, à ma connaissance.

— Tout ce qui se rapporte aux chevaux me passionne. Cette bibliothèque équine était celle de mon père ; il l'a apportée d'Angleterre.

— Les autres volumes aussi ?

— La Bible du roi James et la pièce de Shakespeare proviennent d'un naufrage. Il y en avait beaucoup d'autres, mais elles étaient endommagées.

Elle était toute petite, ce jour-là, mais elle s'en souvenait comme si cela datait de la veille. Eblouie par les trouvailles de son père, elle l'avait prié sur-le-champ de lui apprendre à lire. Ce même soir il avait commencé à lui raconter *La Tempête* et l'enchantement était né.

L'histoire de ce père et de sa fille échoués sur une île déserte à la suite d'un naufrage était devenue le miroir féerique de leur propre vie. Henry Flyte était Prospero, bien sûr, le magicien qui commandait aux éléments. Et elle était Miranda, la belle jeune fille qui attendait impatiemment de connaître l'amour...

« Nous sommes faits de la même étoffe que les rêves », disait Prospero dans la pièce. Eliza avait embrassé cette profession de foi avec toute la ferveur de son cœur d'enfant. Mais croire aux rêves ne l'avait pas préparée à cette déconcertante rencontre avec un riche planteur de Virginie, fût-il aussi beau que le prince Ferdinand.

— Ce roman est le plus récent de ma collection, déclara-t-elle fièrement en lui désignant *Jane Eyre*, de Charlotte Brontë. Papa me l'a rapporté du continent l'an dernier. Je l'ai déjà lu quatre fois.

— Je n'ai pas grande estime pour les romancières, observa Lester avec une condescendance qu'elle trouva détestable.

— Vous ne savez pas ce que vous perdez.

— Et la pièce de Shakespeare, combien de fois l'avez-vous lue ?

— Je ne pourrais pas les compter. *La Tempête* a été mon plus fidèle compagnon, depuis toujours.

Rougissante, elle avoua :

— Quand j'étais petite, je me prenais pour Miranda. Après chaque tempête, je me rendais sur la grève pour voir si un navire ne s'était pas échoué avec le prince Ferdinand à son bord.

Lester s'adossa au mur, enfila ses pouces dans sa ceinture et sourit d'un air railleur.

— Ne me prenez pas pour un prince, ma jolie. Je n'en suis pas un.

S'empourprant de plus belle, Eliza remit le volume à sa place.

— Cette idée ne m'a pas effleurée, rassurez-vous.

Elle caressa les reliures usées avec tendresse.

— Tout ce que je sais du monde provient de ces livres.

— Qui vous dit qu'ils vous le montrent tel qu'il est ?

Elle inclina la tête avec une coquetterie involontaire, savourant cette présence inattendue, touchée par l'attention que cet homme superbe lui portait.

— Est-ce si important ?

— Bien sûr ! La vie est faite pour être vécue, pas pour être lue dans des livres.

— Je préfère entendre Shakespeare me parler d'envie, de jalousie et de folie plutôt que d'affronter ces sentiments par moi-même.

— Et voir Caliban sous les traits d'un chien

plutôt que d'un monstre hideux, ajouta Lester avec un demi-sourire.

— Parfaitement.

— Iriez-vous jusqu'à dire que vous n'aimeriez pas être Jane, quand elle retrouve M. Rochester après tant d'années ?

Eliza ouvrit de grands yeux.

— Je croyais que vous ne prisiez pas les romancières !

— Seulement quand elles n'ont aucun talent.

La jeune fille ne put s'empêcher de rire. Le regard bleu clair de son compagnon effleura une dernière fois la rangée de volumes, puis se posa sur elle, pensif.

— Ainsi, vous avez appris la vie d'un dresseur de chevaux qui aimait les livres.

— Oui.

— N'avez-vous jamais souhaité avoir des amis de votre âge ? Des voisins ? De la famille ou des connaissances venant vous rendre visite de temps à autre ?

— Mes amis et ma famille sont les oiseaux, les poneys sauvages et tous les animaux de cette île qui n'ont pas peur de moi. Ils me suffisent amplement.

Elle rougit de nouveau, intimidée par ce gentleman venu d'un monde si différent du sien.

— Je vous parais bizarre, n'est-ce pas ?

Il lui jeta un regard si intense qu'elle en frémit.

— Très bizarre, en effet. Mais très intéressante aussi, miss Flyte.

Cet homme lui donnait envie de s'enfuir en courant, de se cacher loin de lui — et en même temps elle ne pouvait s'arracher à l'espèce de fascination qu'il exerçait sur elle. C'était si bon, de sentir quelqu'un s'intéresser à soi !

L'étrange chaleur qu'elle avait senti couler dans ses veines toute la soirée s'intensifia brusquement. Elle eut la nette impression que Lester Bohannon allait la toucher — et que, cette fois, elle le laisserait faire. Quelque chose d'impalpable s'était tissé entre eux au cours des dernières minutes. Quelque chose qui les rapprochait, qui...

Un hennissement lointain la fit sursauter.

L'étalon ! Le fin duvet qui couvrait ses bras se redressa. La plainte douloureuse du pur-sang l'avait atteinte en plein cœur, tranchant net le lien subtil qui l'avait reliée un instant au beau planteur blond.

Elle s'écarta vivement de lui.

— Vous pouvez dormir dans le hamac tendu sous le porche, dit-elle d'un ton bref. Et pour votre gouverne... sachez que je dors avec une carabine chargée à mon côté.

5

Quand Lester s'éveilla, le lendemain matin, le soleil était déjà haut dans le ciel et la singulière jeune femme qui l'avait recueilli semblait avoir disparu.

Il était allongé dans un hamac de matelot, les rayons ardents chauffaient agréablement ses épaules et ses bras et il percevait les relents à la fois douceâtres et salins des marécages découverts par la marée basse.

Il s'étira, surpris d'avoir si bien dormi malgré la rusticité de son installation. La veille, Eliza avait allumé sous le porche un petit brasero sur lequel des feuilles de citronnelle s'étaient consumées toute la nuit, éloignant les moustiques. La cacophonie assourdie des grenouilles et des grillons, alliée au chuintement régulier des vagues déferlant sur la plage, l'avait bercé de son rythme étrangement apaisant ; il s'était assoupi comme un enfant, accompagné par cette symphonie naturelle qui valait apparemment tous les whiskeys du monde.

D'ordinaire, il lui fallait une dose d'alcool autrement plus corsée pour trouver le sommeil.

N'entendant aucun bruit dans la maison, il se leva et pénétra dans la cuisine déserte. Un broc de terre était posé dans l'évier, empli d'eau fraîche. Il but une longue goulée, puis alla tâter ses vêtements : ils étaient raidis par le sel, mais secs. Il les enfila, songeant au pur-sang qu'il allait devoir abandonner sur cette île.

Cette fille avait l'esprit dérangé par la solitude, c'était certain. Pas un instant il n'avait cru qu'elle pourrait guérir l'étalon, en dépit de ses affirmations.

Il avait fait ce voyage pour rien, et dans quelques heures il devrait affronter le regard lourd de reproches de Blue. Son fils lui en voudrait de ne pas avoir pu sauver Finn, il le savait d'avance. Bien qu'il ait tenté l'impossible pour lui éviter ce chagrin supplémentaire, le petit garçon meurtri par l'horrible drame qu'il avait vécu ne lui pardonnerait pas cet échec.

Maudissant son impuissance, il saisit sa flasque et la porta à ses lèvres. Elle était vide.

— Sacrebleu ! maugréa-t-il.

Il ne lui manquait plus qu'une journée d'abstinence, pour couronner ce fiasco ! Il reprit de l'eau, faute de mieux, et ressortit sous le porche. Si miss Flyte ne se montrait pas, tant pis ; il n'allait pas perdre davantage de temps à la chercher.

Dans la vive clarté du matin, la pauvreté et le délabrement de l'endroit ressortaient plus crûment encore. Avec la grange calcinée à l'arrière-plan et les paddocks à l'abandon, le pathétique royaume d'Eliza Flyte avait quelque chose d'étrange et de presque surnaturel. Pourtant, en dépit de cette désolation, la présence attentive de la jeune femme était sensible à de multiples détails : un vase de fleurs sauvages posé dans le renfoncement de la fenêtre, un prisme de verre suspendu aux chevrons du porche afin de diffracter la lumière, quelques nichoirs perchés sur des piquets blanchis pour accueillir des hirondelles de mer.

Elle chérissait ce lieu, cela se voyait.

Lester décida de descendre vers la plage. Suivant un sentier sablonneux, il longea un ancien manège ombragé par un grand cyprès chauve et ceint d'une barrière délabrée. C'était là, sans doute, que le légendaire Henry Flyte exerçait jadis ses talents... A présent, les mauvaises herbes envahissaient la piste et les montants d'un ancien auvent de toile avaient croulé au centre, calcinés.

Plus loin, en revanche, un second manège moins important paraissait en meilleur état : les planches qui l'entouraient avaient été consolidées et l'auvent était en place, abritant un tonneau empli d'eau de pluie.

Le maître de Whitefield poursuivit son chemin, la mine sombre, remâchant la suite d'événements peu glorieux qui l'avaient amené sur cette côte sauvage pour y abandonner le champion qui aurait dû asseoir sa fortune et sa renommée.

Quel fichu destin que le sien !

Les chevaux avaient toujours été sa passion. Il avait tout misé sur eux, quand son père lui avait légué sa plantation hypothéquée jusqu'au dernier sou. La grande aristocratie des planteurs de tabac ne le lui avait jamais pardonné. Son beau-père, en particulier, aurait jugé plus honorable qu'il se cramponne aux ruines de l'exploitation familiale, tel un capitaine prêt à sombrer avec son navire en perdition.

Quand il avait décidé d'affranchir tous ses esclaves noirs avant qu'ils ne soient vendus aux enchères pour éponger ses dettes, c'était la dernière goutte qui avait fait déborder le vase, l'ultime insulte ressentie comme un soufflet par la haute société sudiste. Lui, en revanche, en avait éprouvé une fierté sans limites. Ce jour-là, il s'était vraiment senti un homme. Mais il avait été le seul à se féliciter de son geste.

Il se remémora la scène éprouvante qui l'avait opposé à sa femme dans le grand salon, pas encore dépouillé de ses fastes par les liquidateurs judiciaires.

Flora était ravissante, fraîche comme un gardénia dans sa robe de dentelle blanche. Et le luxe seyait si bien à son teint de blonde...

Ils possédaient alors — au moins en apparence — tout ce qu'un riche planteur de Virginie se devait de posséder. L'or des miroirs, l'argenterie des lustres et des chandeliers Waterford, les élégantes commodes Heppelwhite en bois de citronnier, le clavecin Montcalme et les précieux tapis d'Aubusson composaient autour d'elle le décor raffiné auquel elle avait toujours été habituée.

D'une voix sourde, altérée par l'émotion, il lui avait fait part du projet qui lui tenait si fortement à cœur et qui devait les sauver : vendre tout ce qui leur restait, investir dans un élevage de pur-sang qui restituerait à Whitefield sa vraie richesse.

Le rire amer par lequel elle lui avait répondu n'avait plus rien de la délicieuse gaieté qui l'avait séduit en elle, autrefois, quand ses yeux couleur de myosotis pétillaient constamment.

— Voyons, mon chéri... Comment peux-tu te raccrocher à de telles chimères ? Tu n'as plus assez d'argent pour monter un haras, et tu viens d'affranchir tous tes esclaves ! Tu n'y arriveras jamais.

Blessé jusqu'au fond de l'âme par son manque de confiance, il avait baissé les yeux sur ses mains, blanches et lisses à l'époque, et les avait tendues vers son épouse, paumes ouvertes.

— Regarde bien ces mains, Flora. Elles ont tenu les rênes des pur-sang les plus racés de Virginie, versé les vins les plus fins, perdu et gagné des fortunes aux cartes. Elles t'ont aimée, caressée, vénérée depuis notre mariage, il y a huit ans. La seule chose qu'elles n'ont jamais connue, c'est le dur labeur de la terre et des bêtes. C'est à cela qu'elles vont servir, désormais. Elles sont le seul bien qui me reste en propre.

Flora avait fondu en larmes, convaincue que son mari avait perdu l'esprit. Elle l'avait supplié de penser à leurs deux enfants, Belinda et Blue, à la position qu'ils occupaient dans la société si conservatrice de Tidewater, à l'est de la Virginie. Lester était resté intraitable. Pour la première fois de sa vie il allait agir à sa guise, sans tenir compte de l'opinion des Wicomb ou de leurs voisins. Il tenait son rêve à portée de main, et il voulait le réaliser.

Sa femme n'avait pas compris. Hystérique, elle avait couru dans leur chambre pour y prendre ses affaires personnelles. Puis elle avait emmené les enfants à Toano, chez ses parents, et refusé de revoir son mari tant qu'il n'aurait pas recouvré la raison.

Ce jour-là avait marqué la fin de leur mariage, bien qu'il n'en ait pas pris conscience tout de suite.

Il s'était jeté dans le travail tel un forcené, aidé de Noah. Au prix d'efforts considérables, ils avaient mis sur pied un haras de qualité et ses chevaux avaient commencé à gagner des courses importantes. Des éleveurs de Virginie, du Maryland, du Tennessee et du Kentucky lui avaient amené leurs poulinières pour les faire saillir par ses étalons. Il avait instauré à Whitefield une vente annuelle de yearlings si lucrative qu'elle aurait pu — et dû — lui permettre de rebâtir sa fortune en l'espace de quelques saisons.

Mais ce début de réussite ne lui avait pas rendu Flora. Elevée pour être l'épouse d'un riche planteur, sa femme ne lui avait jamais pardonné de l'avoir humiliée aux yeux de leur entourage.

Il n'avait pas fléchi, elle non plus. Pas une fois, elle n'avait daigné montrer le moindre signe de tendresse ou de compassion envers l'homme qu'elle avait pourtant juré d'aimer jusqu'à son dernier souffle, et qui se battait si farouchement pour reconquérir sa famille, ses enfants, et leur rendre l'aisance dont son propre père l'avait spolié.

Quand elle était morte, de cette manière horrible qu'il ne pourrait jamais oublier, elle avait laissé derrière elle l'épave brisée d'une famille à la dérive : un mari qui ne comptait plus que sur le whiskey pour panser ses plaies, un fils que le choc et le chagrin avaient privé de son âme, une fille trop petite encore pour comprendre le drame qui les avait frappés, mais qui savait déjà que toute joie avait disparu de sa vie.

Au bout de quelques mois, réussir était redevenu le seul but de Lester Bohannon, la seule façon de prendre sa revanche sur les mauvais tours que lui avait joués le sort. Et voilà qu'au moment précis où le pur-sang le plus rapide d'Irlande pouvait enfin le hisser hors de l'eau il replongeait de plus belle, comme si une malédiction s'acharnait sur lui.

Si seulement il avait assuré ce maudit étalon ! pensa-t-il encore en gravissant les dernières dunes qui le séparaient de l'océan. Mais l'achat de Finn avait englouti tous ses gains de l'année, il n'aurait jamais pu payer les primes exorbitantes exigées par la Lloyd's. Et pour tout dire, pas un instant il n'avait imaginé que cette fichue traversée pourrait s'achever par un désastre.

Lorsqu'il atteignit l'espèce de promontoire qui dominait la plage, il était d'une humeur noire — que n'améliorait pas le sevrage forcé imposé par sa flasque vide. Sacré bon sang ! pesta-t-il en lui-même. Dire qu'il devrait attendre son retour à Whitefield pour avaler une goutte de whiskey !

Il s'avança au bord de la falaise sableuse. Juste au-dessous de lui se dessinait la ligne sombre tracée par la marée haute de la veille. Elle était jonchée de bois flotté et d'autres détritus apportés par la mer. Il imagina Henry Flyte et sa fille partant à la chasse au trésor, quand un naufrage s'était produit au large de l'île. Puis, songeant aux pirates et aux aventuriers qui hantaient autrefois ces parages dangereux pour venir y abriter leurs secrets, il se demanda soudain quel était celui du dresseur de chevaux.

Car il devait en avoir un.

Nul homme sensé, et *a fortiori* un entraîneur de son renom, ne serait venu s'enterrer sur cette île déserte avec une enfant s'il n'avait quelque chose à cacher.

Comme il promenait distraitement son regard le long du rivage, un mouvement retint son attention sur sa gauche, vers le nord. Il plissa les paupières, intrigué, et reconnut Eliza Flyte qui revenait vers lui, marchant les pieds nus sur le sable mouillé.

Il secoua la tête. Elle avait vraiment l'air d'une sauvageonne, avec sa tunique effrangée qui laissait voir ses chevilles et la lourde masse de ses cheveux noirs ramenée sans façon d'un côté de son cou gracile.

Il l'avait prise pour une adolescente, la veille, mais si elle possédait bien le charme acidulé d'un fruit vert elle avait un corps de femme, aux formes délicieusement épanouies malgré sa minceur.

Et ses ressources ne s'arrêtaient pas là. Il se remémora avec gourmandise le savoureux ragoût qu'elle lui avait servi, mais aussi le surprenant moment de détente qui avait suivi leur repas. Jamais il n'aurait pensé mener une conversation de cette tenue sur une île déserte ! Par certains côtés, miss Flyte pourrait briller dans les salons les plus huppés de Richmond. Mais par certains côtés seulement !

Cette fille était une énigme vivante. Le mystère de son existence solitaire peuplée de livres et d'animaux le fascinait. Elle était vive, courageuse, intelligente, cultivée à sa manière. Quel dommage qu'elle vive en recluse et nourrisse ces étranges fantasmes au sujet des chevaux...

La mort de son père avait dû entamer sa raison.

Soudain, il remarqua qu'elle tenait à la main une longue corde lâche, et qu'un licou était passé autour de son épaule. Il fronça les sourcils, prêt à l'appeler, quand une autre découverte le figea de stupeur : à une dizaine de toises derrière elle venait l'étalon, qui la suivait d'un pas régulier.

Lester se ressaisit immédiatement, tandis qu'une vague de terreur le submergeait. Elle était vraiment folle, folle à lier ! Ne lui avait-il pas dit que ce cheval était un tueur ?

La gorge nouée par la panique, il dévala la dune à vive allure et courut à toutes jambes en direction d'Eliza. Bonté divine ! Si seulement elle lui avait laissé ses cartouches !

Retrouvant l'usage de sa voix, il se mit à hurler et à agiter les bras tel un possédé. La jeune femme et le pur-sang tournèrent la tête vers lui d'un même mouvement. Tandis qu'Eliza Flyte le fusillait du regard, visiblement furibonde, l'étalon hennit et se mit à renâcler furieusement, puis il se cabra et retomba lourdement sur ses jambes écartées, prêt à l'attaque.

— Fuyez, vite ! cria Lester.

S'emparant d'un morceau de bois flotté, il le lança de toutes ses forces sur le cheval. Il le manqua. Toutefois, l'animal terrifié secoua sa crinière et détala à l'autre bout de la plage.

Lester poussa un soupir de soulagement. Le pire avait été évité, mais ils n'étaient pas hors de danger. Finn pouvait revenir à la charge. D'un geste brusque, il prit Eliza par le bras et voulut l'entraîner à sa suite.

— Il faut se mettre à l'abri ! Venez !

Elle se dégagea avec une vigueur qui le surprit.

— Avez-vous perdu le sens ? J'étais presque arrivée…

— Ce n'est pas moi qui déraisonne, jeune fille ! rétorqua-t-il d'un ton courroucé. Suivez-moi, je vous dis ! Cet animal est dangereux !

Il tendit de nouveau la main vers elle, mais elle l'esquiva adroitement et campa sur ses positions. Ses yeux gris lançaient des éclairs.

— Il m'a fallu plus d'une heure pour le mettre en confiance et l'amener jusqu'ici, monsieur Bohannon ! A cause de votre stupidité, je vais être obligée de tout recommencer !

— Vous ne pouvez me demander de rester sans rien faire alors qu'il risque de vous attaquer !

— Il ne m'attaquera pas. Il a compris que je voulais l'aider.

— Sapristi ! Je vous répète…

Eliza Flyte s'écarta, comme si elle redoutait un nouveau contact avec lui. Puis elle s'ébroua à la façon d'une pouliche, rejetant ses cheveux en arrière telle une longue crinière sombre.

— Ecoutez : laissez-moi une chance de le sauver. C'est tout ce que je vous demande. Je sais que j'en ai la capacité.

— Je refuse. Je ne tiens pas à avoir votre mort sur la conscience.

— Il ne s'agit nullement de cela ! protesta-t-elle, nouant les mains en un geste implorant. Il faut que j'essaie. Permettez-moi d'essayer, je vous en supplie !

Sa colère avait fait place à un désespoir si profond que Lester, malgré lui, se laissa émouvoir. Après tout, se dit-il, qu'elle tente sa chance si elle y tenait à ce point ! Lorsqu'elle aurait échoué, elle se calmerait d'elle-même.

— C'est bon, grommela-t-il. Montrez-moi de quoi vous êtes capable. Mais je vous préviens : s'il attaque, j'attaquerai aussi !

La jeune fille l'observa avec un mélange de surprise et de soulagement.

— Une dernière chose, précisa-t-elle gravement. Vous devez me promettre de ne pas intervenir, sauf si je vous appelle à mon secours.

Lester hésita un instant, puis céda derechef. Au point où il en était...

— Entendu, accorda-t-il d'un ton bourru. Vous

avez ma parole. Mais je veillerai au grain, ne l'oubliez pas.

Elle ne sourit pas. Simplement, ses yeux gris s'illuminèrent d'une façon qui toucha Lester beaucoup plus qu'il ne l'aurait voulu.

— J'espère pour vous que vous êtes patient, déclara-t-elle. Cela risque de prendre du temps.

Tandis qu'elle s'éloignait, la longe enroulée autour de son coude mince, le maître de Whitefield alla chercher refuge au pied des dunes, à l'ombre d'un cyprès. La brise rafraîchissait agréablement son visage en sueur.

Bonté divine ! songea-t-il avec étonnement. Quelle peur cette femme lui avait faite ! Mais ce qui le surprenait le plus, et de loin, c'était qu'elle ait réussi en quelques minutes à peine à le retourner comme une crêpe.

Serrant les doigts sur son gourdin, il s'apprêta à ronger son frein en silence — et à intervenir au premier signe de danger.

Deux heures plus tard, fasciné, Lester Bohannon avait l'étrange sensation d'avoir été dompté en même temps que le pur-sang.

Assis dans le sable, une main autour de son genou dressé, il ne pouvait détacher les yeux de l'étrange paire qui évoluait lentement sur la plage, décrivant les figures d'un mystérieux ballet.

La façon dont Eliza Flyte s'y était prise pour attirer à elle l'étalon furieux l'avait sidéré. Tout s'était déroulé en douceur, la jeune femme appliquant à la lettre les préceptes de Xénophon. A plusieurs reprises elle s'était approchée de Finn en feignant l'indifférence, passant près de lui sans le regarder. A la longue, piqué par ce manège qui se répétait, l'étalon avait paru vexé : il avait cherché à la rejoindre, mais à chacune de ses tentatives Eliza l'avait chassé en agitant la longe. Plus elle le repoussait, plus il semblait désireux de se rapprocher d'elle.

Cette espèce de danse, ce jeu mutuel de rejet et de séduction, avait duré un bon moment. Il n'était pas sans rappeler les feintes de deux amants terribles, avait pensé Lester captivé, chacun cherchant à dominer l'autre pour le soumettre à sa volonté.

Puis la fille de Henry Flyte, qui semblait avoir hérité des talents de son père, était subtilement passée de ce premier stade d'apprivoisement à une amorce de coopération.

Elle s'était éloignée, regardant droit devant elle, et Lester médusé avait vu le pur-sang hésiter un instant. Peu après, comme s'il ne pouvait résister à l'attirance que la jeune dresseuse exerçait déjà sur lui, il s'était mis à trottiner pour la rattraper. Et maintenant, miracle suprême, il marchait à sa hauteur, tout près d'elle, comme s'il voulait lui caresser l'épaule de ses naseaux.

A leur allure étrangement synchronisée, on eût

pu croire qu'ils écoutaient en silence une musique qui leur était commune.

Eliza se gardait bien de se tourner vers Finn. Depuis le début de leur exercice, elle ne l'avait jamais touché. Ce qui se passait entre eux était tout en nuances, mais Lester avait l'impression de percevoir physiquement le lien invisible qui s'était peu à peu créé entre la jeune fille et le bel étalon alezan.

En cet instant, Eliza Flyte avait l'air d'un ange.

Quand elle s'arrêta, se retourna et posa sa main fine sur le chanfrein du pur-sang qui s'était arrêté aussi, le jeune homme frémit comme s'il avait lui-même reçu cette caresse. Un frisson nerveux passa sur la robe de Finn, puis il abaissa son long cou altier — en signe de soumission devant celle qui avait su le conquérir avec autant de tact que de doigté.

Pourtant, nota Lester avec une surprise toujours plus grande, cette soumission n'avait rien d'une humiliation. Le grand cheval semblait soulagé d'un fardeau, comme s'il était heureux d'avoir abandonné sa peur des hommes et renoué des liens qui lui étaient nécessaires.

Si Eliza Flyte avait été près de lui durant cette tempête, pensa-t-il encore, nul doute que la terreur ne l'aurait pas rendu fou...

A cet instant, des mouettes s'élevèrent en criant d'un étang voisin et survolèrent la plage dans un grand battement d'ailes. Effrayé comme par un coup de vent, Finn poussa un hennissement de panique avant de se dresser sur ses jambes arrière.

Il allait frapper la jeune fille de ses sabots !

Saisi d'horreur, Lester se leva et s'élança vers elle. Il la vit s'écarter calmement, sans crainte apparente. Le pur-sang retomba lourdement, tordit son échine et partit au grand galop vers les fourrés qui bordaient les dunes.

— Vous êtes plus folle que lui ! s'écria le jeune homme, les nerfs à vif. Je ne veux pas en voir davantage. Je repartirai à la prochaine marée haute.

Eliza enroulait la longe d'un geste tranquille, comme si elle ne l'avait pas entendu.

— Il en avait assez pour aujourd'hui, de toute manière. Nous continuerons demain ; mieux vaut ne pas aller trop vite.

— Qui vous dit que vous le retrouverez, demain ?

Elle mit sa main en visière et scruta les dunes de son regard gris. Un hennissement furieux monta dans le ciel d'azur.

— Il reviendra, assura-t-elle. Je le sais.

6

Lester Bohannon ne repartit ni le lendemain ni les jours suivants.

Le soir de sa première approche de Finn, Eliza avait disposé sur la plage quelques pommes qu'elle conservait de l'automne précédent. A l'aube, quand elle découvrit qu'elles avaient été mangées, elle en éprouva une joie sans pareille. Elle était sur la bonne voie. Son père serait fier de ses résultats !

Encouragée, elle décida de remettre le petit manège en état — et ne trouva rien de mieux que d'enrôler de force le propriétaire du pur-sang.

— Vous allez m'aider, monsieur Bohannon, décréta-t-elle quand Lester vint la rejoindre, les joues ombrées d'une barbe mordorée qui le rendait plus séduisant encore. Ce manège a besoin d'être désherbé et les palissades doivent être consolidées.

— Je vous ai dit hier...

— Ne discutez pas. Je ne vous laisserai pas abandonner cet étalon. J'exige que vous restiez jusqu'au bout.

Une lueur moqueuse s'alluma dans le regard

clair du planteur — ce regard qui donnait à Eliza l'envie irrépressible de se transformer en belle du Sud. Malheureusement, elle savait bien qu'elle n'y parviendrait jamais.

A l'âge de douze ans, lasse d'être prise pour un garçon par les clients de son père que ses cheveux courts et ses culottes abusaient, elle s'était mise à compulser quelques vieux numéros de la *Gazette des Fermières* pour apprendre à se confectionner des robes. Puis elle s'était laissé pousser les cheveux, et peu à peu leurs visiteurs avaient commencé à la considérer d'un autre œil.

Mais elle avait beau faire, elle n'ignorait pas qu'il lui restait un long chemin à parcourir avant de ressembler aux merveilleuses élégantes en crinoline qu'elle croisait parfois à Norfolk, ces créatures de rêve qui déambulaient gracieusement sous une ombrelle de dentelle, leur lourd chignon brillant retenu par des peignes de nacre.

Elle n'était pas une riche héritière, elle devait en prendre son parti. Et, depuis qu'elle vivait seule, elle ne se souciait plus guère de son apparence. Le débarquement impromptu de Lester Bohannon sur son île avait réveillé des désirs secrets qu'elle croyait avoir oubliés.

— Jusqu'au bout de quoi ?

Elle sursauta, confuse, et répondit avec une acidité imputable à ses seules pensées, elle devait bien l'admettre.

— Du dressage, évidemment !

Il haussa ses larges épaules.

— Les choses sont d'ores et déjà terminées, si vous voulez mon avis. Vous avez réussi à charmer ce monstre l'espace de quelques instants, je le reconnais, mais il a suffi d'un vol de mouettes pour le rendre à sa sauvagerie. Vous n'en referez jamais un cheval de course.

Eliza le toisa, les yeux étincelants.

— Allez chercher une bêche.

— Pardon ?

— Vous m'avez parfaitement comprise : allez chercher une bêche, je m'occupe du reste.

Un sourire en coin se dessina sur les lèvres du jeune homme.

— Je vous donne deux jours pour me convaincre, pas davantage.

— Pari tenu, monsieur Bohannon. Et d'ici là, je compte sur vous pour remettre le manège et le paddock en état.

Comme il s'inclinait devant elle, rieur, elle se figea subitement, tous ses sens en alerte. Un frisson courut sur sa peau.

— Que se passe-t-il ? s'enquit Lester. Qu'ai-je fait pour que vous pâlissiez de la sorte ?

— Chuuut…

Le plus doucement possible, elle posa le râteau qu'elle serrait entre ses mains. Du coin de l'œil, sans tourner la tête, elle aperçut l'étalon qui gravissait avec méfiance le sentier montant de la plage.

— Tu es là, mon beau..., murmura-t-elle d'une voix alanguie par l'émotion. Je savais que tu viendrais.

Lester Bohannon la considéra d'un air égaré, comme si elle avait réellement perdu l'esprit.

— Quoi ?

Eliza réprima un petit rire amusé. D'un geste du menton, elle lui fit signe de se retourner et connut l'insigne plaisir de le voir pâlir à son tour.

Le soir du deuxième jour, les mains en sang et le dos rompu par les travaux qu'Eliza Flyte exigeait de lui, Lester lança depuis le porche :

— Je partirai demain. Je ne peux m'attarder plus longtemps.

La jeune dresseuse avait accompli quelques progrès, certes, mais cet après-midi encore une bourrasque de vent soufflant dans les joncs avait chassé l'étalon à l'autre bout de l'île. Chaque fois qu'il se prenait à espérer un miracle, Finn le décevait de nouveau. Cela ne pouvait plus durer.

Eliza, occupée à traire sa vache au coin de la maison, ne répondit pas.

— M'avez-vous entendu ? cria-t-il, forçant sa voix pour dominer la brise et l'habituel concert des grenouilles.

— Oui, je vous ai entendu.

Il sursauta en constatant qu'elle s'était approchée sans bruit, son seau de lait à la main. Sa façon silencieuse de se déplacer l'étonnait toujours. Les femmes qu'il fréquentait s'annonçaient à dix toises à la ronde, avec le froufrou de leurs jupons amidonnés et les frôlements rêches de leurs crinolines démesurées. En outre, les femmes qu'il fréquentait parlaient constamment, et souvent à tue-tête. Eliza Flyte était si peu loquace que son mutisme lui paraissait quelquefois oppressant.

— Je dois rentrer à Whitefield, reprit-il. J'ai des responsabilités à assumer.

Il éprouvait une étrange envie de lui en dire plus, de lui parler de ses enfants, de ses soucis, mais la réserve qu'elle observait à son égard le retint. Après leur échange du premier soir, elle s'était tenue sur ses gardes, refusant de répondre dès qu'il lui posait des questions trop personnelles. Il ne lui inspirait qu'un mélange d'agacement et de mépris, c'était visible. Et pour sa part, il eût été bien en peine de définir ce qu'il pensait d'elle.

— Vous en avez aussi vis-à-vis de cet étalon, qui n'a pas traversé l'Atlantique de son propre gré, rétorqua-t-elle.

— C'est sans espoir, Eliza. Chaque fois que vous progressez un peu, le moindre incident suffit à annihiler tous vos efforts. Jamais ce cheval ne supportera d'être monté.

Elle posa son seau.

— Je ne suis pas de votre avis. Chaque jour, Finn reste un peu plus longtemps avec moi. Il revient de loin ; il lui faut du temps pour surmonter ses traumatismes.

— Et moi, je ne peux rester ici des semaines dans l'attente d'un résultat incertain. En venant sur cette île, je pensais confier ce pur-sang à votre père et repartir sur-le-champ.

Eliza gravit les marches du porche et poussa de la hanche la porte battante de la cuisine.

— Accordez-moi encore deux ou trois jours, insista-t-elle posément. Si d'ici là je n'ai pas réussi à lui passer un licou, vous pourrez repartir ; mais, dans le cas contraire, vous ne regretterez pas d'être resté, je vous le promets.

Lester lui jeta un coup d'œil dubitatif.

Après tout, à qui manquerait-il, à Whitefield ? Noah était parfaitement capable de diriger le haras à sa place. Quant à ses enfants, Nancy et Willa s'occupaient d'eux lorsqu'ils n'étaient pas à Toano, où le précepteur des Wicomb assurait leur éducation en même temps que celle de leurs cousins.

Blue et Belinda ne s'apercevraient même pas de son absence, pensa-t-il sombrement. Ou alors ils en seraient soulagés. Il n'était pour eux qu'une sorte de figurant lointain, un inconnu qui les terrifiait quand il avait abusé du whiskey.

A cette pensée, sa soif d'alcool se réveilla.

Combien de fois s'était-il levé, le matin, en se jurant de ne plus boire ? Il y était chaque fois fermement décidé, mais son désespoir devant son impuissance à devenir un vrai père reprenait toujours le dessus.

Finalement, cette période d'abstinence forcée ne ferait de mal à personne, conclut-il. Et ses enfants seraient plus tranquilles sans lui, pendant quelque temps.

Il acquiesça, non sans appréhension devant le sacrifice volontaire qu'il s'imposait.

— Accordé, maugréa-t-il. A condition qu'il ne vous faille pas cent sept ans.

Eliza se jeta à corps perdu dans sa mission. Par l'entremise d'un étranger, le sort lui avait offert une revanche inespérée sur la bêtise et la méchanceté qui avaient brisé sa vie. Elle comptait bien en faire une victoire.

Sa victoire.

Ce défi à relever l'aidait à reprendre courage chaque fois que Finn se montrait retors ou capricieux. Un jour, il redeviendrait le champion qu'il avait été et le nom de Flyte résonnerait de nouveau sur les champs de courses, auréolé de gloire.

Une telle récompense justifierait amplement tous ses efforts, se répétait-elle. Elle valait bien, aussi, d'avoir à côtoyer le beau planteur blond qui était venu par surprise troubler sa solitude. Et qui, elle le savait déjà, laisserait un grand vide derrière lui lorsqu'il repartirait comme il était arrivé, avec son cheval et son chaland...

De son côté, Lester s'occupait de son mieux. Il ne nourrissait toujours aucune illusion sur le sauvetage de Finn, qu'un orage avait de nouveau rendu aussi nerveux qu'à son arrivée, mais il s'accommodait plutôt bien de ses corvées et prenait un plaisir certain à se sentir utile. Ces tâches simples lui occupaient avantageusement l'esprit... et les mains, quand l'envie de saisir sa flasque le torturait. Il les trouvait même assez apaisantes — un état de grâce qui dura jusqu'au matin fatidique où il s'écrasa le pouce gauche avec son marteau.

Une bordée de jurons franchit ses lèvres. Il serrait sa main meurtrie entre ses cuisses, souffrant le martyre, quand Eliza arriva sur ces entrefaites accompagnée de Caliban qui gambadait sur ses talons.

— Vous vous êtes blessé ? s'enquit-elle simplement.

Son attitude détachée accrut l'exaspération du jeune homme.

— Je me suis écrasé le pouce ! tonna-t-il. Je me demande même s'il n'est pas cassé. Etes-vous satisfaite ?

— Non, car une fracture ou une infection vous empêcherait de poursuivre votre travail, rétorqua-t-elle avec un pragmatisme qu'il trouva révoltant. Suivez-moi, je vais vous soigner.

Excédé, Lester faillit riposter qu'il n'avait plus la moindre envie de jouer les manœuvres et qu'il allait rentrer chez lui sur-le-champ. Mais Eliza Flyte avait déjà tourné les talons. Se dirigeant vers la citerne qui jouxtait la maison, elle puisa un seau d'eau claire.

— Trempez votre main là-dedans.

Comme il hésitait, elle lui saisit le poignet et l'immergea d'office.

— Ouille ! grommela Lester, à qui le choc de l'eau glacée était allé droit au cœur. Sacrebleu ! Qu'est-ce que ça pince...

— Je sais, mais c'est nécessaire. Ça vous piquera plus encore quand je nettoierai la blessure avec de la poudre de salicorne ; c'est un désinfectant qui contient de la soude. Ne bougez pas. Je vais chercher ce qu'il faut.

Peu après, elle revint avec une sorte de pâte grisâtre qu'elle appliqua sans la moindre commisération sur le doigt meurtri.

— Bon sang, Eliza ! Prenez-vous plaisir à me maltraiter ? maugréa-t-il.

Sans répondre, elle manipula l'articulation pour s'assurer qu'il n'avait rien de cassé — ce qui était le cas. Serrant les dents, Lester vit ses yeux gris se poser sur son alliance en or qu'il ne s'était jamais donné la peine d'enlever, mais elle ne dit rien.

Il ne jugea pas utile non plus de lui fournir des explications. La soude mordait dans sa chair à vif, il lui tardait qu'elle ait terminé.

Elle acheva ses soins en étalant un baume apaisant, à base de plantes. La pommade le soulagea instantanément. Il poussa un soupir.

— Puisque vous ne jurez plus, je suppose que vous allez mieux, déclara Eliza en lui jetant une œillade amusée à travers ses cils veloutés, remarquablement longs et épais.

— Je suis peut-être sur le point de défaillir, à force d'être brutalisé, répondit Lester avec une mauvaise foi évidente.

De fait, il appréciait plus qu'il ne l'aurait cru le va-et-vient léger et efficace de ces doigts fins sur sa peau. C'était un contact parfaitement impersonnel, mais ce geste attentif et désintéressé le touchait étrangement.

Quand elle eut fini, la jeune femme banda son pouce à l'aide d'un linge propre.

— A quoi bon poursuivre cette comédie, Eliza ? demanda-t-il d'un ton plus amène. Vous ne réussirez jamais à enfermer Finn dans ce paddock.

Elle lui jeta un regard noir.

— Vous vous trompez. Puisque vous ne pouvez plus travailler pour aujourd'hui, suivez-moi. Je vais vous montrer quelque chose qui vous aidera peut-être à comprendre.

Un quart d'heure plus tard, après avoir contourné

avec elle les dunes qui surplombaient la maison, Lester la suivit jusqu'à l'orée d'un petit bois de pins maritimes. Depuis un moment déjà, il avait remarqué sur le sentier sablonneux des traces de sabots et de crottin. Sans doute voulait-elle lui montrer ses fameux poneys sauvages. Il ne voyait pas en quoi cela pouvait modifier son avis, mais cette promenade en compagnie d'Eliza Flyte n'avait rien de désagréable.

Elle se tourna vers lui, un doigt sur sa bouche pulpeuse.

— Ne faites aucun bruit, chuchota-t-elle.

Le prenant par la main, elle l'entraîna au sommet d'une dune et l'obligea à s'allonger près d'elle, à plat ventre sur le sable chaud.

— Chuuut... Ne bougez plus. Ils sont là.

A travers un rideau de roseaux, Lester découvrit alors une scène d'une telle sérénité et d'une telle poésie qu'il en resta figé : une vingtaine de poneys blonds broutaient tranquillement l'herbe verte qui poussait au bord d'un étang, sans se soucier des moineaux et sansonnets perchés sur leur dos pour picorer les insectes enfouis dans leur pelage.

Un instant, il se crut transporté à l'aube des temps. Cette nature intacte était d'une pureté merveilleuse, un véritable enchantement. Comme il se tournait vers sa compagne, il constata qu'elle partageait son émerveillement devant ce tableau qu'elle avait pourtant admiré des milliers de fois, à n'en pas douter. Son profil tendu par l'attention, ses narines frémissantes et ses lèvres entrouvertes la rendaient singulièrement attirante.

S'il pouvait continuer à voir le monde à travers ses yeux ! pensa-t-il avec un mélange d'envie et de nostalgie. Cette façon qu'elle avait de s'intéresser aux êtres et aux choses, sans jamais se lasser, était peut-être son plus grand charme. Et ce charme faisait d'elle une personne unique, incroyablement précieuse. Il commençait à penser que sa fraîcheur et son naturel lui manqueraient beaucoup, quand il rentrerait à Whitefield.

— Comment sont-ils arrivés sur cette île ? demanda-t-il à mi-voix.

— Certains prétendent qu'ils ont été amenés par des pirates. D'autres disent qu'ils descendent de chevaux conduits sur l'île par les premiers colons, pour y paître en été. Mon père, lui, pensait qu'ils proviennent d'un naufrage. Les Espagnols transportaient des poneys au Panama pour les faire travailler dans leurs mines.

Elle grimaça.

— Il paraît qu'ils les aveuglaient, pour les empêcher de céder à la panique quand on les descendait sous terre. Au moins, ceux qui ont réussi à nager jusqu'ici ont échappé à ce sort cruel.

Ils reprirent leur observation silencieuse des animaux, se laissant bercer par le bruit de l'océan, le vol des mouettes et le chant de la brise dans la cime des pins.

A un moment donné, Lester Bohannon se demanda ce qu'il faisait là, sur une île déserte, allongé dans le sable au côté d'une belle sauvageonne nommée Eliza Flyte. Sans Noah et son insistance, pensa-t-il avec un demi-sourire, il n'aurait jamais connu cet instant parfait. Cette paix absolue. Et il désira de tout son être pouvoir partager un jour des bonheurs aussi simples avec ses enfants. Admirer un coucher de soleil, des chevaux paissant dans le crépuscule...

Avait-il jamais connu ce genre de chose avec eux ? Il ne s'en souvenait pas.

Puis Eliza reprit la parole pour lui expliquer le comportement des poneys et les lois secrètes de la horde, que son père lui avait enseignées. La façon dont une jument, par exemple, ne cessait de repousser un poulain rebelle jusqu'à ce qu'il n'ait plus qu'une idée : rester collé à son flanc.

— C'est ce que je vous ai vu faire avec Finn, nota Lester. Un manège qui n'est pas sans rappeler les minauderies des belles de Virginie un soir de bal.

Soudain très intéressée, Eliza appuya son menton sur sa paume.

— A quoi ressemblent-elles... ces belles de Virginie ?

— Elles sont souvent horripilantes, capricieuses

comme des enfants trop gâtés, et elles ne songent qu'à une chose : capturer un mari.

— Cela ne me dit rien sur leur apparence !

Eliza souffla d'un air exaspéré, ce qui fit voler une gerbe de sable. Amusé par cette réaction typiquement féminine, surprenante chez elle, Lester tendit la main et caressa d'un doigt la ligne de sa joue. Lentement, sensuellement. Sa peau avait le velouté d'une pêche d'été ; elle était encore plus douce qu'elle ne le paraissait.

La jeune fille chassa sa main d'une tape.

— Qu'est-ce qui vous prend ? protesta-t-elle en rivant sur lui un regard offusqué.

— J'essaie de mettre vos préceptes en pratique, répondit-il d'un ton malicieux. Si je persiste à vous taquiner, finirez-vous par m'accepter ?

Avec un plaisir sans bornes, il la vit rougir.

— Je finirai plutôt par vous tirer les oreilles !

En dépit de sa menace, une gaieté de bon aloi brillait dans ses superbes yeux gris. Lester éprouva soudain une folle envie d'apprivoiser cette jolie pouliche, aussi attachante qu'elle était fantasque. Ou tout au moins de tenter sa chance.

Lorsqu'ils se décidèrent à rentrer, le soleil se couchait sur l'océan. Lester se sentait profondément apaisé, comme si la magie qu'Eliza tirait de l'observation des chevaux avait miraculeusement pénétré son âme.

Pourtant, lorsqu'il la vit obliquer vers une petite

clairière bordée de ciste et de houx, puis s'arrêter
un instant devant une simple souche d'arbre gravée
au nom de Henry Flyte, mort en 1853, son cœur
se serra en imaginant la jeune orpheline enterrant
son père sur cette île déserte. Un père qui l'avait
laissée seule, avec pour unique héritage ses livres
et sa connaissance des chevaux.

— Vous devriez partir, dit-il doucement.
Recommencer une autre vie, ailleurs.

Silencieuse, Eliza regagna le sentier.

— Ne vous croyez pas obligé de me prendre en
pitié, dit-elle au bout d'un moment. Je possède des
richesses incomparables, sur cette île.

— Pensez-vous vraiment y passer le reste de
vos jours ?

Une lueur mystérieuse s'alluma fugacement dans
ses yeux.

— Je...

Elle se reprit aussitôt.

— Que pourrais-je désirer de plus ?

L'irritation gagna brusquement Lester devant le
gâchis que représentait une telle décision — ou
une telle résignation.

— Vous êtes un être humain, bonté divine ! Vous
êtes faite pour vivre avec vos semblables, pas avec
une troupe de poneys sauvages !

— Des gens comme vous ? rétorqua-t-elle en lui
jetant un regard insolent.

— Pourquoi pas ?

D'un coup de tête, elle rejeta en arrière sa longue natte noire.

— Je crois que je préfère encore les poneys. Il me semble que j'étoufferais, parmi ces belles de Virginie et leurs assauts de charme.

Le lendemain, Eliza Flyte parvint à passer un licou au pur-sang que Lester Bohannon avait cru perdu à jamais. La fille du dresseur de chevaux avait réussi à dompter la folie de l'étalon, à le réconcilier avec les hommes.

Mieux encore, elle le ramena jusqu'à la maison en le guidant par sa bride. Avec un sentiment de triomphe et une joie sans limites, elle le fit entrer dans le paddock qui avait retrouvé sa propreté d'antan.

Finn frémit et dressa les oreilles en frôlant les planches de la barrière, qui devaient lui rappeler celles du bateau sur lequel il avait tant souffert.

Eliza s'arrêta et caressa pensivement sa longue crinière fauve.

Elle aussi avait traversé l'océan. Mais elle ne s'en souvenait pas. Elle avait quelques semaines, au dire de son père, et une Danoise en route pour le Maryland s'était occupée d'elle.

Le reste demeurait une énigme. Henry Flyte avait emporté avec lui des secrets qui devaient être trop douloureux pour les partager, fût-ce avec sa propre fille. Des secrets qu'elle ne connaîtrait jamais.

— Beau travail, miss Flyte.

La voix chaude de Lester Bohannon la fit sursauter. Il se tenait accoudé à la barrière, son regard clair rivé sur elle.

En un éclair elle se sentit fondre de bonheur, comme si les rayons du soleil avaient pénétré en elle et changé son sang en miel liquide. Pourquoi l'opinion de cet homme comptait-elle tant à ses yeux ? se demanda-t-elle. Elle vivait seule depuis des mois et n'avait jamais éprouvé le besoin d'être approuvée par quiconque.

Du moins le croyait-elle. Car la douceur de ses mots, l'expression attentive avec laquelle il la dévisageait lui faisaient mesurer brusquement combien ce genre de contact lui avait manqué.

Elle espéra qu'il ne la verrait pas rougir.

— Avez-vous toujours envie de l'abattre ? demanda-t-elle d'un ton espiègle.

Il pénétra dans l'enclos, referma le battant derrière lui... et fit quelque chose qui stupéfia la jeune fille : au lieu de s'approcher du pur-sang qui broutait tranquillement l'herbe du paddock, il vint vers elle et la serra dans ses bras à l'écraser.

— Je n'ai jamais voulu l'abattre, Eliza, murmura-t-il dans ses cheveux. Jamais. Si j'avais dû m'y résigner, vous ne pouvez imaginer ce qu'il m'en aurait coûté. Et vous ne pouvez imaginer non plus le cadeau sans prix que vous venez de me faire.

En cet instant il pensait à Blue, au bonheur que son fils aurait de voir revenir l'étalon. Un bonheur que son petit garçon perdu accepterait peut-être de partager avec lui, enfin...

Saisie par une réaction aussi inattendue, et aussi intense, Eliza restait figée. Incapable de penser, elle se contentait de sentir, de percevoir de façon presque animale le grand corps musclé pressé contre elle.

Sous sa joue, la toile fine et douce d'une chemise fleurait bon le sel et le grand air. Près de ses yeux, des boucles dorées effleuraient le large col échancré qui laissait voir une peau satinée, hâlée par le soleil. Et l'odeur qui pénétrait ses narines était une odeur d'homme, chaude, vibrante, d'embruns et de sueur mêlés.

La large main plaquée dans son dos bougea, remonta lentement le long de ses épaules, chercha sa nuque sous ses cheveux nattés.

D'instinct, Eliza renversa la tête en arrière, offrant son cou gracile et la naissance de sa gorge au regard de ce séduisant planteur qui la rendait si vulnérable. Une chaleur très douce coulait dans ses veines, et elle éprouvait un tel désir de prolonger cette étreinte qu'elle en était effrayée.

Rassemblant tout le contrôle qu'elle exerçait sur elle-même, elle s'obligea à résister aux traîtresses instances de son corps et s'écarta, repoussant Lester Bohannon d'une main ferme.

— Je vous avais dit que vous pourriez le garder.

Il porta vers l'étalon ses yeux bleus assombris par l'émotion.

— Il m'a fallu le voir pour le croire. Il avait toute cette île pour se cacher, et il n'a cessé de revenir à vous.

La jeune femme frémit, ses lèvres se crispèrent.

— A vous entendre, on croirait que je l'ai ensorcelé, déclara-t-elle sèchement. Le dressage n'est pas de la magie noire. Dès le début il a senti que j'avais confiance en lui, et peu à peu il a eu envie de me rendre cette confiance.

Elle se ressaisit et considéra le pur-sang avec tout l'amour, le respect et la reconnaissance qu'elle lui vouait.

— Il est à vous, maintenant. Vous allez faucher le grand paddock, à côté, et remettre en état l'auvent et la barrière. En vous voyant travailler près de lui sans que vous lui prêtiez attention, Finn s'habituera à votre présence.

Malgré la gratitude que Lester éprouvait à l'égard de la jeune femme, son ton autoritaire lui déplut. Il se tourna vers elle, les paupières plissées.

— Je n'ai pas l'habitude de recevoir des ordres, miss Flyte.

— Croyez-vous que je ne le sais pas ? Peut-être

devriez-vous changer certaines de vos habitudes, monsieur Bohannon.

Lester se mit au travail, maniant la faux avec ardeur et régularité.

A midi, il avait les mains pleines d'ampoules. A 1 heure, les ampoules crevèrent et se mirent à le brûler horriblement. Il se sentait pourtant le cœur léger, et, chaque fois qu'il observait à la dérobée son pur-sang réfugié dans l'ombre du paddock voisin, il ne pouvait s'empêcher de chanter les louanges d'Eliza Flyte.

Cette jeune sauvageonne avait réussi le tour de force de le séduire en domptant un étalon.

Il avait possédé les femmes les plus belles et les plus raffinées de Virginie, du temps où il étudiait à l'université de Richmond. Il avait épousé la plus ravissante de toutes, satisfait de son sort et d'un mariage confortable arrangé depuis toujours entre ses parents et ceux de Flora. Il n'en demandait pas davantage, convaincu que sa femme avait choisi comme lui de l'aimer et le soutenir une fois pour toutes. Il avait compris un peu tard qu'il s'était lourdement trompé.

Les sentiments de Flora n'étaient qu'un feu de paille, un mirage doré prêt à se dissiper au premier écueil... et l'amour éternel une invention des romanciers et des poètes.

Après cet échec, il s'était juré ne plus jamais se laisser émouvoir par une femme — et encore moins de lui accorder sa confiance. Or, voilà qu'il succombait malgré lui au charme étrange, acide et décapant, d'une fille à nulle autre pareille qui vivait en ermite au bord de l'océan.

Près d'elle, il se sentait neuf et propre. Comme si la fraîcheur intacte de son âme avait baigné la sienne, l'avait lavée de toutes les intrigues, de toutes les laideurs et de tous les drames qui encombraient son passé.

Comme si elle répondait, d'une façon mystérieuse, à une part de lui-même qu'il avait toujours ignorée.

La faux allait et venait, accompagnant ses pensées.

Il n'imaginait rien de possible entre eux, bien sûr ; mais le seul fait qu'Eliza Flyte existât suffisait à lui faire entrevoir des lendemains meilleurs.

Après tout, elle n'était pas si folle de vouloir rester sur cette île coupée du monde. Perdu entre l'immensité du ciel et celle de l'océan, il se sentait libre pour la première fois de sa vie. Libre et heureux comme il ne l'avait pas été depuis bien longtemps.

Non, elle n'était pas folle. Pas folle du tout.

7

Quand Eliza remonta de la plage, en fin de journée, Lester eut le plaisir de la voir hausser les sourcils devant l'ampleur de la tâche accomplie.

— Vous m'étonnez, dit-elle.

Son râteau sur l'épaule, il sortit de l'enclos pour venir la rejoindre.

— Par la besogne que j'ai abattue ? demanda-t-il.

— Oui, compte tenu de votre mauvaise volonté de ce matin. Je m'attendais à plus de jérémiades.

Elle le débarrassa de l'outil, et constata avec un coup au cœur l'état de ses mains. Le bandage qui recouvrait son pouce avait disparu depuis longtemps.

— Ces ampoules doivent être douloureuses, il faudra les soigner.

Appuyés à la barrière, côte à côte, ils contemplèrent un moment en silence l'étalon apaisé qui broutait l'herbe du paddock.

— Il serait bon que vous l'étrilliez, demain

matin, déclara la jeune femme. Cette boue séchée doit le gêner.

— La dernière fois que je l'ai approché, bougonna Lester, il m'a presque emporté la main.

— Si vous ne l'effrayez pas, il vous laissera faire ; il s'est déjà habitué à vous, aujourd'hui.

Lester était trop fatigué pour discuter ; la seule chose dont il avait envie était un verre de whiskey accompagné d'un cigare, mais il devrait s'en passer. A défaut, il quêta une consolation d'un autre ordre.

— Pensez-vous qu'il pourra de nouveau courir ?

— Vous le saurez quand vous l'aurez fait travailler.

— Moi ?

— Oui, vous ! Est-ce votre cheval, oui ou non ?

Elle eut un petit rire sec.

— Les riches planteurs et leurs courses de pur-sang ! A vous entendre, on croirait qu'il n'y a que les rapports qui comptent.

Il lui jeta un coup d'œil à la dérobée.

— Vous désapprouvez les courses ?

— Oui, quand les entraîneurs abusent des chevaux. Mais j'apprécie encore moins les planteurs.

— Oh... Et pour quelle raison ?

— Ceux qu'il m'est arrivé de voir ici m'ont toujours paru hautains et prétentieux, avec leur accent affecté terriblement « Old Dominion ». Et je ne supporte pas l'idée que des esclaves se tuent au travail pour eux.

— Que savez-vous de l'esclavage, sur votre île déserte ?

— Mon père m'en a beaucoup parlé. Il y était résolument opposé, comme tout homme sensé devrait l'être.

Lester s'esclaffa. Eliza le vrilla d'un regard noir.

— Pourquoi riez-vous ? Je ne vois pas ce que j'ai dit de drôle !

— Ce qui m'amuse, c'est la piètre opinion que vous devez avoir de moi, si vous me prenez pour un planteur.

Elle fronça les sourcils et le dévisagea d'un air suspicieux.

— Vous n'en êtes pas un ?

Il rit de plus belle.

— Qu'est-ce qui vous le fait croire ?

— A votre arrivée, vous vous êtes présenté comme Lester Bohannon, maître de la *plantation* de Whitefield. En outre, vous avez les manières, les vêtements bien coupés et l'accent distingué de ces gens-là.

Lester redevint sérieux.

— Parce que j'ai étudié à l'université de Richmond, moi aussi. Et mes ancêtres étaient des planteurs de tabac, je vous l'accorde. Mais tout a changé à la mort de mon père, quand j'ai repris le domaine.

En l'écoutant, la jeune fille s'était dirigée vers la citerne d'eau douce pour y rincer les palourdes qu'elle avait rapportées dans un seau. Lorsqu'elle se pencha, son compagnon ne put s'empêcher d'admirer le galbe de ses mollets.

Elle se redressa et lui tendit sa récolte, ainsi qu'un couteau à lame courte pour ouvrir les coquillages. Elle avait oublié ses ampoules, apparemment, mais il n'y songeait pas non plus.

— Que faites-vous donc d'une plantation, si vous ne la cultivez pas ?

— Elle était ruinée. Je l'ai transformée en haras, répondit-il.

Il trouvait plus facile de parler, les yeux baissés sur son travail. D'autres confidences suivirent d'elles-mêmes.

— Ce changement n'a pas été du goût de ma femme, la fille de riches planteurs voisins. Elle m'avait épousé dans le but de perpétuer une dynastie de planteurs.

Le regard d'Eliza effleura son alliance.

— Voulez-vous dire que ce n'était pas un mariage d'amour ?

Lester hésita.

— Cette union servait les intérêts de nos deux familles, mais nous nous plaisions assez pour l'accepter sans contrainte. Flora avait tout pour elle. Elle était belle, enjouée...

— Etait ? coupa la jeune fille, intriguée.

— Elle est morte il y a deux ans.

Soudain, il mesura à quel point il s'était exposé et se sentit ridicule. Pinçant les lèvres, il ajouta d'un ton sec :

— Restons-en là ; j'ai dit tout ce qu'il y avait à dire.

Sans un mot, Eliza reprit le seau qui contenait les palourdes ouvertes et regagna la maison pour y préparer leur dîner.

Lester resta un bon moment sous le porche, à faire les cent pas. Pour l'amour du ciel, comment en était-il arrivé à se confier de la sorte à cette fille ? D'ordinaire, il ne supportait pas la curiosité des femmes, ni leurs questions ouvertement intéressées. Mais Eliza, justement, était différente. Elle l'avait interrogé de façon naturelle, sans arrière-pensée, et il avait répondu de la même manière.

Pire encore : lorsqu'elle s'était éclipsée en silence, sans insister, il avait éprouvé l'envie instinctive de la suivre. Comme Finn, pensa-t-il avec une ironie amère. A croire qu'elle l'avait dompté aussi.

Il pénétra dans la cuisine. Occupée à couper des oignons dans une marmite où grésillait du beurre fondu, la jeune femme le regarda à peine.

Assis à la table, il chercha machinalement sa flasque avant de se souvenir qu'elle était vide.

— Sacré bon sang..., grommela-t-il. Qu'est-ce que je ne donnerais pas pour une gorgée de whiskey !

Eliza le surprit en rétorquant :

— Que seriez-vous prêt à donner ?

Il haussa les épaules, puis offrit ses mains abîmées, paumes ouvertes.

— Une dure journée de labeur ? suggéra-t-il avec son plus beau sourire.

La jeune femme n'en parut pas émue le moins du monde.

— Gardez vos effets de charme pour vos belles de Virginie, monsieur Bohannon. Avec moi, cela ne prend pas.

Lester s'en voulut d'être aussi transparent, mais il reprit espoir quand il la vit disparaître dans le petit cellier voisin, qui semblait plein à craquer. Lorsqu'elle en ressortit, tenant à deux mains une lourde bouteille en terre, il faillit en tomber à ses genoux.

— Est-ce bien ce que je pense ? s'exclama-t-il.

Eliza posa le pichet sur la table et prit un couteau afin d'ôter l'épais cachet de cire qui obturait le goulot.

— Qu'est-ce que c'est, d'après vous ?

— Le paradis en bouteille.

Elle versa un peu du liquide ambré dans un gobelet en fer-blanc et le lui tendit.

— Mon père a sauvé ce rhum d'un naufrage. Il est dans ce cellier depuis des années.

Lester but une longue lampée d'alcool et en savoura la chaleur bienvenue qui coulait dans sa gorge. Lourd et parfumé, le rhum alluma des étincelles de plaisir jusqu'au creux de son estomac.

Son sourire s'élargit.

— Le paradis…, murmura-t-il. Et vous, ma chère, vous êtes un ange venu du ciel.

Eliza passa un doigt sur le bouchon et le porta à ses lèvres. Elle fit une grimace.

— C'est fort et ça brûle, dit-elle. Quel plaisir prenez-vous à boire ?

Lester vida le gobelet, comblé. Ce rhum était exactement ce qu'il lui fallait pour retrouver son assurance.

— Je ne connais rien de mieux que l'alcool pour m'éviter de penser.

— De penser à quoi ?

— A tous les ennuis du monde. Les miens.

Eliza haussa les épaules et retourna à son fourneau, visiblement persuadée qu'il y avait plus infortuné que lui sur terre. Lester, que le rhum engageait à s'apitoyer sur lui-même, se resservit et se mit sans savoir comment à lui relater ses malheurs : les dettes de son père à rembourser, le haras qu'il entretenait seul avec Noah et des palefreniers dont il louait les services, l'achat de Finn qui représentait son dernier espoir de se redresser.

La jeune femme l'écoutait en préparant la soupe de palourdes ; son silence était si attentif qu'il ne put s'empêcher de lui livrer le fond de son désarroi.

— Les courses de cette saison vont déterminer l'avenir de Whitefield. J'ai beau avoir en la personne de Noah le meilleur jockey et le meilleur entraîneur de la région, quelques pur-sang de valeur et une piste superbe, si je ne gagne pas, je serai obligé de vendre.

Il continua encore un moment sur cette lancée, ne s'interrompant que pour engloutir avec un appétit d'ogre deux assiettées de soupe accompagnées de pain de maïs. L'épaisse crème relevée d'oignons était délicieuse, mais ce fut à peine s'il s'en rendit compte.

A son habitude, Eliza mangeait sans mot dire. Cette réserve était si déconcertante chez une femme qu'elle finit par agacer Lester. Le rhum aidant, il décida de l'en faire sortir.

Lorsqu'elle se leva pour faire la vaisselle, il l'imita et ouvrit la porte du cellier.

— J'aimerais bien savoir quels autres trésors vous cachez là-dedans, dit-il en pénétrant dans l'étroit réduit sans attendre sa permission.

Outrée, Eliza se pencha et le vit attraper une longue caisse oblongue.

— Posez ce coffre et sortez ! ordonna-t-elle d'un ton coupant. Cette pièce est strictement privée !

Riant doucement, Lester secoua la tête et ressortit avec son trophée.

— Vous piquez encore ma curiosité.

Il installa le coffre sur la table.

— Que contient-il ?

Comme la jeune fille s'empourprait jusqu'à la racine des cheveux, visiblement mortifiée, il gloussa.

— Pourquoi cette gêne ? Ne soyez pas si timide, voyons ! Est-ce que je ne viens pas de vous dévoiler mes secrets les plus sordides ? Vous savez à présent que vous avez affaire à un éleveur aux abois, dont le sort ne dépend plus que de vous. Je me demande bien ce qui m'a poussé à vous faire ces confidences, d'ailleurs…

— Ne cherchez pas, riposta sèchement Eliza. Vous avez bu assez de rhum pour faire flotter un bateau.

Comme elle tendait une main vers la caisse poussiéreuse, il l'empêcha de s'en saisir.

Certes, le rhum le rendait insolent et bavard. Mais, s'il avait éprouvé le besoin d'ouvrir son cœur à cette fille, il savait aussi qu'il y avait d'autres raisons : ce n'était pour lui qu'une étrangère, quelqu'un qu'il ne reverrait plus jamais lorsqu'il aurait quitté cette île. A elle, il pouvait tout dire ; elle ne lui faisait courir aucun danger.

D'un autre côté, pensa-t-il avec un brin de mélancolie, n'était-il pas triste de ne plus revoir la seule personne qui lui inspirât suffisamment confiance pour lui livrer ses secrets ?

— Lester Bohannon ! se récria-t-elle. Vous n'avez aucun droit...

Trop tard. Il avait déjà soulevé le couvercle, révélant un fatras peu ordinaire.

— Qu'est-ce que c'est que ce bric-à-brac ? marmonna-t-il.

Eliza poussa un soupir exaspéré.

— Vous mériteriez que je ne vous le dise pas ! Ces objets sont les plus précieux que mon père et moi avons récoltés après des naufrages, au fil des années.

Ahuri, Lester tira de la malle une perruque poudrée, un hanap dont les poignées étaient deux sirènes en porcelaine, un peigne en argent, un gros coquillage à l'intérieur de nacre rose, un bonnet de laine, un anneau de veuvage sur lequel était gravé : « En mémoire de mon épouse bien-aimée, Hannah. Tant d'espoirs ont été enterrés avec toi. »

— Laissez-moi vous montrer le reste, intervint la jeune femme d'un air agacé. Vous pourriez abîmer quelque chose.

D'un geste plein de révérence, elle sortit une précieuse courtepointe de soie de couleur vive, bordée d'une frange brillante.

— Quand j'étais toute petite, expliqua-t-elle, un navire s'est échoué sur la grève au cours d'une tempête. Quand nous nous en sommes approchés, je me souviens seulement d'avoir éprouvé une terrible sensation de désolation. C'était un spectacle tellement triste... Au début, mon père a cru qu'il n'y avait aucun survivant, que tous s'étaient noyés.

Ses beaux yeux gris s'embuèrent de larmes.

— Puis, par miracle, il a découvert une jeune femme mourante qui s'exprimait en espagnol, reprit-elle en lissant la courtepointe de sa main fine. Non sans mal, elle lui a fait comprendre qu'elle voulait être transportée à terre avec ses affaires. Elles sont toutes ici : un service en porcelaine d'une finesse extraordinaire, une ménagère en argent massif, des verres en cristal ciselé... L'ensemble était enveloppé dans du linon et de la dentelle. Mon père a pensé qu'il s'agissait de sa dot, et qu'elle partait rejoindre son promis. Elle est morte dans la journée. Il l'a enterrée dans un pré au-dessus des dunes.

— Avez-vous pu savoir qui elle était ?

— Jamais. Une compagnie de naufrageurs est venue vider les cales du bateau, qui contenaient des sardines et de l'huile d'olive. Mon père, qui était pourtant l'honnêteté faite homme, ne leur a rien dit des biens de la belle Espagnole. Plus tard, il m'a expliqué qu'elle lui avait demandé de conserver ces objets pour moi, le jour où je me marierais.

Avec un petit sourire ironique, Eliza désigna sa tunique de toile et ses pieds nus.

— Jusqu'à présent, je n'en ai pas eu l'usage. Mais sait-on jamais ? Si un jour...

Elle s'interrompit brusquement et se mordit la lèvre.

— Si quoi ? demanda doucement Lester, dont le regard bleu s'attardait sur la tendre courbe de son cou.

Elle s'en aperçut et détourna son visage.

— Qu'alliez-vous dire, Eliza ?

Du bout des doigts, il l'obligea à lui faire face. Sa peau était douce et lisse comme un pétale d'églantine, aussi fraîche que si elle venait de se baigner dans l'eau pure de la citerne. Elle se raidit, et parut si troublée qu'il la relâcha.

— Vous êtes aussi sauvage que vos poneys, murmura-t-il avec un bref sourire.

Il avait bien fait de ne pas la brusquer. Mise en confiance, elle chercha au fond de la malle et en tira un grand livre plat, recouvert de papier brun.

— Cet album était avec ses affaires, dit-elle.

Lester l'ouvrit, et découvrit glissée dans la couverture une carte pliée en quatre, imprimée sur une feuille jaunie.

Il la déplia et la tendit vers la lampe. Les légendes étaient en espagnol, mais il reconnut les contours.

— La Californie.

— Il s'agissait sans doute de sa destination, expliqua la jeune femme en feuilletant l'album. Mon père et moi avons passé des heures à étudier ces gravures, des lithographies réalisées par un artiste du nom de Jimenez. Voyez-vous cet endroit ? J'ai toujours rêvé de m'y rendre.

Lester chercha le nom du doigt.

— Cel...

— Cielito, le « petit paradis ». C'est au nord de la région des mines d'or, et il reste encore des milliers d'acres de terre vierge où vivent des chevaux sauvages. N'importe qui peut s'y installer. Mon père disait que nous partirions vivre là-bas, un jour.

— Vous semblez décidément plus à l'aise avec les chevaux qu'avec les hommes, observa Lester.

— Jamais un cheval ne m'a fait de mal.

— Et les hommes vous en ont fait ?

Eliza se raidit comme si elle regrettait d'en avoir trop dit. Sans répondre, elle referma l'album et le rangea au fond du coffre, avant de le recouvrir de tout ce qu'ils avaient sorti. Lester devina qu'elle lui avait laissé entrevoir plus qu'un quelconque trésor ; cette malle contenait ni plus ni moins le rêve de sa vie. Et sans doute attendait-elle, comme ses poneys ou comme Finn, qu'il insiste un peu pour qu'elle le lui révèle tout à fait.

— Quand mettez-vous les voiles ? demanda-t-il, gentiment taquin.

Elle eut un petit rire teinté d'amertume.

122

— Je crains qu'il ne soit trop tard pour la ruée vers l'or.

Du menton, il désigna le coffre.

— Vous disposez d'une petite fortune, là-dedans.

— Je ne vendrai jamais le legs de cette malheureuse fiancée. Si je pars, j'emporterai ses biens avec moi. J'aurai l'impression d'accomplir une sorte de devoir sacré, puisqu'ils auraient dû l'accompagner en Californie.

Lester insista.

— Qu'est-ce qui déclenchera votre décision ?

Elle plongea ses yeux gris dans les siens, gravement, et l'espace d'un instant il regretta d'avoir trop bu.

— Tout dépendra de ce que je devrai faire pour payer le prix du voyage.

8

Le lendemain matin, Eliza s'éveilla avec une curieuse sensation de malaise, comme si quelque chose n'allait pas. Elle descendit prestement de sa mansarde, se lava et s'habilla en hâte, sans prendre le temps de natter ses cheveux, et sortit sous le porche.

Il était désert.

Lester Bohannon avait-il quitté l'île ? Avait-il emmené Finn, ou le lui avait-il laissé pour qu'elle achève de le dresser ?

Caliban vint la rejoindre, agitant joyeusement la queue.

— Où est-il parti ? marmonna-t-elle en grattant d'une main distraite les oreilles de son chien.

Elle s'avança jusqu'à la rambarde, se pencha afin de porter son regard le plus loin possible. La brise agitait la cime des cèdres et des cyprès chauves, la mer s'était retirée, mouettes et cormorans se disputaient des crabes et des coquillages sur les bancs de sable mis à nu par le reflux.

La plage aussi était déserte. Certes, Eliza savait

qu'elle ne pouvait apercevoir le chaland d'où elle était, s'il se trouvait toujours là, mais l'impression d'intense abandon qu'elle ressentit lui rappela la période qui avait suivi la mort de son père.

En pire encore, peut-être, car l'arrivée de ce visiteur inattendu lui avait démontré qu'elle n'était pas faite pour la solitude, contrairement à ce qu'elle avait cru. Elle l'avait supportée, elle s'y était accoutumée par la force des choses, trompant son isolement en s'activant de son mieux, mais elle découvrait tout à coup qu'elle avait été sevrée de contacts et qu'elle avait faim et soif de compagnie.

D'une compagnie humaine, quelle qu'elle soit, fût-elle celle d'un fils de grande famille porté sur l'alcool.

Il aurait tout de même pu la prévenir ! pensa-t-elle avec rancœur.

S'était-il enfui en pleine nuit, ne supportant pas de lui avoir livré ses secrets ? C'était possible. A ce qu'elle avait cru comprendre dans ses livres, les gens éprouvaient rarement de la gratitude envers ceux à qui ils avaient confié leurs faiblesses et leurs échecs.

Caliban s'impatientait, attendant qu'elle vaque à ses occupations quotidiennes. Elle devait traire Claribel, aller relever ses filets et pièges à crabes. Se morfondre parce qu'elle se retrouvait seule et parce qu'une présence devenue familière lui manquait ne l'avançait à rien, pas plus que de se poser des questions inutiles.

De retour dans la cuisine, elle ne trouva pas le seau à lait et le chercha un moment, perplexe. L'avait-elle laissé quelque part la veille ? Cela ne lui arrivait jamais. Elle ressortit et contourna la maison pour aller rejoindre la vache, quand tout à coup la vue de Lester Bohannon portant le seau plein de lait la figea sur place. Un instant, son cœur cessa de battre tant le choc qu'elle éprouva fut grand.

— Bonjour, déclara-t-il simplement, comme si cette rencontre allait de soi.

— Bonjour, répondit Eliza, incapable d'articuler un mot de plus.

— J'ai trait Claribel pour vous.

Elle le suivit avec mauvaise grâce jusqu'à la cuisine.

— J'ai l'habitude d'effectuer mes corvées moi-même, bougonna-t-elle.

Il posa le seau sur la pierre d'évier, le recouvrit d'un linge propre et la considéra avec amusement.

— Ne prenez pas cet air outragé, mam'zelle Eliza. Il m'est arrivé d'offenser plus d'une femme, dans ma jeunesse, mais jamais en trayant une vache.

Elle sentit ses joues s'enflammer.

— Qui vous dit que je me sens offensée ?

— Vous l'êtes, je le sais, répondit-il en lui prenant

la main pour l'entraîner dehors. Et je vais vous dire pourquoi.

Eliza se libéra, mais le suivit quand même.

— Je vous écoute. Pourquoi ?

— Parce que vous commencez à m'apprécier.

— Moi ? Je ne vous connais même pas !

Il lui jeta une œillade de côté.

— Après ce que je vous ai dit hier, ma douce, vous me connaissez mieux que beaucoup de mes proches. Et je suis certain que vous m'appréciez davantage, maintenant que vous savez qui je suis.

— Je sais seulement...

Il l'interrompit.

— Vous avez été soulagée d'apprendre que je ne suis pas l'un de ces arrogants planteurs de tabac qui fouettent leurs esclaves et couchent avec leurs femmes.

— J'en serais soulagée à propos de n'importe qui.

— C'est possible. Il n'en reste pas moins que vous m'appréciez davantage aujourd'hui qu'hier, et que vous m'apprécierez encore plus demain.

— Pour quelle raison ? riposta la jeune femme, irritée par sa suffisance... et le fait qu'il n'avait pas tort.

— Vous verrez.

Tout en parlant, ils avaient descendu les marches du porche et se dirigeaient d'un même pas vers l'enclos de Finn. L'étalon s'abreuvait tranquillement à l'ombre d'un églantier, balançant sa longue queue de droite à gauche. En les entendant arriver il redressa la tête et pointa les oreilles, en alerte. Sa robe frémit et il souleva un sabot, prêt à se défendre.

— Il est plus nerveux qu'hier, observa Lester. Regardez-le.

Il posa une main sur le bras de sa compagne qui s'écarta aussitôt. Elle n'était pas habituée à des gestes aussi intimes, et ce contact lui avait fait l'effet d'une brûlure.

— C'est normal, répondit-elle. La peur était profondément ancrée en lui ; elle ne peut disparaître d'un jour à l'autre. Il faut être patient.

— Montrez-moi comment vous vous y prenez. Apprenez-moi à l'apprivoiser comme vous l'avez fait.

Le regard clair posé sur elle était sincère. Eliza décida de mettre Lester Bohannon à l'épreuve.

— Il a tourné une oreille vers vous, murmura-t-elle. Il est prêt à vous écouter. Entrez dans le paddock et commencez à travailler avec lui.

— Etes-vous sûre que ce n'est pas trop tôt ?

Les mains crispées sur la barrière, les sourcils froncés, il semblait aussi récalcitrant qu'un cheval de labour. Elle ne put retenir un sourire.

— Est-ce vous qui vous vantiez de pouvoir monter n'importe quel animal à crinière ? Je jurerais que cet étalon vous terrifie.

— Si vous l'aviez vu déchaîné comme lorsqu'il est descendu du bateau, à son arrivée d'Irlande, vous comprendriez mon appréhension. Ce cheval est un vrai bâton de dynamite ; il peut exploser à tout moment.

— Il suffit de ne pas l'effrayer. Allez-y doucement, sans le regarder en face pour commencer. N'ayez pas l'air de vouloir le dominer, mais ne vous laissez pas dominer non plus.

— Plus facile à dire qu'à faire..., grommela Lester.

Eliza posa une main dans son dos et l'incita à avancer.

— Courage. Si vous faites ce que je vous dis, tout ira bien. Et, si vous craignez quoi que ce soit, ne vous éloignez pas trop de la barrière, voilà tout.

Lester se décida enfin, et la jeune femme éprouva une joie merveilleuse à retrouver les émotions qu'elle avait connues quand son père entrait dans le paddock pour dresser un nouveau cheval. Grands dieux, comme elle aimait cette attente, les gestes et les bruits qui l'accompagnaient ! Comme tout cela lui avait manqué !

Avec ferveur, elle entreprit de guider Lester Bohannon dans son approche prudente du pur-sang.

Avec bonheur, elle ne tarda pas à constater qu'il ne lui avait pas menti et qu'il possédait l'amour et l'instinct des chevaux. De surcroît, l'application qu'il mettait à suivre ses conseils était touchante, et sa modestie forçait l'admiration. Qui eût cru qu'un grand propriétaire sudiste, un homme aussi viril qu'il l'était, accepterait de si bonne grâce d'obéir à une femme ?

Il avait raison : il gagnait à être connu, et l'estime qu'Eliza lui portait grandissait de minute en minute.

Ils travaillèrent d'arrache-pied toute la matinée, dans un climat d'entente et de confiance qui avait quelque chose de très fort et de très intime à la fois. Finalement, la jeune femme demanda à son élève d'obliger l'étalon à se coucher — marque ultime de soumission pour un pur-sang de ce tempérament. Lester lui jeta un coup d'œil sceptique, mais elle l'encouragea du regard et il tira doucement sur le licou, à plusieurs reprises, gagnant peu à peu par ses paroles et son insistance l'adhésion du cheval.

Quand Finn céda, ce fut visiblement pour complaire à celui qui était devenu son maître. Et, quand la grande main de ce dernier se posa sur son flanc pour le flatter avec un mélange de gratitude et de vénération, Eliza ressentit au fond d'elle-même la même réaction primale que le bel animal. Une émotion qui était à la fois réponse à une attente, éveil à une relation nouvelle, riche de promesses, et pure exaltation des sens.

Chez elle, cette espèce de jubilation devant le chemin parcouru s'accompagnait d'une joie intense à contempler le tableau enchanteur formé par ce géant blond et son magnifique pur-sang à la robe sombre.

Le visage rayonnant, Lester Bohannon laissa Finn se relever et le suivit des yeux tandis qu'il allait s'abriter du soleil ardent sous l'églantier. Puis il vint rejoindre Eliza et la contempla fixement, une expression à la fois incrédule et fascinée dans son beau regard clair.

— Je n'en reviens pas, déclara-t-il enfin. Vous avez opéré un miracle.

Etrangement émue par l'intonation de sa voix, cette voix chaude et vibrante qu'elle avait entendue tout le matin encourager l'étalon, le flatter, l'amener à céder à ses désirs, elle s'empourpra et détourna les yeux.

— Mes méthodes ont du bon, mais vous avez du talent, monsieur Bohannon. Mon père aurait apprécié votre travail.

Il l'observa un moment encore avant de déclarer gravement :

— J'aurais aimé le connaître. Vraiment.

Cette tranquille assertion toucha la jeune femme en un point si vulnérable de son âme — ou de son cœur — qu'elle sentit des larmes brûlantes lui nouer la gorge. Incapable de répondre, elle hocha la tête.

— Dois-je l'étriller tout de suite ? reprit Lester.

131

Elle se ressaisit et considéra le pur-sang qui se reposait à l'ombre.

— Oui, si vous voulez. Il s'est habitué à vous, et je gage qu'il appréciera les soins que vous lui donnerez.

Pendant deux bonnes heures encore, assise sur une souche, Eliza suivit d'un regard captivé la douceur et la sensualité avec laquelle Lester Bohannon finit de prendre possession de l'étalon.

Une sorte de dialogue muet s'était instauré entre l'homme et l'animal, fait d'amour, de reconnaissance et de respect mutuels. De toute évidence, le fier coursier s'était remis de son plein gré, définitivement, entre ces belles mains fermes qui ne lui voulaient que du bien et lui rendaient peu à peu sa beauté d'origine. Des mains dont l'habileté fascinait la jeune femme et l'emplissait d'une torpeur étrange, tandis que son esprit vagabondait vers des confins mystérieux faits de quiétude et de bien-être mêlés.

Quand Lester eut achevé sa tâche, la robe alezane du pur-sang luisait tel un joyau, ses reflets fauves accentuant encore l'allure fringante et racée de sa silhouette. Une fierté sans bornes envahit la jeune femme devant cette splendeur qu'elle avait concouru à sauver.

L'heureux propriétaire de la merveille en question la rejoignit après avoir récompensé Finn d'un morceau de sucre d'orge. Son regard bleu se posa sur elle, malicieux.

— Si j'en juge par votre air béat, vous êtes comblée au-delà de vos espérances.

Son rire tendre et l'acuité de ses paroles troublèrent Eliza aussi vivement que s'il l'avait prise en flagrant délit de pensées impures. Elle sursauta, puis se leva et brossa sa jupe d'un geste faussement détaché.

— Vous me semblez tout aussi content de vous, monsieur Bohannon. Et je dois reconnaître que ce sentiment est justifié. Je vous ai regardé faire avec grand plaisir. Bravo.

— Nous avons terminé pour la journée, je suppose ?

— Oui. Finn va savourer un repos bien mérité. Comme vous, je présume.

— Je ne vous le fais pas dire.

D'un mouvement souple, Lester empoigna sa chemise trempée de sueur et la fit passer par-dessus sa tête blonde, révélant son torse musclé. Les yeux ronds, Eliza réprima une exclamation de stupeur et il se remit à rire.

— Pardonnez-moi. Je ne voulais pas vous choquer, mais j'empeste le cheval.

La jeune femme s'efforça de son mieux de reprendre contenance.

— Il y a un baquet en fer-blanc près de la citerne.

Vous pouvez l'utiliser pour prendre un bain, si cela vous tente.

Le regard spéculatif qu'il lui jeta produisit un étrange effet sur Eliza, qui sentit une chaleur déconcertante envahir divers endroits fort intimes de sa personne. Elle en fut atterrée.

— Volontiers, répondit-il simplement.

Les joues en feu, elle s'empressa de tourner les talons en espérant que son trouble n'était pas visible.

— Suivez-moi. Je vais vous donner du savon et du linge propre.

9

Il faisait nuit noire.

D'ordinaire, son souper avalé, Eliza aurait bu une infusion de baies d'églantier avant de grimper dans sa mansarde avec une lampe et un livre, ainsi qu'elle le faisait chaque soir.

Mais elle n'était plus seule.

Elle avait un hôte et se demandait avec quelque embarras comment elle devait l'occuper.

Pendant que Lester Bohannon vaquait pour elle aux diverses corvées du soir, la laissant à la fois perplexe et désœuvrée, elle se souvint des récits de son père lui décrivant les salons mondains de Boston, Baltimore ou Philadelphie. Des gens aussi spirituels que distingués se faisaient la lecture à haute voix, disait-il, puis discutaient ensemble de ces lectures.

Peut-être pourrait-elle proposer ce genre de divertissement à celui qu'elle considérait désormais, parce qu'il avait enfin accepté de s'occuper de son cheval, comme un partenaire et non plus comme un simple visiteur indésirable.

Le problème, c'était qu'elle n'était ni spirituelle ni distinguée... et ne possédait pas de salon. Autant dire que se comporter en maîtresse de maison, chose qui ne lui était jamais arrivée jusque-là, confinait pour elle à une épreuve quasiment insurmontable.

Faute de mieux, la seule solution qu'elle avait trouvée avant le dîner avait été d'améliorer son apparence dans la mesure de ses moyens — qui étaient fort réduits.

Pendant que son invité se lavait, elle avait procédé à une toilette plus soignée que de coutume. Puis elle avait revêtu la plus pimpante de ses robes, coupée dans une jolie cotonnade bleu roi.

A la place du simple lien de chanvre dont elle ceignait habituellement ses tuniques, elle avait noué un large ruban de velours noir autour de sa taille fine. Après quoi elle avait exploré ses maigres trésors et complété sa tenue d'un collier et d'un bracelet de coquillages nacrés qu'elle avait confectionnés elle-même. Enfin, dans un dernier effort d'élégance, elle avait relevé sa longue natte et l'avait enroulée sur sa nuque en une lourde torsade qui dégageait son cou mince.

Cet accès de coquetterie, qu'elle préférait voir comme une simple marque de politesse, s'était arrêté là : elle n'était pas allée jusqu'à enfiler les mules en chevreau que son père lui avait rapportées de Norfolk, un jour, ni à s'encombrer de son seul jupon de linon.

Elle avait été récompensée de ses peines par le regard stupéfait que Lester Bohannon lui avait jeté en revenant de la citerne. Il était resté en arrêt sur le seuil de la cuisine, avant d'émettre un long sifflement admiratif.

— Mazette ! Vous êtes aussi belle qu'une reine, miss Flyte ! Est-ce en mon honneur, ou pour fêter votre succès avec Finn ?

Eliza s'était contentée de sourire, mais ce compliment lui avait procuré une telle joie que son cœur s'était mis à battre plus fort. D'autant que son hôte, de son côté, semblait lui aussi s'être mis en frais pour paraître à son avantage. Il fleurait bon le savon, sa peau hâlée étincelait de propreté, il avait recoiffé de ses doigts ses cheveux où perlaient encore des gouttes d'eau et ses ongles eux-mêmes étaient impeccables, ce qui avait dû lui donner un certain mal.

La jeune femme, un instant, s'était laissée aller à penser qu'il s'était fait beau pour elle — comme elle pour lui ? — et cette attention l'avait émue si vivement que son estomac s'était contracté sous l'effet de la nervosité.

Elle s'était aussitôt empressée de chasser cette idée incongrue. De telles illusions ne pouvaient que l'égarer sur des voies dangereuses qu'elle avait tout intérêt à éviter, elle le savait.

*
* *

Au cours du souper, qui dans un tel contexte avait pris un air étonnamment festif, Lester lui avait raconté en détail l'acquisition de sir Finnegan. Puis ils avaient parlé des courses, évoqué la gloire de Henry Flyte et la réussite miraculeuse qu'il avait su tirer d'Eleazar.

Après quoi le maître de Whitefield s'était levé et avait annoncé qu'il irait nourrir les bêtes pour elle, parce qu'elle était trop élégante pour s'en charger elle-même ce soir-là.

Et maintenant Eliza se retrouvait seule dans la maison silencieuse pendant qu'un homme superbe effectuait son travail à sa place, avec l'impression curieuse de ne plus être tout à fait elle-même.

Elle se campa devant l'étagère, parcourant ses livres d'un regard anxieux. Devait-elle lui faire la lecture comme une jeune fille de bonne famille ? Mais que lui lire ? Certainement pas *Jane Eyre*. Ce roman était par trop passionné et Lester Bohannon risquerait de se méprendre sur ses intentions, se dit-elle en rougissant.

A cet instant, un bruit sourd résonna sur le toit de bardeaux, la faisant sursauter.

Sans prendre le temps de réfléchir, elle gravit précipitamment l'échelle pour attraper sa carabine cachée sous son lit et sortit en trombe sous le porche. Là, elle scruta l'obscurité d'un regard tendu, s'attendant à voir luire les prunelles fauves d'un couguar. Mais la seule chose qu'elle vit fut Caliban, qui jappait doucement en agitant la queue d'une façon tout amicale, et fixait un point précis... au-dessus de sa tête.

— Monsieur Bohannon ? appela-t-elle d'une voix hésitante.

— Je vous saurais gré de m'appeler Lester, répondit un timbre malicieux venu du ciel. Il me semble que nous nous connaissons assez pour cela, maintenant.

Ahurie, Eliza se tordit le cou pour essayer de l'apercevoir.

— Que... que faites-vous sur le toit ?

— Je voulais admirer la vue que l'on a depuis le poste d'observation de votre père.

— Mais comment êtes-vous monté ?

— Je me suis mis debout sur la balustrade, puis je me suis hissé à la force des bras.

Il se pencha vers elle, la main tendue.

— Venez me rejoindre. Grimpez sur ce tonneau, je vous tirerai à moi.

Eliza hésita un instant, se demandant si elle devait accepter une proposition aussi farfelue, puis son goût de l'aventure l'emporta.

Elle releva l'ourlet de sa robe, escalada la barrique et se haussa prudemment sur la pointe des pieds. Quelques secondes plus tard elle se sentit soulevée dans les airs, avant d'atterrir à plat ventre sur la pente du toit... et sur Lester Bohannon qu'elle écrasait de tout son poids.

Allongé sur le dos, il la retint entre ses bras en riant comme un beau diable.

— Diantre ! s'exclama-t-il. Vous êtes plus lourde que vous n'y paraissez, jeune fille !

Très vite, il roula sur le côté et l'aida à se redresser en la maintenant par le coude. Mais jamais, jusqu'à son dernier souffle, Eliza n'oublierait l'éblouissement qu'elle avait connu au contact fugace de ce corps d'homme plaqué sous le sien.

Il était tellement plus doux qu'elle ne s'y attendait, plus chaud, plus accueillant ! Et si enivrant qu'elle en avait perdu la tête l'espace d'un moment, tandis que son cœur dansait la sarabande et que ses sens l'emportaient dans un tourbillon de plaisir qu'elle n'aurait jamais pu imaginer.

Elle gardait encore dans ses narines le parfum de cèdre qui montait de sa peau, les effluves sucrés de rhum et de pommes à la cannelle qui s'exhalaient de son souffle léger, percevait toujours contre sa joue la caresse incroyablement soyeuse de ses cheveux, et dans tout son être cette chaleur merveilleuse qui l'avait envahie de la tête aux pieds telle la bouffée sauvage d'une brise de printemps.

Etourdie, elle assura sa position et ramena ses genoux contre sa poitrine. Lester resta tout près d'elle.

— A quoi lui servait cette espèce de hune ? demanda-t-il.

Eliza se remémora avec nostalgie les longues heures que son père passait sur ce toit, certaines nuits.

— Je ne l'ai jamais su. J'imagine qu'il contemplait les étoiles, et les reflets de la lune sur l'océan...

— Il est vrai que la vue est superbe, approuva Lester en débouchant sa flasque pour boire une gorgée de rhum. Mais ces bardeaux de cèdre sont si secs qu'ils s'enflammeraient comme de l'amadou à la moindre étincelle. Votre maison serait réduite en cendres en l'espace de quelques minutes, comme cette grange. Cela ne vous fait pas peur ?

Elle haussa ses minces épaules.

— Non. Après tout, ce n'est qu'une cabane en planches.

Il secoua la tête, souriant jusqu'aux oreilles. Percevant son amusement, elle se tourna vers lui.

— Qu'y a-t-il ?

— Vous êtes vraiment une drôle de femme, Eliza Flyte.

— Pourquoi ?

— Toutes celles que j'ai connues auraient vendu leur âme pour sauver leurs bibelots et leur argenterie. Et préféré abandonner leur époux plutôt que de renoncer au luxe et au confort de leurs belles demeures.

En prononçant ces paroles, il s'était rembruni. Quand il avala de nouveau une longue goulée d'alcool, Eliza se demanda s'il songeait à sa femme. Elle ne prit pas la peine de lui poser la question ; la réponse semblait évidente.

Désignant d'un geste large le firmament étincelant, il reprit d'un ton faussement détaché :

— Je comprends votre père. Il avait bien raison de préférer la splendeur de ces constellations aux biens matériels. C'est un spectacle grandiose. L'univers paraît tellement immense, quand on les contemple... J'avoue que cela ne m'arrive plus guère.

— Pourquoi ?

Il eut un petit rire sans joie.

— Vous le demandez, après ce que je vous ai raconté de mon histoire ?

— Vous ne m'avez pas vraiment parlé de vous.

Lester resta silencieux un long moment, puis il porta encore la flasque d'argent à ses lèvres.

— J'ai deux enfants, déclara-t-il.

Eliza ne put s'empêcher de sursauter.

— Deux enfants ! Pourquoi n'en avez-vous rien dit ?

Il haussa les épaules.

— Je ne sais jamais comment parler d'eux. L'aîné se nomme Theodore, mais nous l'appelons Blue, à cause de sa comptine préférée.

— *Little Blue Boy*, « le petit garçon bleu » ?

— Oui. Il aura bientôt neuf ans, deux ans de plus que sa sœur Belinda.

— Un garçon et une fille ? Vous avez de la chance.

— J'aimerais le croire…

Il appuya son bras sur son genou replié, les yeux rivés sur l'étendue sombre de l'océan.

— Chaque jour qui passe m'éloigne un peu plus de mes enfants. Aux yeux de mes beaux-parents, je ne suis pas un bon exemple pour eux.

— Qui s'occupe d'eux, en ce moment ?

— Nancy et Willa, ma gouvernante et ma cuisinière noires.

Il lut le reproche qui pointait dans les yeux d'Eliza, ainsi que ses remords de l'avoir retenu si longtemps.

— Dans le monde qui est le mien, ce sont les femmes qui veillent sur les enfants, se défendit-il. Le père n'est là que pour incarner l'autorité.

— Dans mon monde à moi, le père représente tout, rétorqua la jeune fille avec ferveur.

Lester ne répondit pas. Perdu dans ses pensées, il écoutait le concert des grenouilles et des grillons qui montait des marécages.

— Je suppose que je vais être obligé de me remarier sans tarder, pour donner une mère à Blue et à Belinda, déclara-t-il enfin.

Eliza ne trouva rien à dire.

Le menton sur ses genoux, elle imaginait le

calvaire que ce devait être pour lui de pleurer sa femme et d'avoir le souci de ses enfants, en plus des problèmes de son exploitation. Son propre sort lui paraissait presque enviable, en comparaison. Toutefois, au fond de son cœur, elle savait bien que la vraie vie n'était pas sur une île déserte, sans famille ni liens d'aucune sorte. Même si une telle liberté était appréciable.

— Ne regardez-vous jamais les étoiles avec votre fils ? demanda-t-elle.

— Avec Blue ? Non. Jamais.

Intriguée par son intonation, coupante et sarcastique à la fois, elle se demanda pourquoi il se montrait si peu loquace au sujet du petit garçon. Elle se représenta un bel enfant blond aux joues roses et à la bouche rieuse, en admiration devant ce père qui avait tout pour être son héros. Pourtant, quelque chose lui disait qu'il n'en était pas ainsi.

— N'allez-vous pas manquer à vos enfants, si vous vous attardez ici plus longtemps ?

De nouveau, il eut ce rire amer qui la rendait si triste.

— Non, ma belle, je ne leur manquerai pas.

— Comment pouvez-vous dire une chose pareille ? Moi qui n'ai pas connu ma mère, je puis vous assurer qu'à mes yeux mon père incarnait l'univers.

— Vous viviez seule avec lui. Les choses sont différentes chez nous. Après la mort de Flora, ses parents ont reporté leur affection sur mes enfants.

Belinda et Blue passent plus de temps à Toano, chez les Wicomb, qu'à Whitefield. Ils partagent les leçons d'un précepteur avec leurs cousins et de petits voisins. Je n'ai pas lieu de m'en plaindre. Les Wicomb sont une vraie famille pour eux.

Il s'allongea sur la pente du toit, les yeux perdus dans les étoiles.

— Oui, une vraie famille...

« Et vous ? faillit protester Eliza. N'êtes-vous pas d'abord leur vraie famille ? » Mais elle ne connaissait pas cet homme ; elle n'avait aucun droit de le questionner sur les rapports apparemment douloureux qu'il entretenait avec ses enfants.

— De mon côté, poursuivit-il, ils ont mon cousin Charles qui les aime beaucoup aussi. Il vit à Richmond, mais il vient souvent à Whitefield. Il a la passion des chevaux, comme son fils Noah.

— Votre jockey est son fils ?

— Oui. Noah est un mulâtre, le fils de Charles et d'une servante noire.

— Une esclave, voulez-vous dire.

— Oui, une esclave.

— Noah est-il un esclave, lui aussi ?

— Non. Il fait partie de la famille et le sait parfaitement.

— Pas aux yeux de la loi, précisa sèchement la jeune femme.

— C'est exact, mais je n'y peux rien. Ce n'est pas moi qui édicte les lois.

145

— Vous pourriez vous y opposer, quand elles sont injustes !

Il se tourna vers elle.

— Qui vous dit que je ne le fais pas ?

Eliza retint un rire méprisant. Lui qui ne s'occupait pas de ses propres enfants, pourquoi se donnerait-il la peine de changer le monde ?

— Je ne sais pas. Une impression.

— Si les gens refusent d'accepter parmi eux un garçon de sang-mêlé, je ne puis les y obliger, reprit Lester d'un ton grave. Mais pour moi Noah est comme un fils. Je l'ai éduqué, je lui ai appris à lire et à écrire. Et je m'estime heureux de l'avoir près de moi.

Elle sentit qu'il la scrutait à travers l'obscurité.

— Comment faites-vous pour vivre aussi seule ?

De la main, Eliza désigna l'immensité qui les entourait.

— Cette vie est celle qui m'a été donnée par mon père, que j'adorais. J'aurais le sentiment de le trahir, si je désirais autre chose. Notre rêve commun excepté, bien entendu. Mais je crains qu'il ne reste qu'une chimère.

Une étoile filante traversa le ciel, tel un signe. Un signe de quoi ?

En elle-même, Eliza savait combien cette fidélité lui était difficile, parfois. Combien elle devait lutter, certains jours, pour avoir le courage de continuer.

Sans parler des nuits où elle n'osait pas s'endormir, de peur de revivre dans ses cauchemars la fin abominable de son père. Mais ces choses-là étaient son secret, un secret qu'elle n'avait pas à confier à un étranger.

Comme s'il avait perçu sa détresse, Lester posa une main sur son épaule.

— Comment votre père est-il mort, Eliza ? Dites-le-moi.

Elle frémit, touchée à vif.

— Je vous l'ai dit. Il y a eu un incendie.

Il n'ôta pas sa main. Ses doigts, doucement, caressèrent son épaule crispée.

— Ce n'est pas une explication suffisante. Je suis sûr qu'il y a eu autre chose, que vous ne voulez pas me révéler.

— Vous vous trompez.

La main de Lester s'éleva jusqu'à sa joue, écarta une mèche qui s'était échappée de son chignon. Elle frissonna de plus belle.

— Eliza…, insista-t-il. Il n'y a ici que vous, moi et les étoiles. Vous pouvez parler sans crainte.

Un long soupir la secoua, presque un sanglot.

— Je n'ai pas envie d'en parler, avoua-t-elle. C'est trop horrible.

— Raison de plus pour vous libérer des images qui vous hantent.

Du bout du doigt, il suivit la ligne de sa mâchoire

et elle s'avisa qu'elle était terriblement contractée ; elle s'obligea à desserrer les dents.

— Dites-moi tout, petite.

Eliza imagina sans peine comment il avait dû séduire la ravissante Flora Wicomb. Quelle femme pouvait résister à l'appel de cette voix sourde, au charme si intense, à l'insistance de ces caresses, à ce regard rivé sur elle comme si rien d'autre, en cet instant, n'était plus important que sa personne aux yeux du beau Lester Bohannon ?

Elle essaya de tenir bon, mais au fond d'elle-même elle se sentait déjà fléchir — tel le lion de Némée offrant sa patte blessée à son chasseur pour qu'il en ôte l'épine qui le faisait souffrir.

— Cela ne changera rien. Ce sera toujours aussi terrible.

— Essayez, vous verrez bien...

Lentement, la main chaude descendit le long de son cou ; des doigts se posèrent tendrement à l'endroit sensible où une artère battait sous sa peau fine.

Elle crispa les paupières, laissant échapper un gémissement douloureux tant ce geste semblait atteindre au creux de son être le noyau de souffrance qui l'habitait.

— Vous n'aimez pas que je vous touche ?

— Je ne sais pas..., reconnut-elle dans un souffle. Vous me plongez dans une grande confusion, Lester Bohannon.

Elle rouvrit les yeux, et à la lueur des étoiles elle le vit sourire.

— Faut-il que je vous ignore pour que vous ayez envie de me rejoindre, comme Finn ou ce poulain rebelle ?

Eliza ne se dérida pas. Les humains lui semblaient tellement plus difficiles à comprendre que les chevaux !

— Parlez-moi du dresseur légendaire que vous avez eu pour père, Eliza Flyte. Faites-le revivre pour moi. J'ai envie de le connaître, reprit Lester.

Il ne la touchait plus, mais sa présence attentive était aussi vibrante qu'une caresse. Alors elle se mit à parler, enfin, vidant mot après mot cette horrible poche noire qui pesait si lourdement sur son cœur.

Elle dépeignit la simplicité de leur vie rythmée par les marées et les saisons, la façon dont son père essayait de lui faire comprendre que les choses changeraient tôt ou tard, que leur île n'était pas éternelle, que la nature se modifiait sans cesse, que l'océan, chaque jour, rongeait un peu plus les dunes et la végétation.

— Rien n'est immuable, Eliza, me disait-il souvent. Rien n'est fait pour durer à jamais. Il faut se préparer à des bouleversements inéluctables. Mais je refusais de l'écouter. Et c'est ainsi qu'une nuit, anéantie, je me suis retrouvée dans une maison vide, près d'une grange brûlée, le corps de mon père se balançant à une poutre du manège.

Lester relâcha dans un sifflement atterré le souffle qu'il retenait depuis un moment. Elle eut la sensation que ses paroles le brûlaient comme elles la brûlaient elle-même, mais elle ne pouvait plus s'arrêter de parler. Elle avait ôté la bonde qui obturait ce puits de chagrin et les flots noirs du malheur se déversaient, impossibles à contenir, comme s'ils devaient se vider jusqu'à la dernière goutte.

— Le soir où ils sont venus, je me suis recroquevillée dans une cachette et j'ai attendu. Mon père avait juste eu le temps de m'avertir, de m'ordonner de ne pas bouger et de ne me montrer sous aucun prétexte.

— *Ils* ? releva Lester d'une voix tendue.

— Ceux qui l'ont tué. Il s'est éloigné avec eux, et stupidement j'ai cru qu'ils voulaient traiter une affaire de chevaux. J'aurais dû me douter qu'on ne traitait pas ce genre d'affaire au clair de lune ! J'aurais dû ressentir le danger !

De nouveau, elle crispa les paupières et se mordit la lèvre pour retenir une plainte.

— Vous étiez innocente. Vous ne pouviez imaginer la malveillance de ces hommes. Avez-vous vu leur visage ?

Elle secoua la tête.

— Non. Et ils ne m'ont pas vue non plus. C'est

la seule raison pour laquelle ils ne sont jamais revenus, je suppose. Et, pendant que je tremblais de terreur, entendant le bruit de leurs voix, sentant dans mes narines l'horrible odeur du sang, du feu et de la mort, mon univers basculait de la paix et de l'harmonie dans la monstruosité. Jamais je ne pourrai oublier cette nuit-là. Depuis, je me méfie de tout et de tous. Y compris de vous, ajouta-t-elle dans un murmure.

— J'ai pu m'en rendre compte, acquiesça-t-il d'un ton crispé.

Il changea de position et s'allongea sur le côté, appuyé sur un coude.

— Pourquoi ont-ils tué votre père ?

La tête baissée, elle tritura nerveusement les plis de sa jupe.

— J'ai toujours pensé que c'était à cause du don qu'il possédait avec les chevaux. Par jalousie ou par bêtise, je n'en sais rien. Les gens sont si obtus, avec leurs superstitions et leurs terreurs ancestrales... Je suppose qu'ils le considéraient comme une sorte de sorcier pratiquant la magie noire.

Elle s'interrompit un instant, la gorge nouée.

— Ils ne pouvaient savoir que j'avais hérité de ce don, sans quoi ils m'auraient probablement tuée aussi. C'est pour cela que j'ai arrêté tout travail de dressage, depuis. Je survis autrement, en vendant les produits de ma pêche, de mes cueillettes et de mon potager. Tous les deux ou trois mois, je me rends sur le continent avec mon canot. Mais je ne parle à personne, et la plupart des gens ne savent même plus qui je suis.

En un éclair, Lester mesura l'énormité du sacrifice qu'elle avait consenti pour lui — ou plutôt pour Finn. Il resta prostré dans un long silence, si long qu'Eliza, inquiète, se demanda si elle n'avait pas commis une erreur en se confiant à lui.

— Vous ne dites rien ? s'enquit-elle au bout d'un moment, les nerfs à vif.

Pour toute réponse il se redressa brusquement et se tourna vers elle, à genoux. Le contour de sa tête et de son torse se détachait sur le ciel sombre, aussi imposant qu'une statue de pierre. Le souffle coupé, Eliza médusée contempla un instant ce bloc immobile qui lui cachait les étoiles. Puis les mains de Lester Bohannon s'abattirent sur ses épaules et l'attirèrent violemment à lui, juste avant qu'une bouche dure ne scelle ses lèvres d'un bâillon ardent.

Il fallut quelques secondes à la jeune femme pour saisir que cet assaut pour le moins brutal était un baiser. Son premier baiser. Ce n'était pas du tout ainsi qu'elle s'était imaginé la chose ! Sa seule source d'information était *Jane Eyre*, et pour elle le summum de la sensualité était l'instant où M. Rochester effleurait furtivement de ses lèvres le poignet de Jane…

Ce baiser-là n'avait rien de furtif, et encore

moins de léger. La pression de cette bouche était telle qu'elle sentait les dents de Lester s'imprimer dans sa chair. Pourtant, si elle était choquée, elle n'éprouvait nulle frayeur. Au contraire… D'instinct, elle devinait avec quel désespoir il s'efforçait de la consoler, de colmater la brèche qu'il l'avait contrainte à ouvrir dans son cœur.

Alors elle s'abandonna à la quête obstinée de ces longs doigts qui caressaient habilement son cou, sa mâchoire, de cette langue avide qui cherchait à forcer le rempart de ses lèvres. Lorsqu'elle céda, un peu abasourdie par une intrusion aussi singulière, elle eut la sensation que Lester Bohannon s'abreuvait à sa bouche comme à une fontaine, assouvissait par ce baiser la faim farouche qui dévorait ses entrailles.

Elle chercha un appui sur le toit, saisie d'un vertige devant cette douceur brûlante qui l'envahissait tout entière, cette communion à la fois intense et merveilleuse qui lui donnait soudain l'impression d'être aimée, chérie, protégée. Et l'envie folle d'aller plus loin encore, de se livrer totalement à cet homme que la vie, aussi, avait blessé.

Mais elle se ressaisit aussitôt, mesurant le danger qu'il y avait pour elle à se laisser pénétrer par de tels sentiments. Comme les chevaux, elle avait coutume de fuir devant l'inconnu ; c'était l'unique défense qu'elle connaissait. Elle s'écarta donc, s'arrachant à cette étreinte avant que le déluge de ses désirs n'eût raison de sa volonté.

— Qu'y a-t-il ? demanda Lester.

Elle lui répondit par une autre question.

— Pourquoi avez-vous fait cela ?

Il saisit sa flasque et but une lampée de rhum.

— Parce que vous étiez tellement seule, Eliza, admit-il d'une voix altérée. Tellement seule...

Il ne l'avait embrassée que par pitié !

Hors d'elle, la jeune femme se laissa glisser jusqu'au bord du toit avant qu'il ait pu la retenir. Les jambes dans le vide, elle chercha du bout des pieds l'appui de la barrique, puis sauta sur le plancher du porche et courut se réfugier dans sa mansarde.

10

Le lendemain matin, Lester s'éveilla très tard. Il enfila ses bottes et fit une incursion dans la cuisine, où il s'obligea à manger quelques pommes cuites qui restaient de la veille. Le rhum qu'il avait ingurgité en trop grande quantité au cours de la nuit lui laissait la bouche horriblement pâteuse, mais il devait se remplir l'estomac.

Cela fait, il quitta la maison et se mit en quête d'Eliza.

Il fallait qu'il la voie le plus tôt possible, qu'il s'explique sur sa conduite de la soirée précédente. Quelle stupidité, de l'avoir embrassée de la sorte ! Il n'avait aucune excuse. Même si elle était aussi belle qu'une déesse, dans sa robe bleu sombre qui se découpait sur la nuit étoilée, éclairée par la lune. Même s'il avait été atteint au plus profond de lui-même par l'intensité de sa solitude. Même si elle avait fait surgir en lui une flambée de passion comme il n'en avait jamais éprouvée jusque-là, que ce fût pour une femme, un cheval ou un rêve.

Bonté divine ! Il savait pourtant qu'il devait se

garder de l'approcher, de la toucher, d'attiser les braises de cette attirance irraisonnée qui couvait entre eux depuis le premier jour ! Dès leur rencontre, il avait flairé le danger qui les menaçait. Mais, tant qu'il s'était tenu prudemment à distance, tant qu'il n'avait pas mis de mots sur cette relation larvée, il avait pu faire comme si elle n'existait pas.

Et voilà qu'en quelques minutes fatidiques, perdant la tête tel un adolescent irresponsable, il avait franchi les limites interdites.

Certaines filles étaient faites pour ces jeux-là. Pas Eliza. Avec l'étrange gravité qui la caractérisait, elle n'était pas femme à considérer l'amour comme un amusement. Elle prenait tout au sérieux. Lui compris, c'était bien le drame. Il avait terriblement mal agi en l'abusant de la sorte.

Un grognement irrité lui échappa.

Sapristi… Qu'allait-elle s'imaginer, maintenant ? Sans doute pensait-elle déjà qu'elle pourrait être la nouvelle épouse qu'il cherchait ! Il n'aurait jamais dû lui faire ces aveux, jamais dû susciter ses espoirs, jamais dû l'étreindre et l'embrasser comme si quelque chose pouvait exister entre eux !

Furieux contre lui-même, il tenait absolument à la trouver, à la persuader que seul le rhum et le clair de lune étaient la cause de sa conduite. Rien d'autre. Et qu'il n'y aurait jamais rien d'autre.

Le manège où ils avaient dressé Finn la veille était vide, le portillon ouvert. Des traces de pas en partaient, empreintes de pieds nus et de sabots inscrites côte à côte dans le sable. Eliza et l'étalon s'étaient éloignés à une allure tranquille, cela se voyait. Il les suivit à travers les dunes, descendit vers la grève… et aperçut les deux complices debout dans l'eau peu profonde du lagon.

La brune sauvageonne et le grand étalon à la robe luisante formaient un couple superbe, dont l'image se reflétait calmement sur les flots bleu-vert de l'océan.

Soudain, Eliza l'aperçut et leva un bras. En signe de colère ou de salut ? Lester s'approcha prudemment.

Comme le cheval tournait la tête vers lui, il constata qu'une peau de mouton avait été arrimée sur son dos au moyen de deux lanières, la laine en dessous.

— Bonjour, lança la jeune fille avec naturel.

— Que faites-vous ? demanda-t-il en atteignant le bord de l'eau.

— Je m'apprête à monter votre cheval.

Lester fronça les sourcils d'un air sceptique.

— Ici ? Avec cette selle ?

— Oui, bien sûr ! Ainsi, s'il me fait tomber, je ne me ferai pas mal.

Elle fit claquer sa langue, doucement, et invita l'étalon à la suivre un peu plus loin.

— J'espère que vous savez nager ! observa Lester d'une voix tendue par l'appréhension.

— Je n'en aurai nul besoin. C'est Finn qui va s'en charger. Vous allez voir.

Le jeune homme n'en revenait pas qu'elle s'adresse à lui de ce ton détaché. Comme si rien de spécial ne s'était produit la veille — ou comme si cela n'avait aucune importance.

Nonchalamment, Eliza s'enfonça dans la mer au côté de Finn. Quand ce dernier eut de l'eau jusqu'au poitrail, il se mit effectivement à nager, d'instinct, sans montrer le moindre signe de panique. Alors la jeune fille s'accrocha à sa crinière, se laissa flotter un instant, puis elle passa une jambe par-dessus son dos et s'installa en douceur sur la peau de mouton.

Retenant son souffle, Lester abasourdi la vit s'allonger sur l'encolure de l'étalon, les bras autour de lui, la joue appuyée sur sa crinière trempée. Finn frémit brièvement à ce contact, mais parut l'accepter sans problème et continua à nager comme si de rien n'était.

Subjugué par ce tableau qui symbolisait si puissamment l'accord, la confiance et l'abandon mutuels du cheval et de sa cavalière, Lester en fut remué jusqu'aux tripes. Dieu, qu'Eliza était belle ! Mélange de centaure mythique et d'amazone, elle se laissait porter par le fier coursier comme si nager avec un cheval était la chose la plus naturelle au monde.

Jamais, au grand jamais, une idée pareille n'aurait effleuré l'une des femmes qu'il connaissait, pensa-t-il, sidéré. Mais elle continuait à évoluer avec une aisance absolue au milieu des vagues, et, lorsqu'elle se redressa pour inciter Finn à reprendre pied sur le sable, il ne put qu'admirer sa posture. Elégante. Parfaite. Digne des plus grandes écoles de dressage.

Puis l'étalon et son écuyère émergèrent des flots, nimbés de lumière et de gouttes d'eau qui brillaient au soleil. Un instant, quand le cheval planta ses sabots antérieurs dans le sable, jambes écartées, Lester craignit une ruade ; Finn ne fit que s'ébrouer comme un chien, secouant sa crinière, ce qui provoqua le rire de sa cavalière.

Avec ses longs cheveux dénoués, sa tunique trempée moulant son buste et son ventre plat, elle était éminemment désirable. Oubliant ses remords et ses sages résolutions, Lester aurait donné n'importe quoi pour l'embrasser de nouveau — et ne pas s'arrêter là.

En dépit de ses pieds nus, de sa mise de sauvageonne et de sa selle en peau de mouton, montée sur ce magnifique pur-sang irlandais, Eliza Flyte était d'une beauté souveraine. Pleine de majesté, elle n'avait aucun mal à régner sur ses sens... et à lui remuer le cœur d'une étrange façon.

Ils travaillèrent toute la journée avec Finn, le montant tour à tour, le réhabituant progressivement au mors et à la bride. Peu à peu, éblouis, ils le voyaient redevenir le champion qu'il avait été avant sa dramatique traversée.

Vers le soir, l'étalon fatigué commença à se montrer nerveux et capricieux. Lester entreprit de le bouchonner, savourant l'odeur salée des embruns qui montait de sa crinière.

— Vous êtes réellement prodigieuse, Eliza, lança-t-il par-dessus son épaule.

— Je vais préparer le dîner, répondit-elle simplement.

Lorsqu'il se retourna, elle était déjà en train de gravir de son pas silencieux le sentier sablonneux qui conduisait à la maison.

Quelque peu frustré, Lester poursuivit ses tâches sans cesser de penser à elle. Le détachement de la jeune fille l'agaçait. Comment faisait-elle pour ignorer aussi superbement ce qui s'était passé la veille ?

Durant des heures elle avait concentré toute son attention sur ce cheval, se limitant à parler de Finn et de ses progrès. Comme s'il ne l'avait jamais embrassée. Etait-elle totalement insensible ? Il ne serait pas allé jusqu'à souhaiter qu'elle se montrât furieuse, choquée ou seulement glaciale. Non. Mais il s'attendait tout de même à une réaction, et ne comprenait pas une telle indifférence.

Avant de rentrer il se lava à la citerne, comme la veille. Par la fenêtre de la cuisine il apercevait Eliza en train de remuer quelque chose sur le feu, le profil serein, aussi impassible qu'une madone.

Elle s'était changée. Ses longs cheveux humides tombaient le long de son dos et il éprouva soudain un désir fou d'y enfouir sa bouche, de sentir sur sa peau l'odeur fraîche et propre de l'eau pure, de goûter de nouveau au fruit mûr de ses lèvres.

Il barra aussitôt la route à ces pensées licencieuses.

— Mmm... Quelque chose embaume, déclara-t-il en pénétrant dans la pièce.

Sans un mot, Eliza posa sur la table deux chopes de cidre, deux assiettes creuses pleines à ras bord de légumes bouillis et des épis de maïs grillés, ruisselant de beurre fondu.

Lester s'installa face à elle et se mit à manger avec appétit.

— Vous ai-je dit combien j'apprécie vos talents de cuisinière ? demanda-t-il au bout d'un moment, soucieux de garder un ton léger.

Un sourire amusé passa sur les lèvres d'Eliza.

— Pas en mots, mais j'ai pu m'en rendre compte en vous regardant.

Il vida sa chope et s'essuya la bouche.

— Mes compliments, miss Flyte. Au risque de rôtir en enfer, j'oserai même vous dire que votre maïs grillé est meilleur que celui de Willa. Je le préfère ainsi, sans lard.

— Je n'emploie jamais de graisses animales, déclara la jeune fille. Et je ne mange jamais de viande non plus.

Lester cligna des paupières, stupéfait.

— Jamais ?

— Non. Et mon père était comme moi. Pour rien au monde je ne mangerais un animal à sang chaud, qu'il porte des plumes ou des poils. J'aurais l'impression de commettre... une sorte de crime. Je me contente de poisson, de coquillages, de crustacés et de quelques œufs.

— C'est la première fois que j'entends une chose pareille, grommela Lester. Mais je crois que je vous comprends. Après tout, les animaux sont vos seuls compagnons, sur cette île...

Ils achevèrent leur repas en silence. Un silence qui ne tarda pas à paraître assourdissant au jeune homme.

Il aida Eliza à faire la vaisselle. Quand ils eurent terminé, la nuit était tombée avec cette rapidité qui l'avait tant surpris le premier soir. Les premiers bruits nocturnes ne tardèrent pas à monter dans l'air tranquille, le hululement d'une chouette, le glapissement d'une chauve-souris, le coassement des grenouilles.

Incapable d'affronter un tel calme sans le soutien de l'alcool, Lester se racla la gorge.

— Je prendrai volontiers un verre de votre rhum, déclara-t-il.

Eliza détacha le torchon qu'elle nouait autour de sa taille en guise de tablier et le plia sur le dossier d'une chaise.

— Pourquoi ? demanda-t-elle.

— Pourquoi quoi ?

— Pourquoi voulez-vous boire du rhum ?

Il haussa les sourcils.

— C'est un plaisir comme un autre, non ?

— Boire vous procure réellement du plaisir ?

— Quelquefois, oui.

— Mais pas toujours, insista Eliza.

Agacé, Lester se plaça sur la défensive.

— Ecoutez : si vous ne voulez pas que je boive du rhum, dites-le carrément. Je...

— Je ne veux pas que vous buviez. Je n'aurais pas dû sortir cette bouteille.

Il la dévisagea, les paupières plissées.

— A quel jeu jouez-vous, Eliza ? Si c'est à cause de ce qui s'est passé hier soir...

Brusquement, il sentit la rancœur l'envahir et éprouva le besoin irrésistible de la faire sortir de sa réserve.

— Rhum ou pas, sachez que vous l'avez échappé belle, reprit-il d'un ton bourru. J'avais envie de faire bien autre chose que vous embrasser.

Elle croisa les mains sur sa poitrine. Un frisson la parcourut, mais un mélange de fascination et de suspicion brillait dans ses yeux gris.

— Quoi ? releva-t-elle. Que vouliez-vous faire d'autre ?

Lester se raidit, les mâchoires crispées.

— Je ne vous le dirai pas, car de toute façon cela n'arrivera jamais.

— Pourquoi ?

Savait-elle à quel supplice elle le soumettait, avec ses questions sans fin ?

— Parce que cela n'a pas lieu d'être, Eliza. Je n'ai rien à vous offrir. Rien de rien.

— Qu'est-ce qui vous fait penser que j'attends quelque chose de vous ?

La gorge de Lester se noua.

— Je le lis dans vos yeux, ma douce, répondit-il malgré lui. Allez-vous me donner ce rhum, oui ou non ?

L'amour n'était pas quelque chose qui se contrôlait aisément, songeait Eliza, le lendemain matin, pendant qu'elle observait de loin le travail de l'étalon et de son maître.

C'était sans doute ce que Lester avait voulu dire, la veille, en parlant de l'attente qui se lisait dans ses yeux. Et comment s'étonner que ce sentiment ait nourri tant de poèmes, de romans, de pièces de théâtre ? Elle comprenait maintenant pourquoi Charlotte Brontë le décrivait comme une force indomptable, d'une puissance inouïe, qui échappait même à ceux qui l'éprouvaient.

Depuis que cet homme l'avait embrassée, plus rien n'était pareil. C'était comme si le monde entier avait changé. Le soleil lui semblait plus clair. Les étoiles plus brillantes. Ce qu'elle mangeait lui paraissait plus savoureux. Un simple chant d'oiseau suffisait à l'émouvoir aux larmes. Qu'elle le veuille ou non, elle était amoureuse. A cause d'un baiser.

Assise sur une souche, elle contempla rêveusement les flaques d'eau laissées par la marée basse et les efforts frénétiques des crabes tentant d'échapper au bec acéré des mouettes.

Elle avait passé la matinée dans cet état, à rêvasser sans fin.

Relevant les yeux, elle vit sir Finnegan reculer brusquement dans un bosquet de sassafras pour essayer de se débarrasser de son cavalier. Il y réussit, et pour la dixième fois au moins Lester Bohannon roula dans les dunes en lançant une bordée de jurons.

Il était couvert de sable de la tête aux pieds. Eliza ne put s'empêcher de sourire, amusée.

— Ne devriez-vous pas pleurer, comme la vertueuse Miranda quand elle voit Ferdinand réduit à empiler des bûches ? bougonna Lester en la rejoignant.

Cette fois, Eliza éclata de rire.

— Ne vous en déplaise, vous n'êtes pas le prince de Naples. Et je ne suis pas non plus la vertueuse Miranda.

Elle lui tendit la cruche qu'elle avait descendue de la maison et il but une longue lampée d'eau fraîche. Puis il porta les yeux vers le cap Henry, au loin, et suivit du regard trois vaisseaux quittant la baie de Chasepeake pour s'élancer vers le large et les eaux de l'Atlantique. Le trafic était important, en cet endroit, et la marine marchande fortement présente. Toutefois, le pavillon rouge vif arboré par l'un des navires retenait l'attention.

— Je me demande à qui appartient ce schooner, murmura Eliza. Et pourquoi il a un pavillon rouge.

Lester se raidit imperceptiblement, puis haussa les épaules avec une feinte indifférence.

— Pour qu'on le voie de loin, je suppose.

— Vous l'aviez déjà vu ?

Il marqua une brève hésitation.

— Oui, répondit-il.

Après quoi, sans rien ajouter, il retourna auprès de l'étalon.

Eliza passa le restant de la journée à l'ombre d'un cèdre, à regarder évoluer le pur-sang. Ses qualités innées ressortaient de plus en plus nettement. C'était un animal d'une intelligence exceptionnelle, qui ne demandait qu'à donner les immenses réserves qu'il possédait en lui. Quel bonheur et quelle chance d'avoir pu l'arracher à la folie passagère qui avait failli le condamner !

Laissant dériver ses pensées, elle songea que Lester Bohannon avait été blessé, lui aussi, et qu'il était parfois en proie, comme Finn, à une sorte de rage sourde qui ne trouvait d'exutoire que dans l'alcool.

Quel était ce mal qui le dévorait ? s'interrogeat-elle. Quelle en était la véritable cause ? Quelle avait été sa vie, avant la mort de sa femme ? La belle Flora avait su le rendre heureux, apparemment. Tant qu'elle l'avait pris pour un riche planteur.

Comment un simple revers de fortune pouvait-il changer le cœur d'une femme ? pensa-t-elle, perplexe. Surtout quand l'homme qu'elle aimait était aussi séduisant, aussi complexe et aussi attachant que Lester Bohannon ?

Sans doute aurait-elle poursuivi longtemps encore sur cette lancée, si Caliban, tout à coup, ne s'était mis à aboyer furieusement quelque part dans les dunes. L'étalon fit un écart, et Lester eut toutes les peines du monde à le calmer. Puis il y eut un craquement sourd sur l'autre versant de l'île, du côté de la forêt. Eliza se leva d'un bond, en alerte.

— Qu'est-ce que c'est ? s'enquit Lester.

— Caliban a dû traquer quelque bestiole, répondit la jeune femme en espérant être dans le vrai. Je vais voir et le faire taire.

Elle s'efforça de quitter la plage sans courir, puis s'enfonça avec appréhension sous le couvert des pins et des cèdres qui laissaient filtrer de longs rayons de soleil obliques. Tout en foulant l'épais tapis d'aiguilles roussies parsemé de champignons, elle répétait d'une voix forte :

— Assez, Caliban ! Tais-toi !

Le molosse lança encore deux ou trois jappements, puis se mit à gémir avec obstination. Eliza le trouva peu après, assis sur son train arrière, les yeux rivés sur un arbre sec dont le tronc s'était brisé à mi-hauteur.

Elle suivit son regard... et porta une main à sa bouche pour étouffer un cri d'effroi. Perché sur une branche moussue, un homme qui semblait à la fois furieux et terrifié brandissait un coutelas. Rapidement, Eliza enregistra l'image d'une peau noire et poussiéreuse, de prunelles sombres et luisantes dans un visage émacié, de vêtements en loques et de pieds nus.

— Qui êtes-vous ? cria-t-elle. Que voulez-vous ?

L'homme ne répondit pas, mais ses yeux se plissèrent dangereusement et ses doigts s'affermirent sur son arme. Eliza sentit qu'il avait encore plus peur qu'elle, ce qui la rassura, puis elle comprit subitement qu'il s'agissait d'un esclave en fuite.

Ce que voulait ce malheureux, c'était sa liberté. Mais que faisait-il sur son île ? Comment était-il arrivé là, et pourquoi ?

— Vous pouvez descendre, dit-elle. Mon chien ne vous fera aucun mal, je vous le promets.

Le fugitif ne bougea pas. Il la mesurait du regard.

— Vous n'allez pas rester là-haut pendant des

heures ! insista-t-elle. Je vous avertis : Caliban est aussi têtu que patient, il ne bougera pas non plus.

Le Noir se décida enfin. Coinçant le couteau entre ses dents, il entama sa descente avec autant de méfiance qu'Eliza en éprouvait à son égard.

— Si vous rangiez ce couteau ? suggéra-t-elle. Vous n'avez rien à craindre de moi. Je ne vous trahirai pas.

L'homme la regarda de travers. Comme Caliban se remettait à gronder, il obéit à contrecœur et mit pied à terre.

— Qu'est-ce qui me le prouve, *missy* ? demanda-t-il d'une voix sourde, pleine de terreur et de désespoir.

— Vous êtes armé, pas moi.

— Ce gros chien vaut bien un couteau, *missy*.

C'était la première fois qu'Eliza rencontrait un fugitif, et le malheur de cet homme qui réagissait comme une bête traquée lui serrait le cœur. Elle s'employa à le rassurer, puis l'interrogea de nouveau. La tête basse, il marmonna qu'on lui avait dit de venir sur cette île, qu'il y avait une crique abritée où il pourrait attendre un bateau. Un bateau qui passait au large toutes les trois ou quatre nuits, et qui s'arrêtait quand il voyait un feu allumé sur la grève.

Eliza fronça les sourcils. Qu'est-ce que c'était que cette histoire ? A l'entendre, il s'agissait d'une routine bien établie !

Soudain, ce fut comme si un voile se déchirait dans son esprit et la vérité lui apparut, aveuglante. L'observatoire ! Les longues heures que son père passait sur le toit, certaines nuits ! La façon dont il disparaissait parfois, la croyant endormie… et les provisions bien trop abondantes pour eux deux qu'il ramenait souvent de la ville. Elle comprenait tout, subitement. Et se demandait comment elle avait pu ignorer si longtemps les activités clandestines de l'homme qui partageait son quotidien.

En secret, son père aidait des esclaves à recouvrer la liberté.

— Je suppose que vous deviez retrouver mon père, Henry Flyte, dit-elle avec un mélange de chagrin et de fierté.

En entendant ce nom, les craintes du fugitif parurent s'apaiser. Il hocha sa tête noire, et un début d'espoir s'alluma dans ses yeux.

— Henry Flyte n'est plus ici, ajouta Eliza. Il… il est mort.

Les épaules de l'homme s'affaissèrent. Le peu d'énergie qui l'habitait encore sembla le déserter.

— Expliquez-moi exactement ce que vous deviez faire, reprit la jeune femme. J'essaierai de vous aider.

Il lui jeta un coup d'œil mi-inquiet, mi-sceptique.

— On m'a parlé d'une crique au nord de l'île, *missy*, avec de l'eau assez profonde et des arbres pour se cacher. Je dois allumer un feu pour avertir le bateau. Il devrait passer ce soir.

Une bouffée d'excitation envahit Eliza. L'idée de perpétuer l'œuvre de son père lui donnait des ailes, tout à coup.

— Je vois où elle est. C'est la seule qui ouvre sur la haute mer et qui n'est pas visible du continent. Je vais vous y conduire.

Le fugitif s'adossa au tronc d'arbre, visiblement épuisé. Il était jeune, très amaigri, et ses membres portaient les traces des coups de fouet qu'il avait reçus. Où trouvait-il encore la force de fuir ? se demanda Eliza, submergée par la colère et la pitié. Soudain, elle remarqua le sang qui maculait son pantalon déchiré ; sa cheville gauche semblait en piteux état.

— Vous êtes blessé, dit-elle doucement. Il faut vous soigner.

Comme il lui jetait un regard méfiant, elle insista :

— Si votre jambe s'infecte, vous ne serez plus en état de poursuivre votre voyage. Venez avec moi.

Il hocha la tête, les dents serrées, et obéit. Lorsqu'ils arrivèrent en vue de la maison, Eliza s'arrêta.

— Je ne suis pas seule sur l'île, précisa-t-elle. Je suis sûre que mon compagnon ne vous trahira pas non plus, mais attendez-moi ici, à l'abri de ce cèdre, le temps que je le prévienne et que je me procure ce qu'il faut.

171

Elle l'aida à s'allonger sur un rocher plat.

— Me promettez-vous de ne pas bouger ?

Comme il ne répondait pas, elle reprit, suppliante :

— Je vous en prie ! Je veux seulement vous aider. En mémoire de mon père.

Il acquiesça.

— Je resterai là, murmura-t-il.

Eliza fit signe à Caliban de la suivre.

Lester était invisible. Sans doute était-il encore avec Finn, ce qui valait mieux. Inutile de prendre des risques, se dit-elle.

Prestement, elle posa sur la table quelques restes de la veille, du fromage et des fruits. Il pourrait commencer à manger, s'il rentrait avant elle. Elle pria le ciel qu'il n'ait pas l'idée de partir à sa recherche, puis elle rassembla en hâte un seau d'eau, du savon, des linges propres, du baume et des provisions qu'elle mit dans un panier. Après quoi elle retourna auprès du fugitif, soulagée de voir qu'il avait tenu parole.

Lorsqu'il eut bu le cidre, puis dévoré le pain de maïs et les prunes en conserve qu'elle lui avait apportés, elle se pencha sur sa cheville pour l'examiner… et recula, saisie d'horreur devant la profondeur des blessures et les chairs affreusement mutilées.

— Qu'est-ce qui vous a meurtri de la sorte ? demanda-t-elle dans un souffle.

— Un piège, répondit-il. Un piège à esclave.

— Juste ciel…, gémit Eliza. Comment de telles

atrocités peuvent-elles exister ? Comment des hommes peuvent-ils agir ainsi envers d'autres hommes ?

Serrant les dents, elle prit son courage à deux mains et se mit au travail, le cœur révulsé. Jamais elle ne louerait assez son père d'avoir lutté à sa façon contre cette abomination légale que constituait l'esclavage. Elle ignorait à quelle date et dans quelles circonstances il avait engagé ce combat, mais elle commençait à penser qu'il ne s'était pas installé par hasard sur cette île, idéalement située sur la route de la liberté. Et que l'étrangeté de leur isolement avait d'autres raisons que l'amour de la nature et de la liberté.

Etait-ce pour se consacrer à cet idéal qu'il avait quitté l'Angleterre ? Avait-il fait là-bas une rencontre, des lectures qui l'avaient incité à changer de vie ? Elle était prête à le croire, même si cela ne levait toujours pas le mystère qui planait autour de sa mère.

Lorsqu'elle eut achevé sa besogne, recouvert la blessure d'onguent et de bandages, elle aida le jeune homme à se relever.

— La crique se trouve à un bon mille d'ici, déclara-t-elle. Pourrez-vous marcher jusque-là ?

Il fit signe que oui.

— La nuit ne va pas tarder à tomber ; il vaudrait mieux partir tout de suite. Suivez-moi.

Ils se mirent en route, accompagnés de Caliban, et retraversèrent dunes et forêt en direction du nord.

Au bout d'un moment, comme le fugitif trébuchait et traînait la jambe, Eliza lui offrit de s'appuyer sur elle.

Il hésita, visiblement tendu.

— Vous n'êtes qu'un petit bout de femme, *missy*.

— Vous n'êtes pas épais non plus. Allez, passez votre bras sur mes épaules.

Le jeune Noir obéit, le souffle court, transpirant la peur et l'angoisse. Ce corps moite imbriqué contre le sien oppressait Eliza. Elle n'avait plus l'habitude d'un contact physique aussi proche, aussi pesant.

Après des mois de solitude, voilà qu'en l'espace de quelques jours le destin lui envoyait deux hommes — blessés chacun à leur façon. Deux âmes souffrantes qu'elle se sentait le devoir de secourir. Mais, si cet esclave en fuite s'appuyait sur elle à contrecœur, par pure nécessité, elle savait bien qu'il n'en était pas de même pour Lester Bohannon. Lui ne l'avait jamais touchée de manière impersonnelle, pas même le premier jour.

Lorsqu'ils arrivèrent à la crique, le crépuscule jetait ses lueurs embrasées sur l'océan. Ils découvrirent les restes d'un feu de camp, du bois sec blanchi par le temps, calciné au milieu. Quand avait-il été allumé ? se demanda Eliza avec émotion. A quand remontait le dernier sauvetage effectué par son père ?

Henry Flyte redevenait étrangement présent, tout à coup.

— Rentrez, maintenant, dit le fugitif.

— Vous ne voulez pas que j'attende avec vous ?

— Non. Moins vous de verrez, moins vous en saurez ; et moins vous en saurez, mieux cela vaudra.

Reconnaissant qu'il avait raison, la jeune femme lui tendit quelques tiges d'amadou pour allumer son feu.

— Bonne chance, murmura-t-elle en s'éloignant à reculons.

Le jeune Noir ne répondit pas. Son regard éteint était presque celui d'un homme mort. Il leva une main et s'assit sur le sable pour entamer son guet.

Ce soir-là, Eliza ne put trouver le sommeil. Elle était montée se coucher de bonne heure, prétextant la fatigue ; Lester, que les progrès de son pur-sang rendaient euphorique, n'avait pas semblé remarquer son mutisme, ni les coups d'œil préoccupés qu'elle jetait sans cesse vers la mer.

Quand elle l'avait quitté, il était allé s'allonger dans son hamac avec sa flasque de rhum. Et maintenant la jeune femme se tournait et se retournait dans son lit, incapable de dormir, en proie à des tourments causés autant par son hôte que par le fugitif abandonné sur la plage.

Son corps appelait désespérément celui de Lester Bohannon, réclamait sa chaleur et cette intimité trop brève qu'ils avaient partagée. Un baiser lui avait suffi pour ne plus s'intéresser à elle, pensait-elle, déchirée. Comme il avait dû la trouver naïve et ridicule, ce soir-là ! Pour ne pas dire pathétique. Le souvenir des confidences qu'elle lui avait faites d'un ton haché et bredouillant l'emplissait de honte.

Finalement, agacée, elle alluma une bougie et ouvrit son roman favori. Mais ce fut pour retrouver ses propres tourments à travers ceux de Jane, et l'âme torturée de Lester dans celle de M. Rochester. Se pouvait-il qu'il cache un secret aussi sordide que celui de la malheureuse démente enfermée dans un grenier ? se demanda-t-elle avec angoisse.

Le livre de Charlotte Brontë ne lui était d'aucun secours, ce soir-là ; bien au contraire. Et l'image du pauvre hère attendant seul dans la nuit une délivrance improbable ne cessait de la hanter. Que se passerait-il s'il s'endormait ? Si le feu s'éteignait, ou s'il attirait au contraire des gens dangereux pour eux tous ?

Jamais sa sécurité ne lui avait semblé aussi menacée, depuis l'horrible nuit où son père avait été assassiné. Qu'aurait-il fait à sa place ? Oh ! si seulement il était encore là pour l'aider et la conseiller !

Eliza hésita encore quelques minutes. Puis, n'y tenant plus, elle se leva, s'habilla en hâte et se glissa furtivement hors de la maison.

Elle traversa le porche sur la pointe des pieds, le cœur battant à l'idée que le grincement d'une planche pût éveiller Lester. Il dormait profondément, le bas du corps dissimulé dans l'obscurité, le haut éclairé par la lune. La lumière argentée sculptait magnifiquement son visage, le faisant ressembler à un marbre antique. Comme il était beau ! pensat-elle, la gorge nouée. Dans l'abandon du sommeil, le pli de ses lèvres perdait toute arrogance ; il semblait vulnérable et presque triste, tel un guerrier se reposant après une défaite.

Un instant, elle songea à l'une de ses gravures préférées, celle du Celte blessé. Puis elle s'éloigna, se moquant d'elle-même et de ses accès de romantisme. Si on lui avait dit qu'un jour elle se conduirait de la sorte, elle n'aurait jamais voulu le croire.

Pour elle, jadis, les livres étaient une chose, la vie en était une autre. Une réalité lointaine, qu'elle avait du mal à imaginer. Mais à présent tout se mélangeait. Elle découvrait dans son cœur, dans sa chair, les sentiments dépeints par ses auteurs favoris. Cette confusion des sens qu'elle ne pouvait comprendre autrefois, ce besoin éperdu d'appartenir totalement à un autre être, de se donner à lui sans réserve, elle l'éprouvait désormais dans son propre corps.

Pour son malheur, sans doute. Car Lester Bohannon partirait probablement comme il était venu, le jour où elle n'aurait plus de rhum à lui offrir pour apaiser sa soif et le feu qui le dévorait.

*
* *

S'obligeant à oublier un moment sa propre brûlure, elle releva l'ourlet de sa tunique et descendit en courant jusqu'à la grève, Caliban sur les talons.

Loin vers le nord, une lueur rougeoyante tremblait au-dessus des arbres. Suivant le bord de l'eau, elle rejoignit la crique le plus vite possible et poussa un soupir de soulagement lorsqu'elle découvrit le jeune esclave assis près du feu qui flambait sur la plage, à l'abri des dunes.

— N'ayez pas peur, lança-t-elle à voix basse. C'est moi. Je suis venue voir si tout allait bien.

— J'attends toujours, *missy*. J'aimerais bien savoir quoi…

Eliza aussi eût aimé le savoir. Mais elle comprenait à présent pourquoi son père ne lui avait pas dévoilé son secret. Moins nombreux étaient ceux qui le connaissaient, plus réduits étaient les risques encourus par les fuyards. Dans ce genre d'entreprise, la plus extrême prudence était de mise.

Elle s'assit près du jeune homme, en silence. Enfin, au bout d'un long moment, une lumière clignotante troua l'obscurité de l'océan : la lanterne de proue d'un navire !

Le cœur battant, elle ne bougea pas ; près d'elle, elle sentait son compagnon bander tous ses muscles, prêt à s'enfuir au moindre danger tel un animal apeuré. Puis une forme sombre s'approcha du rivage, lentement, accompagnée d'un clapotis assourdi. Quelqu'un arrivait à la rame, dans un canot.

L'anxiété du jeune Noir transpirait par tous les pores de sa peau. L'odeur âcre de sa sueur montait dans la nuit.

— Cachez-vous sous les arbres, chuchota Eliza. Je vais m'assurer que ce n'est pas un piège.

Il disparut sans bruit, tandis que Caliban gémissait doucement.

La jeune femme s'avança jusqu'au bord de l'eau. Le matelot était seul, le visage dissimulé par un bonnet de marin enfoncé jusqu'aux yeux et par une barbe noire. D'épaisses boucles brunes tombaient sur ses épaules. Le col échancré de son ample chemise blanche révélait un cou puissant, un torse musclé. Avec la large ceinture rouge qui ceignait sa taille, et dans laquelle étaient glissés deux pistolets et un poignard, il avait tout l'air d'un pirate.

Lorsqu'il accosta sur le sable, Caliban se mit à gronder. Eliza le fit taire. Elle n'était pas vraiment rassurée, mais la présence de son chien garantissait sa sécurité.

— Etes-vous la marchandise que je suis censé prendre ? demanda l'homme d'une voix étonnamment douce.

Il leva vers elle ses yeux noisette, clairs et francs. Aussitôt, Eliza sut qu'elle n'avait rien à craindre. Elle ne put s'empêcher de sourire : avec sa tunique effrangée et ses longs cheveux emmêlés, elle pouvait de fait passer pour une esclave en fuite...

— Non. Je suis une amie, répondit-elle simplement.

La main du pirate se resserra sur le manche de son poignard.

— Où est Henry Flyte ?

— Il est mort il y a sept mois. Je suis sa fille.

L'arrivant la scruta d'un regard méfiant, puis parut se convaincre de sa sincérité.

— Remettez-moi le colis, reprit-il avec un accent traînant qui rappelait beaucoup celui de Lester Bohannon. Nous serons dans les eaux territoriales nordistes avant l'aube.

— Je vais le chercher.

Comme Eliza s'apprêtait à tourner les talons, le pirate se figea, les yeux rivés derrière elle.

— Y en a-t-il un, ou deux ?

— Un seul.

Immédiatement, il tira son poignard de sa ceinture ; la lame étincela à la lueur des flammes.

— Dans ce cas, pourquoi deux hommes viennent-ils vers nous ?

La jeune femme pirouetta sur elle-même, le cœur serré. Terrifiée, elle aperçut le jeune Noir à quelques pas d'elle ; et derrière lui, foulant le sable à grandes enjambées, arrivait Lester Bohannon.

Dieu du ciel..., gémit-elle en elle-même. Il avait dû la suivre.

Tandis que le fugitif se recroquevillait sur lui-même, tremblant de frayeur, Eliza resta clouée sur place, incapable de prononcer un mot ou d'esquisser un geste. Il fallait pourtant qu'elle prévienne Lester, qu'elle le mette en garde contre le danger qu'il courait ! C'est alors qu'un juron échappa au pirate et la fit sursauter.

— Par tous les diables ! Bohannon ! Si j'avais pu me douter...

La jeune femme réprima un cri : les deux hommes s'avançaient vivement l'un vers l'autre, tels deux cerfs prêts à s'embrocher. Eliza s'attendait déjà au pire, quand tout à coup Lester ouvrit largement les bras et serra sur son cœur le pirate qui l'enlaçait avec effusion.

Aussi stupéfaite que le jeune Noir qui ouvrait des yeux ronds, elle vit Lester s'écarter et dévisager l'inconnu avec un sourire éclatant.

— Content de te revoir, vieux frère, déclara-t-il d'une voix vibrante.

11

— Quelle histoire incroyable ! murmura Eliza, un peu plus tard, alors qu'elle regagnait la maison en compagnie de Lester. Si l'on m'avait dit que mon père était depuis des années un agent antiesclavagiste, et que j'abriterais un jour à mon insu le meilleur ami de son plus proche complice !

Après avoir embarqué le jeune esclave, le « Pirate » était reparti à la rame vers le fameux schooner au pavillon écarlate qu'ils avaient aperçu au large le matin même. Un bateau que Lester connaissait fort bien, et pour cause...

Brièvement, il avait expliqué à la jeune femme ébahie le fonctionnement de l'Underground Railroad, une organisation secrète fondée seize ans plus tôt par l'abolitionniste Robert Purvis.

Perpétuant une pratique qui existait déjà depuis longtemps dans les communautés quakers, ces gens avaient mis en place un réseau clandestin d'aide aux esclaves noirs, avec une liste d'abris destinés à recueillir les fugitifs. Car ceux-ci, depuis la terrible loi de 1793, ne bénéficiaient plus du droit d'asile en nul endroit du pays — même lorsqu'ils avaient franchi la célèbre ligne Mason-Dixon qui séparait les Etats du Sud de ceux du Nord. Où qu'ils fussent, ils pouvaient être arrêtés et renvoyés d'où ils venaient, risquant souvent d'être battus à mort. Quant aux Blancs complices de leur fuite, ils étaient passibles de fortes amendes et de peines d'emprisonnement.

En entendant ce récit, Eliza avait frémi. Quels risques énormes son père avait pris sans qu'elle le sache !

— Je me sens tellement ridicule, ajouta-t-elle, bouleversée. J'ai l'impression d'avoir vécu plus de vingt ans auprès d'un inconnu. J'en veux presque à mon père de m'avoir caché ce pan de sa vie. Et je me demande bien ce qui a pu l'amener à se dévouer de la sorte, lui qui n'aimait que les chevaux...

Arrivé en haut des dunes, Lester se retourna et contempla l'immensité noire de l'océan. Son compagnon d'université avait dû regagner le *Spolia Opima*, l'un des navires qui appartenaient secrètement au réseau et transportaient des fugitifs sous le couvert d'activités marchandes. Aussi souvent que possible ils les emmenaient au Canada, devenu pour eux une véritable terre promise.

— Ce genre d'engagement doit rester secret, déclara-t-il.

— Mais vous étiez au courant, vous ! protesta

Eliza en s'emparant de son bras. Vous connaissiez ce bateau, ne le niez pas !

Lester se dégagea doucement.

— Oui, je le connaissais. Et je savais que mon ami en était le capitaine. Mais j'ignorais totalement que votre île constituait l'un de ses points de passage. Ma surprise a été presque aussi grande que la vôtre, ajouta-t-il avec un sourire amusé, en se remémorant l'air ahuri de la jeune femme quand il avait saisi Peter dans ses bras.

Eliza fronça les sourcils, perplexe.

— Et vous approuvez ce qu'il fait ? Vous, le fils d'un planteur de tabac ?

— En dépit de mes nombreux défauts, il se trouve que je possède un brin d'humanité, répondit Lester d'un ton ironique. Si un Noir décide d'échapper à l'esclavage au péril de sa vie, je ne vois pas pourquoi je l'en empêcherais.

Il sourit encore, mais avec plus de réserve, en se rappelant la mine intriguée de Peter Reynolds un moment plus tôt. Après avoir écouté l'histoire de Finn, ce dernier avait jeté un long regard scrutateur à la fille de Henry Flyte. Puis il avait marmonné :

— Je ne sais pas ce que tu as trouvé sur cette île, vieux frère. Ce qui est sûr, c'est que je ne t'ai jamais vu aussi radieux à Richmond, et moins encore à Whitefield...

Le bonheur, aurait pu lui répondre Lester Bohannon.

Pourtant, il eût été bien en peine d'expliquer pourquoi il se sentait heureux — si heureux — auprès d'une femme qui ne serait jamais à lui et qui ne pourrait jamais partager sa vie.

Lorsqu'ils se retrouvèrent dans la cuisine, Eliza décida de préparer une infusion ; elle était bien trop agitée pour dormir.

Pendant que l'eau chauffait, elle se retourna à plusieurs reprises pour jeter des coups d'œil inquisiteurs à Lester, comme si elle le voyait soudain sous un nouveau jour. Il finit par en rire.

— Pourquoi me regardez-vous ainsi ? Je suis toujours le même, vous savez !

— Votre amitié avec ce « Pirate » m'étonne, avoua-t-elle. Comment s'organise-t-il au juste ?

Le regard clair de Lester caressa un instant sa silhouette, et il se souvint du plaisir qu'il avait éprouvé à la tenir dans ses bras. Comme ses pensées s'égaraient vers des confins dangereux, il s'obligea à revenir au sujet qui la préoccupait.

— Il possède une maison à Norfolk, mais le port d'attache de son navire est Boston, comme beaucoup de ses complices. Officiellement, il fait du commerce entre les Etats du Sud et la Nouvelle-Angleterre. En réalité, il ajoute régulièrement des escales officieuses à ses voyages et remonte ses passagers clandestins jusqu'à l'embouchure du fleuve Saint-Laurent, au Canada.

Eliza jeta dans l'eau bouillante quelques baies d'églantier mélangées à de la camomille sauvage.

— Comment se fait-il que vous connaissiez si bien ses habitudes ?

— Nous partageons les mêmes idéaux. Il sait qu'il pourra toujours compter sur moi, et réciproquement.

La jeune femme lui décocha une nouvelle œillade intriguée.

— Si l'un de vos esclaves s'enfuyait de Whitefield, le pourchasseriez-vous ?

— Il n'y a plus d'esclaves à Whitefield, Eliza. Je les ai tous fait affranchir à la mort de mon père. Au grand dam des Wicomb et de Flora, qui attendaient que je les vende pour renflouer le domaine. Ils se sont dispersés aux quatre vents, certains avec l'aide de Peter. Je n'ai gardé que Nancy, qui est vieille et aveugle, et Willa, qui n'a jamais voulu quitter sa cuisine.

Cette réponse emplit la jeune femme d'une joie intense. Elle se sentait fière d'accueillir cet homme chez elle, tout à coup. Et les sentiments qu'elle lui portait déjà s'enrichirent d'une estime et d'une confiance sans bornes.

Cachant son émotion de son mieux, elle déposa une cuillerée de miel dans une tasse et versa dessus la décoction dont le parfum embaumait la pièce. Puis elle la tendit à Lester.

Il refusa d'un signe de tête.

— Non, merci. Je préférerais un verre de rhum.

Le regard qu'Eliza lui jeta le mit brusquement mal à l'aise. Il n'était pas accusateur. Simplement triste et déçu. Plus touché que si elle lui reprochait ouvertement son penchant pour l'alcool, il fronça les sourcils et grommela :

— C'est bon. Je vais essayer votre breuvage.

Le visage de sa compagne s'éclaira aussitôt, et ses joues rosirent de la plus délicieuse façon. S'il avait été porté sur la flatterie, il lui aurait déclaré qu'elle avait un sourire magnifique. Que ses yeux couleur de brume, frangés de ces longs cils noirs qui les rendaient plus mystérieux encore, étaient proprement fascinants. Que la vue de son corps mince et souple le mettait en transe, et qu'il rêvait d'embrasser de nouveau ses lèvres superbes, aussi douces et pulpeuses qu'une pêche d'été.

Il se contenta de prendre la tasse et de goûter l'infusion. Cette saveur de fleurs et d'herbes sauvages lui parut un peu fade, à côté du rhum, mais elle n'était pas désagréable.

Quand Eliza se fut servie à son tour, il sortit sous le porche. Elle le suivit et s'accouda à la balustrade.

— Nous partageons donc un secret, désormais, dit-il doucement.

Elle tourna la tête vers lui.

— N'avez-vous que celui-ci ?

Il se mit à rire.

— Pourquoi cette question ?

— Je ne sais pas. Il me semble que vous devez en avoir d'autres.

Le rire de Lester redoubla.

— Vous êtes la femme la plus bizarre et la plus adorable que j'aie jamais rencontrée, Eliza Flyte. C'est sans doute pour cela que vous me plaisez tant.

Elle le regarda d'un air horrifié, comme s'il venait de cracher des crapauds.

Il haussa les sourcils avec une candeur affectée.

— Qu'y a-t-il ? Dois-je m'excuser ?

Riant de plus belle, il s'étonna soudain d'être de si bonne humeur sans avoir bu une goutte d'alcool.

— Montons sur le toit voir si nous apercevons le bateau de Peter, suggéra-t-il.

Lorsqu'ils eurent atteint leur perchoir, une vague de mélancolie envahit Eliza.

— Dire que je prenais mon père pour un original, murmura-t-elle. Il ne m'est jamais venu à l'idée que cette plate-forme pouvait servir un but secret.

Lester s'assit près d'elle, un genou relevé, et

laissa courir son regard sur l'immensité qui leur faisait face.

— La vue est vraiment superbe, d'ici. On peut voir à des milles de la côte, quand la lune et les étoiles brillent comme cette nuit.

Soudain, il tendit le bras vers un point précis de l'océan.

— Regardez ! On aperçoit le schooner, au loin.

Une étrange émotion gonfla le cœur d'Eliza lorsqu'elle discerna la fine silhouette noire qui s'éloignait en direction du nord, emportant le jeune fugitif vers un destin qu'elle espérait plus humain.

— Oui, répondit-elle à mi-voix. Il s'en va. Que le ciel le garde.

Frappé par la nostalgie de son intonation, Lester se tourna vers elle et repoussa tendrement une mèche qui lui barrait la joue.

— Qu'y a-t-il ? Pourquoi cette tristesse ?

— Je pensais à mon père. A la mission qu'il s'était donnée. Et à tous ces malheureux obligés de fuir dans des conditions aussi atroces afin de mener une vie décente. J'aurais tellement voulu partager ce combat avec lui...

— La lutte pour l'abolitionnisme est une affaire dangereuse, Eliza. Votre père a bien fait de vous protéger en vous tenant à l'écart de ses activités.

Ils restèrent silencieux un moment. Puis les pensées de la jeune femme, insensiblement, dérivèrent vers la première nuit où ils s'étaient trouvés côte à côte en ce même endroit.

Lester Bohannon allait-il de nouveau l'embrasser ? En cet instant, elle aurait tout donné pour le savoir. Et elle ne désirait rien plus ardemment qu'un autre baiser de lui.

Elle le connaissait mieux, maintenant, et ne l'en aimait que davantage. Ne lui avait-il pas affirmé qu'elle l'apprécierait un peu plus chaque jour ? se souvint-elle avec un petit sourire contraint. Il ne croyait pas si bien dire...

— Qu'est-ce qui vous fait sourire ? demanda-t-il.

Elle détourna les yeux de peur qu'il ne devine l'orientation de ses rêveries.

— Rien de particulier.

Il prit sa joue dans sa paume et l'obligea à le regarder.

— Menteuse. Je sais très bien ce que vous avez dans la tête.

Eliza faillit s'étrangler.

— Comment ? balbutia-t-elle, saisie. Pourquoi ?

— Nous pensons forcément à la même chose.

Sans se perdre en circonvolutions inutiles, Lester se pencha vers Eliza et l'embrassa à pleine bouche.

Elle se sentit perdue dès que ses lèvres s'écrasèrent sur les siennes, et lui répondit avec une ardeur éhontée. Sans la moindre pudeur, elle se tendit tout entière vers lui, assoiffée de retrouver le contact de son corps, de franchir toutes les barrières qui les séparaient. Ce besoin d'une intimité totale — qu'elle était pourtant incapable de s'imaginer avec précision — lui mettait les nerfs à vif, la consumait telle une brûlure ardente dévorant jusqu'aux dernières fibres de son être.

Elle éprouvait une envie incoercible de se fondre dans cet homme, sentait d'instinct que seule l'union de son corps au sien apaiserait le feu qui la ravageait. Les doigts enfoncés dans les muscles de ses larges épaules, elle recevait ce baiser comme elle aurait bu à une source d'eau fraîche intensément désirée.

Sans se séparer d'elle, il la renversa lentement en arrière, l'allongea sur la pente du toit. Puis il cessa un instant de l'embrasser pour la contempler ; son visage à lui était baigné d'ombre, mais elle savait qu'il distinguait ses traits à la lueur scintillante des étoiles. Tout de suite après, elle se demanda ce qu'il avait bien pu lire dans ses yeux pour y répondre avec une telle émotion : il murmura son nom d'une voix altérée, se pencha de nouveau sur elle pour s'emparer de ses lèvres et l'enlaça avec une passion frémissante, comme si une force supérieure à sa propre volonté le contraignait à agir ainsi.

Ensuite, les mots n'eurent plus de place dans l'étrange, intense et fascinante communion qui les souda l'un à l'autre. Vaguement, Eliza songea qu'elle devait être habitée du même besoin primal, irrépressible, que celui qui poussait parfois les juments à briser leur licou pour rejoindre un étalon, parfois même en se blessant cruellement. Elle découvrait la puissance de cet instinct plus fort que tout, de ce désir invincible de s'unir à un autre être — et peu lui importait si elle devait en souffrir par la suite.

Quand Lester saisit l'ourlet de sa tunique et la fit passer par-dessus sa tête, quand il la dépouilla de sa chemise et des pantalons de toile qui la couvraient de la taille aux genoux, elle n'en éprouva nulle gêne. Elle offrit sans honte son corps baigné de lune au regard qui la dévorait, brûlant de passion, ne s'offusqua pas davantage lorsque son compagnon se dénuda à son tour avant de s'allonger près d'elle sur le tapis de leurs vêtements épars.

Cette nuit était magique, ce qui leur arrivait naturel.

Inévitable.

La peau fine de Lester Bohannon luisait d'un éclat satiné, sa silhouette musclée et déliée à la fois avait la beauté d'une statue de marbre. Captivée, Eliza n'hésita pas un instant à caresser des yeux, dans son entier, ce corps magnifique tendu par le désir ; puis, comme attirée par un aimant, elle posa une main sur ce ventre d'homme qui recelait pour elle le plus grand des mystères.

Lester frémit, émettant un son qui ressemblait au grésillement d'une goutte d'eau jetée sur un poêle brûlant. Eliza sursauta et voulut retirer ses doigts, craignant de l'avoir heurté, mais il retint sa main et la caressa à son tour, partout, explorant avec ferveur les moindres parcelles de sa personne, jusqu'aux plus cachées, aux plus sensibles, aux plus vulnérables.

La tête renversée en arrière, les yeux perdus dans les étoiles, la jeune femme émerveillée vibrait de tout son être à la musique céleste que Lester créait en elle de ses doigts, de ses lèvres, et cela sans prononcer un mot. Comme si ce qu'il faisait là n'avait besoin de nulle explication. Elle se cramponnait à ses épaules, ivre de plaisir et de joie, incapable d'endiguer le vertige troublant qui l'enroulait dans ses spirales et semblait vouloir lui faire quitter la terre.

Soudain, dans un cri, elle vit les étoiles exploser devant ses yeux en une myriade d'étincelles aux couleurs de l'arc-en-ciel et eut l'impression d'exploser avec elles, comme si son cœur et son corps ne pouvaient contenir tout le bonheur que Lester Bohannon lui procurait. Transportée par l'intensité de ce moment sublime, elle l'attira à elle avec force, désirant de tout son être le mêler à son ivresse, partager avec lui le plus intimement possible cette fièvre merveilleuse qui l'emportait jusqu'aux confins du firmament.

Elle posa ses lèvres sur la peau moite de Lester, en savoura le grain, le parfum, mordilla son cou et ses épaules, mais cela ne lui suffisait toujours pas. Elle le voulait plus proche encore, si proche que plus rien ne pourrait les séparer. Elle voulait le sentir en elle, uni à elle de la façon la plus irréfutable, la plus irréversible. Celle que la nature lui dictait depuis le fond des âges.

Ses mains fines parcoururent le dos de son amant, se posèrent au creux de ses reins, l'obligèrent à lui donner ce qu'elle attendait tandis qu'il l'embrassait éperdument. Elle le sentit hésiter un bref instant, puis, comme dans un rêve, il l'enveloppa de sa chaleur et se livra à elle. La seconde où leurs deux corps se joignirent lui parut d'une douceur et d'une beauté indicibles, un miracle plus grand que tout ce qu'elle aurait pu imaginer.

Au creux de son ventre un rempart céda, la douleur d'une brûlure la déchira brièvement et elle ne put retenir un cri étouffé. Mais, quand Lester se raidit, prêt à s'écarter, elle le retint avidement contre elle.

Jamais. Jamais elle ne lui permettrait de l'abandonner en un moment pareil. Pour quelques minutes au moins il lui appartenait tout entier, et pour rien au monde elle ne voulait se priver d'un plaisir qui en annonçait d'autres plus forts et plus intenses encore, elle le devinait.

Ses espoirs ne furent pas déçus. Dès que l'homme merveilleux qui la serrait dans ses bras se mit à bouger en elle, elle reconnut aussitôt le rythme immémorial qui unissait depuis l'aube des temps les hommes, les oiseaux, les chevaux, la lune et les marées, le sable et les vagues de l'océan.

C'était ce qu'elle avait toujours attendu, appelé de ses vœux sans en avoir conscience. C'était la plus belle chose de la terre, le plus beau cadeau qu'on lui ait jamais fait. Il la rendait vivante, entièrement ; comme si jusqu'à présent elle n'avait jamais vécu qu'à moitié.

Environnée de la clarté laiteuse des étoiles, de l'immensité du ciel et des bruits doux qui montaient de la nuit, elle crispa les paupières, submergée par un bonheur si violent qu'il menaçait de la faire voler en éclats. Elle se cramponna à Lester, certaine que, si elle le lâchait ne fût-ce qu'un instant, elle se dissoudrait dans le néant de l'univers. C'était trop. Comment pourrait-elle revenir au calme et à la sérénité de son existence solitaire, après ça ? Elle n'y parviendrait jamais.

Elle s'entendit le supplier, l'implorer d'arrêter. Mais il ne lui obéit pas. Il l'emporta au contraire dans un tourbillon plus rapide et plus ardent encore, dans une sorte de déferlement si sauvage qu'elle se sentait incapable d'en supporter davantage. Et soudain, à l'instant où le ciel s'embrasait de mille feux, il se figea au-dessus d'elle et murmura d'une voix crispée :

— Pardon, Eliza... Pardon...

Puis il frémit et se laissa retomber sur elle,

l'enveloppant de ses bras musclés, ne cessant de l'embrasser avec un mélange de tendresse et de vénération qui lui mit les larmes aux yeux.

— Je suis désolé, répétait-il contre ses lèvres. Je n'aurais pas dû. Il ne fallait pas…

La gorge nouée, Eliza aurait voulu lui dire qu'elle ne souhaitait rien d'autre que le garder ainsi à jamais, qu'il lui avait fait connaître les instants les plus merveilleux de toute sa vie, qu'il avait opéré un miracle en lui rendant l'envie de croire et d'espérer en l'avenir, malgré les drames qui entachaient son passé.

Mais l'émotion la submergeait, et la seule chose qui parvint à lui échapper fut un long sanglot. Elle s'en voulut terriblement, certaine qu'il allait se tromper sur ce qu'elle ressentait, et son désarroi s'accrut encore lorsqu'il s'écarta d'elle.

L'impression de vide et d'abandon qu'elle en éprouva la paralysa de telle sorte qu'elle ne put articuler un mot. Impuissante, elle le regarda s'habiller et chercha à son tour ses propres vêtements. Les enfiler lui parut une tâche au-dessus de ses forces.

Lester s'était allongé sur le dos, les yeux rivés sur les étoiles. Son profil tendu, le mouvement crispé de sa pomme d'Adam exprimaient une angoisse et des regrets sans fond. Ne sachant que faire ni que dire, Eliza demeura immobile près de lui. Puis il se redressa, se leva, descendit jusqu'au bord du toit et lui tendit la main pour l'aider.

Lorsqu'ils se retrouvèrent face à face sous le porche, muets, Eliza sentit de nouvelles larmes gonfler sous ses paupières. Il était tellement beau, auréolé par le clair de lune ! Si beau qu'il lui donnait envie de pleurer.

Il lui effleura la joue du bout des doigts.

— Je crois que je vais prendre ce verre de rhum, finalement.

12

Lester s'éveilla la bouche pâteuse, un arrière-goût de vieux rhum et de faute au fond de la gorge.

Le soleil n'était pas très haut dans le ciel ; il devait être encore assez tôt.

Il s'arracha non sans peine à son hamac et se dirigea d'un pas mal assuré vers la cuisine. La migraine qui lui battait les tempes semblait lui marteler impitoyablement le même message : il avait déshonoré Eliza Flyte. Défloré celle qui avait sauvé son cheval. Sapristi... Il méritait bien une place en enfer, pour payer un tel crime. Sans doute l'attendait-elle déjà.

La maison était déserte.

Elle était partie. Peut-être avait-elle pris le canot pour se rendre à Eastwick, et soulever contre lui une foule prête à le lyncher. A moins qu'elle ne soit allée trouver l'une de ces sorcières cachées dans les bois, dont les jeunes filles chuchotaient entre elles qu'elles connaissaient un secret magique pour rendre sa virginité à une femme...

Il ressortit et descendit se rafraîchir à la citerne.

Il se rinça la bouche à plusieurs reprises, s'efforçant en vain d'en chasser les relents de fiel. Bonté divine ! Il ne devait pas être beau à voir, avec ses yeux rougis, son teint cendreux et le pli amer que donnait à ses lèvres le dégoût qu'il éprouvait pour lui-même. L'absence de miroir lui convenait tout à fait ; le regard accusateur d'Eliza lui suffirait amplement, lorsqu'elle le verrait.

N'importe quel gentleman doté d'un soupçon de morale aurait su se contenir, à sa place. Pas lui. Il avait agi en égoïste, en homme habitué à prendre ce qu'il voulait.

Il n'avait pas d'excuse. Même si cette fille était belle à damner un saint ; même si le seul fait de la toucher semblait combler chaque fois, miraculeusement, le vide douloureux de son cœur. Même si la pitié qui le submergeait devant sa solitude et l'austérité de la vie qu'elle menait l'emplissait d'une irrésistible envie de la serrer contre lui, de la consoler, de lui donner la tendresse qui lui manquait si cruellement.

Mais en guise de tendresse, il lui avait fait l'amour ! Et cette étreinte avait été si belle, si forte, qu'il en avait perdu la tête au point d'oublier toute prudence.

Quand il avait recouvré ses esprits, il n'avait pas su trouver les paroles qu'il aurait dû prononcer. Il avait juste été capable de caresser sa joue pâle, encore humide des larmes qu'elle avait versées à cause de lui.

Sans un mot, elle était allée se laver à la citerne. Sa mince silhouette éclairée par la lune lui avait paru terriblement émouvante, et plus encore la dignité silencieuse avec laquelle elle avait effacé d'un linge propre toute trace de son méfait, comme si l'eau fraîche pouvait rendre à son corps la pureté dont il l'avait spolié.

Pas une fois elle ne s'était tournée vers lui. Au bout d'un moment, ne supportant plus la vue de cette espèce de cérémonie expiatoire dont il était responsable, il était allé chercher la bouteille de rhum et avait bu au goulot pour noyer l'image de cette singulière jeune femme, si confiante, qu'il avait souillée à jamais. Puis il avait rejoint le hamac, les jambes flageolantes, et s'était affalé d'un bloc, sombrant dans l'oubli d'un sommeil de plomb.

A présent, dans la lumière crue du matin, il fallait bien qu'il affronte la réalité. Il devait trouver Eliza, lui parler, arranger les choses avec elle.

Lorsqu'il la découvrit sur la plage, chevauchant le pur-sang, elle fit à peine attention à lui.

— Nous essayons la selle et les éperons, aujourd'hui ! cria-t-elle de loin. Finn a l'air de s'y faire !

Et elle repartit au galop, faisant jaillir sous les sabots de l'étalon des gerbes de sable et d'écume.

De toute évidence, la conversation que Lester s'était promise n'était pas pour tout de suite. Peut-être qu'Eliza ne se sentait pas prête à aborder le sujet, se dit-il, et qu'elle avait choisi ce moyen de le lui faire savoir.

Il resta un moment immobile, à l'observer, et comme toujours sa beauté sauvage lui étreignit le cœur. Avec sa chevelure d'ébène déployée dans le vent, aussi noire que la crinière du pur-sang, elle évoquait l'une de ces fières amazones chantées par les poètes.

En outre, sa tunique plaquée par la vitesse contre son buste et son ventre, ses cuisses fuselées incrustées dans les flancs de l'étalon la paraient d'un tel pouvoir érotique que Lester détourna les yeux — et les talons. Il ne lui servirait à rien d'attendre, décida-t-il. Mieux valait qu'il épuise son énergie à des tâches triviales qui occuperaient ses mains et son esprit.

Mais, quand il entreprit de dégager les poutres calcinées qui encombraient encore le grand manège, les pensées qui lui vinrent n'avaient rien d'agréable. Cet endroit, après tout, était celui où Henry Flyte était mort. Il eut beau s'en défendre, à plusieurs reprises il regarda derrière lui, comme si le fantôme du dresseur pouvait venir lui reprocher d'avoir violé sa fille et lui réclamer des comptes.

Qui était cet homme secret ? se demanda-t-il. Pour quelle raison avait-il fui le monde ?

Eliza l'idolâtrait. D'autres, pourtant, l'avaient haï au point de l'assassiner.

Ce soir-là, durant le dîner, Eliza ne parla que de Finn, du plaisir que lui procurait le manège nettoyé et du changement de temps annoncé par l'orientation des feuilles d'érables.

Elle s'exprimait d'un ton cordial, naturel, comme si rien d'extraordinaire ne lui était arrivé la veille. Apparemment, le fait de s'être donnée à un homme pour la première fois de sa vie était pour elle une chose banale, normale.

Etait-il possible qu'une femme réagisse ainsi ? s'interrogeait Lester, abasourdi. De son côté, il cherchait désespérément un moyen d'aborder le sujet, mais ne savait comment s'y prendre. D'ailleurs, il finissait par douter de ce qui s'était réellement passé entre eux.

Ils avaient fait l'amour, cette vérité-là au moins était indubitable. Mais qui l'avait voulu le plus ? Eliza ou lui ?

Non, il n'avait pas le droit de se mentir. Elle était consentante, certes. Elle s'était offerte à lui librement, telle une fleur se tournant vers le soleil. Elle avait accueilli ses caresses et ses baisers avec un bonheur évident, gardant les yeux grands ouverts, et dans ces yeux-là il avait vu se refléter des millions d'étoiles.

Il n'en restait pas moins qu'il l'avait séduite. Qu'elle était innocente, et qu'il lui avait dérobé son innocence. Qu'il le veuille ou non, cela n'était pas glorieux.

Bonté divine ! grommela-t-il en lui-même. Il ne s'était jamais montré très délicat avec les femmes, avait toujours été aussi prompt à les aimer qu'à les quitter. Mais jamais, de sa vie, il n'avait défloré une vierge. Flora elle-même...

Il écarta cette pensée, désagréable comme tout ce qui touchait à sa défunte épouse.

Eliza ne cherchait peut-être qu'à donner le change. Peut-être, au fond d'elle-même, était-elle si choquée qu'elle refusait d'admettre ce qui s'était passé.

Sapristi ! Il avait tourné et retourné le problème dans sa tête toute la journée, s'était acharné dessus comme un chien sur un os, et il ne savait toujours pas quelle solution adopter. Si elle ne parlait de rien, finit-il par conclure, peut-être valait-il mieux qu'il ne dise rien non plus.

Un moment plus tard, cependant, quand, la vaisselle faite, il la vit s'installer sur le banc devant la cheminée et ouvrir *Jane Eyre*, il explosa.

— Sacré bon sang, Eliza Flyte ! Je ne vous comprends pas. Pas du tout.

Elle leva vers lui des yeux surpris.

— Que voulez-vous dire ?

— Vous le savez aussi bien que moi. Je veux parler d'hier soir.

La douceur qui l'enveloppa tout entière, glissant sur elle tel un rayon de lune, faillit avoir raison de Lester. Planté comme un chêne au milieu de la pièce, il dut se cramponner à sa position pour ne pas la violer de nouveau.

— Hier soir ? répéta-t-elle, le regard alangui, les lèvres arquées en un demi-sourire rayonnant.

— Vous n'en avez rien dit ! Pas un mot ! lança Lester d'un ton accusateur.

Elle fronça ses beaux sourcils noirs.

— Devais-je en parler ?

Chez toute autre qu'elle, cette question aurait pu passer pour de la coquetterie. Mais elle était la candeur personnifiée.

— Je ne m'attendais pas à vous voir agir comme si rien n'était arrivé, rétorqua Lester, irrité.

Eliza referma son livre, l'air stupéfait.

— Oh ! vous vous trompez ! J'y ai pensé toute la journée. Pas vous ?

Si elle savait ! Il préféra ne pas répondre.

— Ce matin, reprit-elle d'un ton rêveur, quand je me suis réveillée, je me suis sentie différente. D'une manière très agréable. C'était comme si je revenais d'un long voyage dans un univers inconnu, et qu'à mon retour le monde avait changé...

Elle fixa sur lui ses superbes yeux gris, directs et francs.

— N'avez-vous pas ressenti la même chose ?

Bonté divine ! pensa Lester à bout de nerfs. Allait-elle le torturer ainsi encore longtemps ? Que cherchait-elle à lui faire avouer, par ces questions aussi naïves qu'insistantes ? Qu'attendait-elle de lui ? Des excuses ? Pas une demande en mariage, tout de même !

Sans attendre sa réponse, elle poursuivit sur le même ton :

— En montant Finn, aujourd'hui, j'ai éprouvé… une gêne inhabituelle. Légère, mais qui ne cessait de me rappeler la nuit dernière.

Choqué par l'impudeur de ses aveux, Lester fut à deux doigts de se ruer sur elle pour la faire taire. Comment pouvait-elle proférer des choses pareilles ? Ne mesurait-elle donc pas l'inconvenance de tels propos ?

Non, conclut-il aussitôt. Comment l'aurait-elle pu ? Elevée par un homme seul sur une île déserte, elle n'avait aucune idée de ce qui se disait ou ne se disait pas… Cette totale ignorance des conventions lui parut renversante.

— Est-ce là ce que vous vouliez savoir ? s'enquit-elle avec ce naturel qui le rendait fou.

— Juste ciel, non, Eliza ! Je voulais parler de l'importance de l'acte que nous avons commis. De sa portée pour…

— Comment nomme-t-on cela, au fait ? l'interrompit-elle. Je suppose qu'il existe un autre terme que ceux de saillie ou d'accouplement ?

Dépassé, Lester se laissa choir sur le panier à crabes posé en face d'elle et dut résister pour ne pas se prendre la tête entre les mains. Grands dieux… Elle le mettait au supplice et lui donnait plus envie d'elle que jamais. Mais il ne pouvait se permettre de répéter cette expérience ; c'était hors de question.

Il s'efforça de recouvrer son calme.

— Tout dépend de la personne avec qui vous en parlez, Eliza.

— J'en parle avec vous, pour l'instant.

Il secoua la tête, atterré par le tour que prenait cette conversation et l'effet que produisait sur lui cette sauvageonne en haillons. Sacrebleu ! Il était Lester Bohannon, réputé pour son sang-froid autant que pour son expertise en belles femmes et chevaux de race. Or, il suffisait qu'il posât les yeux sur Eliza Flyte pour qu'il perde la raison, et sente monter en lui un désir si pur, si ardent qu'il osait à peine la regarder.

— Les expressions ne manquent pas. Toutefois, entre un homme et une femme, la formule la plus... courtoise me semble être « faire l'amour ».

— Faire l'amour..., répéta-t-elle en savourant ces mots comme si elle buvait du nectar. C'est joli. Je préfère cela à la fornication mentionnée dans la Bible, qui est considérée comme un péché. Et si nous avons péché ensemble, ajouta-t-elle, je veux bien rester pécheresse le restant de mes jours.

Lester releva les yeux, sidéré, se demandant s'il avait bien entendu. Lui qui était convaincu de l'avoir blessée dans son âme autant que dans son corps !

— Pourquoi ? questionna-t-il.

— Parce que je ne regrette rien. J'ai aimé ce que nous avons fait. J'ai aimé ce que vous m'avez fait ressentir. Je recommencerais volontiers à la première occasion. Vous n'avez qu'à dire un mot et...

— Taisez-vous !

Il se releva d'un bond et alla se poster devant la fenêtre, lui tournant le dos.

— Vous ne devriez pas parler ainsi, Eliza. Vous savez fort bien que nous avons mal agi. Et je suis le seul fautif : j'ai abusé de vous et de votre innocence. Je vous ai volé votre virginité.

— Vous n'avez pu me voler quelque chose que je vous ai librement donné !

Lester pivota vers elle, abasourdi.

— Eliza... Ne vous rendez-vous pas compte ? Une jeune fille se doit de rester pure pour son futur époux.

Elle se mit à rire.

— Avez-vous vu des prétendants alignés devant ma porte ? Nous n'avons fait que suivre notre instinct naturel. Je ne vois pas ce qu'il y a de mal à cela.

Lester inspira profondément. Bien qu'il se soit ressaisi à la dernière seconde, il se pouvait qu'il l'ait mise enceinte. Et elle se demandait en quoi c'était répréhensible !

— Cela ne se reproduira pas, affirma-t-il.

— Vous n'en avez plus envie ?

Elle allait le rendre fou !

— L'envie n'a rien à voir là-dedans, Eliza. Dans le monde où je vis, des règles régissent ce genre de chose. Une femme ne fait pas l'amour avec un homme à moins d'être mariée avec lui.

— Comme dans la Bible.

— Oui. Restons-en là, je vous en prie. Je voulais seulement vous dire que je regrette, et vous demander pardon.

— Je refuse.

Il en sursauta presque, se sentant brusquement piégé.

— Pourquoi ?

— Je ne veux pas que vous regrettiez d'avoir fait l'amour avec moi, Lester. En disant cela, vous abîmez la joie dont vous m'avez comblée. Je veux que vous soyez heureux de m'avoir aimée. Je veux... que vous me désiriez encore.

Comme si elle avait besoin de l'en prier ! Le sang en ébullition, Lester lui tourna de nouveau le dos.

— Vous ne savez pas ce que vous dites, Eliza, rétorqua-t-il avec dureté. Contrairement à ce que vous croyez, vous ne vous êtes pas donnée à moi de votre propre volonté. C'est moi qui vous y ai amenée... en vous touchant, en vous caressant. Je connaissais la façon d'enflammer votre corps et vos sens, rien de plus.

Elle se tut un moment. Il vit son air pensif se refléter dans les carreaux de la fenêtre.

— Même si c'est seulement ce que vous prétendez, dit-elle enfin, vous m'avez fait découvrir un bonheur que j'ignorais. Je ne peux plus envisager ma vie de la même manière, désormais. Je veux de nouveau me sentir vivante, entière, pleine d'espoir et de désirs. Comme je l'ai été la nuit dernière avec vous.

— Ne comptez pas sur moi pour cela, répliqua sèchement Lester. Avez-vous songé que nous aurions pu concevoir un bébé ?

— Et si nous l'avions fait ? demanda-t-elle d'une voix tendue.

— Il est évident que je ne vous épouserais pas. Ma vie est ailleurs. Vous vous retrouveriez seule sur cette île perdue avec un enfant à élever.

Elle resta silencieuse beaucoup plus longtemps, cette fois. Il lui avait dit la vérité et s'en félicitait ; c'était la seule conduite honorable à tenir. Alors pourquoi se sentait-il aussi mal à l'aise que s'il avait marché sur un chaton ?

Le silence devint insupportable. Lester regagna la porte. Au moment de franchir le seuil, il s'arrêta.

— Eliza ?

— Je crois que je comprends, dit-elle lentement. Faire l'amour est une chose beaucoup plus compliquée que je l'ai cru hier soir.

— C'est exact, acquiesça Lester d'une voix moins

brutale. Ce qui s'est passé n'a été qu'un moment d'égarement.

Elle reprit son livre, le rouvrit à la page marquée d'un gros-grain noir.

— Un moment d'égarement, répéta-t-elle d'un ton posé. Je tâcherai de m'en souvenir.

— Bonne nuit, Eliza.

Elle releva les yeux vers lui, et il comprit alors que tout ce qu'il avait pu dire n'avait servi à rien : la tendre invitation peinte sur son visage angélique le narguait telle la pomme d'Eve dans le jardin d'Eden. En cette seconde, il comprit tout à fait la chute d'Adam.

— Bonne nuit, Lester.

— Je n'ai jamais eu l'intention de vous blesser, ne put-il s'empêcher d'ajouter.

— Vous ne m'avez pas blessée.

— Si, affirma-t-il en sortant. Seulement, vous ne le savez pas encore.

Le lendemain soir, Eliza s'efforça d'oublier un instant Lester Bohannon pour préparer le gros carrelet qu'elle avait pêché en prévision de leur dîner. Impossible. Le souvenir de ce qu'ils avaient partagé continua à l'obséder, la maintenant sous le même charme que durant la journée.

De son côté, il semblait avoir tourné la page, fait une croix sur ce bref moment de passion. Il avait passé des heures avec Finn, entraînant le pur-sang à monter sur la péniche, à entrer et sortir sans crainte du box érigé en son centre.

Elle savait ce qui se préparait : Lester allait repartir.

Elle ferma les yeux, vacillant sous la douleur. Il avait raison : jamais elle n'aurait pensé souffrir à ce point à l'idée de le perdre. Cette nuit-là, elle s'était abandonnée sans réfléchir à l'enthousiasme du moment, aux sentiments de gratitude et d'admiration que Lester lui inspirait après le sauvetage du fugitif. Elle avait été si heureuse de pouvoir se donner à lui en toute confiance !

Si elle avait su ce qui l'attendait, sans doute aurait-elle résisté, se serait-elle mieux protégée contre le manque à venir. Mais elle n'avait pas songé un instant à ce qui arriverait après. A tort, elle avait cru que cette bulle de bonheur suffirait pour toujours à éclairer sa vie. Elle s'était trompée.

« Je ne vous épouserai pas. »

Cette idée ne l'avait pas effleurée. Pas consciemment, en tout cas. Simplement, elle n'avait rien imaginé au-delà de cette nuit merveilleuse qui l'avait transformée à jamais.

Elle n'essaierait pas de le convaincre de changer d'avis. A quoi bon ? Lester Bohannon était un homme tourmenté, qui avait prévu de se remarier avec une femme de son milieu dans l'intérêt de ses enfants. Mais elle se souviendrait toujours de lui, garderait toujours dans son cœur le trésor de ces heures magiques passées dans ses bras, sous les étoiles.

Jusqu'à son dernier souffle, elle lui saurait gré de lui avoir fait connaître l'intense douceur de l'amour. Le reste n'était pas de son ressort : auprès de son père, elle avait appris que rien n'était immuable. Tout changeait sans cesse, inéluctablement : l'île, l'océan, les saisons, les sentiments ; c'était une loi de la nature, cruelle et indomptable. Il fallait bien qu'elle s'y résigne, même si cette résignation s'accompagnait maintenant pour elle d'une tristesse et d'une mélancolie sans fond.

Un peu plus tard, il suffit à Lester Bohannon d'un regard en coin et d'une seule phrase pour mettre son cœur en déroute — et miner dangereusement cette sagesse patiemment édifiée.

— Venez avec moi, Eliza, déclara-t-il soudain. Cette île n'est plus sûre pour vous.

Elle écarta avec fermeté l'incorrigible sentimentale qui, au fond d'elle-même, brûlait d'accepter sa proposition. Le temps des rêves béats était révolu.

— Ne soyez pas ridicule, répliqua-t-elle. Personne ne m'a jamais ennuyée, je ne vois pas pourquoi cela changerait.

— C'est sans doute ce que votre père a cru aussi, jusqu'à cette nuit où l'on est venu le tuer.

Un frisson parcourut la jeune femme. Elle repoussa

de toutes ses forces les souvenirs dramatiques qui menaçaient de l'envahir. Elle ne voulait plus y penser. Jamais.

— Les gens qui l'ont assassiné n'étaient pas les chasseurs de sorcières que vous m'avez décrits, reprit Lester d'un ton brutal. C'étaient des chasseurs d'esclaves.

Elle se redressa brusquement, piquée au vif.

— Quoi ?

— Cela tombe sous le sens, Eliza. Personne n'a plus brûlé de sorcières depuis deux siècles, dans ce pays. En revanche, les riches planteurs sont prêts à tout pour conserver la main-d'œuvre gratuite sur laquelle ils ont édifié leurs fortunes. Ils n'épargneraient ni père ni mère afin de préserver leurs privilèges.

— Voulez-vous dire que la loi indigne dont vous m'avez parlé ne leur suffit pas ? Qu'ils iraient jusqu'à massacrer des innocents pour cela ? s'exclama la jeune femme, horrifiée. Des gens qui ne font que leur devoir d'être humain ?

— Ils ne s'arrêtent pas à de tels scrupules, même s'ils laissent à d'autres les basses besognes. Les énormes primes qu'ils offrent en échange des fugitifs capturés en sont la preuve ; elles suscitent la cupidité et la bestialité. Les chasseurs d'esclaves n'ont d'autre but que d'amasser les plus gros butins possibles, et suppriment sans pitié ceux qui se mettent en travers de leur chemin.

Un gémissement échappa à Eliza, qui noua ses deux bras autour d'elle comme pour se protéger d'une réalité trop atroce.

— Je ne peux pas vous croire, lâcha-t-elle dans un souffle. Je ne peux croire que des hommes tuent leur prochain pour de l'argent. Que mon propre père...

— C'est pourtant la vérité. Et, maintenant que vous avez aidé ce fugitif à s'enfuir, ces hommes reviendront pour vous. Car cela se saura, n'en doutez pas un instant. Ce genre de nouvelle se répand comme une traînée de poudre.

Choquée jusqu'au plus profond de son être, la jeune femme se leva d'un bond et courut sous le porche, laissant la porte battante se refermer en claquant derrière elle. Les yeux rivés sur les ombres mauves qui s'allongeaient sur les marais, elle se demanda comment elle pourrait quitter cette île. Wreck Island était son univers, le seul endroit au monde qu'elle ait jamais connu. S'imaginer loin de ce paysage familier lui était impossible. Totalement impossible, se répéta-t-elle, la gorge serrée.

Tandis que la nuit s'installait doucement sur les dunes, sur les forêts de pins et de cèdres, sur tout ce qui l'avait entourée depuis sa plus tendre enfance, elle revit tout à coup le regard du jeune esclave noir lorsqu'il était monté dans le canot du « Pirate ». Un regard triomphant, où l'espoir le plus fou avait brusquement remplacé les horreurs de l'esclavage. Et elle sut qu'elle ne partirait jamais de son plein gré.

— Ces malheureux ont besoin de moi, déclara-t-elle à Lester qui l'avait rejointe. Je n'ai pas le droit de les priver de leur dernier espoir.

— Je vois mal comment vous pourrez les aider quand vous aurez subi le même sort que votre père ! répliqua rudement le jeune homme. En outre, aucun fugitif ne viendra plus ici. Peter et moi l'avons décidé avant son départ.

Eliza fit volte-face, offusquée.

— Qui vous a permis...

Il lui décocha un sourire sarcastique.

— Vous n'êtes pas seule en cause, ma chère.

Remise à sa place par ce ton cinglant, la jeune femme ravala son dépit.

— Si les rendez-vous n'ont plus lieu sur cette île, alors rien ne m'empêche de rester, répliqua-t-elle.

— C'est faux. Dès que les chasseurs d'esclaves auront vent de cette fuite, ils comprendront que vous avez pris le relais de votre père et viendront vous tuer de toute façon.

Eliza ne trouva rien à répondre. Furieuse, elle retourna dans la cuisine. Et là, malgré l'arrogance et la dureté de Lester, elle ne put s'empêcher de penser combien cette maison lui paraîtrait vide, après son départ. La maison, mais aussi son île, ainsi que sa vie tout entière...

S'il lui avait fait un cadeau, c'était un cadeau empoisonné.

Elle l'entendit rentrer à son tour, mais ne le regarda pas. Même si elle percevait la chaleur de sa présence, même si elle éprouvait un désir ardent de le toucher, même si elle savait que cette présence lui était devenue aussi nécessaire que l'air qu'elle respirait.

Il posa une main sur son épaule, l'obligea à lui faire face. Et soudain elle se retrouva dans ses bras, ivre de joie, toute raison oubliée. Mais elle s'obligea aussi vite à chasser cette illusion de bonheur et s'arracha à son étreinte, pour douloureux que fût ce sacrifice. Le trou que Lester Bohannon avait creusé dans son cœur serait là à jamais, elle le savait.

— Vous ne pouvez me forcer à trahir l'œuvre et la mémoire de mon père, déclara-t-elle.

— Vous ne les servirez pas mieux en vous laissant mettre à mort.

— Je me souviens maintenant d'un article de Lydia Child qu'il m'avait lu dans la *Gazette des Abolitionnistes*..., murmura-t-elle. Elle parlait d'un esclave qui avait été tué en s'enfuyant. Il m'avait dit de ne pas pleurer, parce que certaines choses étaient pires que la mort.

Lester s'approcha et prit sa joue dans sa paume.

— Je sais, Eliza. Je sais..., acquiesça-t-il d'une voix altérée.

Refusant de lui céder, elle s'écarta et recula de quelques pas.

— Que feriez-vous de moi, si j'acceptais de vous suivre ? demanda-t-elle sèchement.

La surprise et l'embarras qui se peignirent dans les yeux bleus de Lester lui donnèrent presque envie de rire.

— M'imaginez-vous dans votre monde ? reprit-elle, impitoyable. Parmi ces gens raffinés de l'aristocratie virginienne ? Envisageriez-vous par hasard de me dresser comme j'ai dressé votre pur-sang ?

Le désarroi du jeune homme s'accrut visiblement.

— Eliza...

— Vous n'aviez pas réfléchi aussi loin, n'est-ce pas ? La vérité, c'est que vous vous êtes senti obligé de me faire cette proposition, mais que vous n'avez aucune idée du sort que vous me réserverez.

Lester se ressaisit.

— Ce qui est sûr, c'est que je ne vous laisserai pas ici ! répliqua-t-il. Je pourrai vous engager.

— *M'engager ?* Comme quoi, grands dieux ? Comme domestique ?

— Vous pourriez dresser mes chevaux.

— Quelle offre alléchante ! persifla-t-elle.

— Je suis sérieux, Eliza. Avec le salaire que vous gagneriez, vous pourriez enfin réaliser votre rêve et partir pour la Californie. A moins que cette histoire ne soit rien d'autre qu'une chimère, ajouta-t-il en croisant les bras, l'air furieux.

Ce bel homme en colère la connaissait trop bien, songea-t-elle avec amertume. Il savait pertinemment que le monde extérieur la terrifiait, mais il se servait néanmoins des confidences qu'elle lui avait faites pour la pousser dans ses retranchements. Elle n'aurait jamais dû lui faire de tels aveux. Car elle avait découvert entre-temps que les rêves pouvaient se révéler fort dangereux, quand on s'avisait de vouloir les réaliser.

— Bien sûr, qu'il ne s'agit que d'une chimère, répondit-elle en s'efforçant de dompter le tremblement de sa voix. La Californie est à l'autre bout du monde.

13

Le lendemain, ne voulant pas voir Lester, Eliza se leva de bonne heure et quitta la maison sans rien manger ni boire. Comme une fois déjà, elle traversa le porche sur la pointe des pieds et caressa du regard son beau visage endormi, nimbé d'épaisses boucles dorées et d'une barbe de plusieurs jours. Pourquoi lui paraissait-il tellement enchanteur ? se demanda-t-elle. Parce qu'elle avait rencontré si peu d'hommes dans sa vie, ou à cause de la musique qu'il créait en elle dès qu'il la touchait ?

Elle détourna les yeux. Elle ne devait plus penser à lui de cette manière-là, se fustigea-t-elle. Ni d'une autre. Ce qu'elle avait à faire, c'était le convaincre de partir au plus vite — sans quoi elle en serait réduite à le supplier de rester.

Peut-être est-il déjà trop tard, lui chuchota son cœur. Oui, il était trop tard. Elle ne supportait pas l'idée de vivre sans lui. Mais elle s'y ferait, comme elle s'était faite à la disparition de son père…

Leur conversation de la veille avait été absurde.

Elle ne voulait pas, ne pouvait pas suivre Lester Bohannon dans le monde qui était le sien. Il n'aurait jamais dû suggérer une chose pareille.

Elle suivit d'un pas vif le sentier qui menait au paddock. Elle allait passer la journée à fatiguer le pur-sang. Le soir venu, quand la marée serait haute, elle le ferait monter à bord du chaland et le renverrait chez lui avec son maître. Pour de bon.

Très vite, elle s'immergea totalement dans son travail avec Finn. Ce cheval était une vraie merveille, le lien qui s'était tissé entre eux l'emplissait de bonheur. Elle lui parlait, lui expliquait ce qu'elle attendait de lui, lui murmurait des paroles d'encouragement ou d'appréciation. A un moment donné, avec un choc, elle s'avisa qu'elle utilisait les mêmes intonations que Lester, cette nuit où il l'avait faite sienne : tendres, persuasives, sincères. Elle enjôlait l'étalon comme on l'avait enjôlée, elle.

Puis elle s'élança avec lui le long de la plage, sur le sable durci par les flots, et pour la première fois elle le laissa courir aussi vite qu'il en avait envie. Aussi vite que le vent. Courbée sur son encolure, la joue posée contre l'artère qui battait sous sa robe, elle ressentit la joie qu'il éprouvait à donner tout ce qu'il avait en lui, et cette joie l'envahit aussi. Le souffle coupé par la vitesse, elle se surprit à rire de plaisir.

Lester Bohannon serait satisfait. De cela, au

moins, elle était sûre. Il lui avait amené un cheval à l'esprit dérangé, elle lui rendait un champion.

Un champion qu'il ramènerait chez lui le soir même.

Lorsqu'elle reconduisit Finn pour la dernière fois dans son paddock, en attendant de pouvoir l'embarquer, une immense tristesse lui étreignit le cœur. Ce n'était pas le chagrin violent, déchirant, qu'elle avait connu à la mort de son père ; c'était une peine sourde, faite pour durer une éternité.

Alors qu'elle quittait l'enclos pour regagner la maison, la première chose qui la frappa fut le silence. Un silence total. Quelqu'un lui avait-il volé ses poules ? Et pourquoi Caliban n'aboyait-il pas ?

Les sourcils noués, elle pénétra dans la cuisine. A première vue, dans la pénombre, elle ne remarqua rien d'anormal. Puis ses yeux s'agrandirent quand elle aperçut l'étagère. Vide. Tous ses livres avaient disparu, toutes ses gravures, toutes ses revues. Et ce n'était pas tout ! Le coffre qui contenait les souvenirs de son père n'était plus là non plus. On le lui avait pris, comme la caisse qui renfermait le trousseau de la fiancée espagnole !

Anéantie, elle se laissa tomber sur le vieux banc de bois flotté et fixa le plancher, saisie de vertige. Elle se sentait brisée de toutes parts, les poumons vides, comme ce jour où un poney sauvage, pris de panique, l'avait frappée sans fin de ses sabots.

Il lui avait fait ça ! Lester Bohannon l'avait dépouillée de tout ce à quoi elle tenait. C'était comme s'il lui avait arraché le cœur.

Avec la sensation d'être devenue très vieille, d'un seul coup, elle s'obligea à se lever et quitta la maison d'un pas lent pour retourner au paddock. A l'instant où elle s'en approchait, elle vit Lester qui emmenait l'étalon.

Cette image lui fit l'effet d'une giclée d'eau glacée. Brusquement arrachée à sa torpeur, elle prit ses jambes à son cou et s'élança derrière lui.

— Qu'est-ce qui vous prend, Bohannon ? Etes-vous devenu fou ? s'écria-t-elle.

Il se tourna vers elle, et à son regard égaré elle comprit qu'il avait bu plus que de raison.

— Oh, c'est vous ? répondit-il. Parfait. Vous arrivez juste à temps pour m'aider à embarquer ce cheval.

C'était ce qu'elle avait projeté, exactement. Mais Lester Bohannon ne se contentait pas de suivre son plan. Avant de partir, il avait fallu qu'il mette sa maison, sa vie et son cœur en pièces. Pour l'amour du ciel, comment avait-elle pu faire confiance à cet homme ? Elle se sentait tellement ridicule, tellement humiliée !

— J'ai prévu de lui bander les yeux, pour le cas où il deviendrait nerveux. Il est prêt, n'est-ce pas ?

Sans attendre la réponse d'Eliza, il continua à descendre vers le chaland.

— La mer est calme, ce soir. Nous serons à Whitefield avant l'aube.

Saisie d'un soupçon, Eliza le précéda et courut jusqu'à la stalle en planches. Une colère blanche la saisit quand elle y découvrit une arche de Noé en miniature : les trois poules étaient perchées nerveusement sur un chevron, Claribel attachée à un montant et Caliban veillait en grognant sur la petite troupe. Même ses quatre chats étaient là, enfermés dans une caisse à claire-voie.

— Vous avez embarqué mes bêtes ! explosa-t-elle.

— Cela m'a paru indispensable. Elles sont habituées à vous, non ?

— Je vais les ramener à terre ! Tout de suite !

Lester s'était rapproché.

— Ne faites pas ça, déclara-t-il d'un ton bref.

— Pourquoi ?

— Parce que je serais obligé de vous en empêcher par la force, et que cela me déplairait.

— Quoi ? s'exclama Eliza, hors d'elle.

— Je dois vous sauver. C'est le moins que je puisse faire.

— Mais je ne vous ai rien demandé ! Je n'ai nul besoin d'être sauvée !

Il se planta devant elle et la toisa d'un long regard apitoyé.

— Oh si ! mon cœur. Vous en avez grand besoin. Je savais que vous ne céderiez pas aisément ; mais je ne vous laisserai pas faire.

L'air déterminé, il se posta devant le box, les bras croisés.

— Vous voulez reprendre vos affaires ? Vos animaux ? Allez-y, je vous attends.

La jeune femme lui jeta une œillade lourde de rancœur, puis elle tourna les talons.

— Je ne me donnerai pas cette peine. C'est à vous de me les ramener, Bohannon. Moi, je rentre.

Elle gravit la dune d'un pas raide, remâchant ses griefs. S'il voulait un duel, il l'aurait. Elle ne céderait pas. Et si, par malheur, il la prenait au mot et s'en allait avec toutes ses possessions, eh bien elle irait les lui réclamer chez lui, à Whitefield.

Arrivée en haut du sentier, elle se retourna — histoire de lui laisser une chance de la rappeler. Il était en train de faire monter l'étalon à bord. Cette scène lui déchira le cœur, cependant elle refusa de faiblir.

Le lendemain de leur nuit d'amour, il s'était accusé de l'avoir abusée. Violée. Elle comprenait maintenant qu'il avait dit vrai. Mais il lui avait pris bien plus que sa virginité. Il lui avait pris une part de son âme. Pourtant, s'il s'attendait à ce qu'elle le suive n'importe où comme une oie blanche, il se trompait lourdement. Il la dépouillait de ce qu'elle avait de plus cher au monde ? Grand bien lui fasse ! Ce n'était pas cela qui la ferait céder. Elle s'adapterait, comme elle s'était déjà adaptée à la perte de son père.

De retour chez elle, elle voulut s'occuper pour ne pas penser... et se trouva étrangement déroutée. Elle n'avait plus de corvées à faire, plus d'œufs à ramasser, plus de vache à traire. Il ne lui restait plus que son potager.

Un peu plus tard, quand la nuit tomba et que tous les bruits s'assourdirent, elle se sentit plus seule que jamais. Il avait emporté ses livres. Comment avait-il osé lui faire une chose pareille ? Sans eux, sans la compagnie qu'ils lui apportaient, elle se retrouvait pour la première fois de sa vie totalement seule. Seule face à elle-même. Et elle découvrit avec un nouveau choc que cela ne lui plaisait pas du tout.

Impossible de dormir, par-dessus le marché. Les nerfs à fleur de peau, elle se leva et se recoucha plusieurs fois, arpentant la cuisine telle une possédée. Finalement, à bout de patience, elle quitta la maison et alla se réfugier dans le hamac qui se balançait mollement dans l'ombre, vide.

Le sommeil la terrassa, mais ce fut un sommeil pénible, entrecoupé de rêves confus. Elle rêva de Lester, bien sûr. Allongé près d'elle sous les étoiles, il lui faisait l'amour et les sensations qu'il provoquait en elle l'embrasaient tout entière. Elle se sentait brûlante, comme dévastée par la fièvre. Elle avait si chaud que la sueur ruisselait sur ses tempes, entre ses seins. L'atmosphère devenait suffocante, insupportable. Elle étouffait, elle...

Eliza s'éveilla brusquement, en sursaut, et crut être victime d'une hallucination quand elle sentit l'odeur âcre de la fumée. Rêvait-elle encore ? Etait-ce son cauchemar qui recommençait ?

Après quelques secondes d'hébétude, elle dut se rendre à l'évidence : il y avait le feu !

Le toit de la maison était en flammes.

Avant même d'avoir pu glisser à bas du hamac, elle entendit des cris et des aboiements qui montaient du marais. Puis une lumière rouge fusa et décrivit un arc dans les airs avant de s'abattre sur le toit ; une bouteille emplie de pétrole, pensa-t-elle, terrifiée. Une bouteille enflammée.

— De quoi asphyxier la vermine ! brailla une voix d'homme.

La prédiction de Lester se réalisait : ils étaient revenus, ceux qui avaient tué son père. Les chasseurs d'esclaves étaient là pour elle, cette fois. Ils avaient dû suivre le fugitif à la trace, passer comme lui du continent sur l'île à la marée basse...

Dominant sa panique, Eliza se coula à terre et rampa jusqu'au bord du porche, sur le côté le plus sombre de la maison et le plus éloigné des attaquants. Il fallait qu'elle aille jusqu'à l'océan. Vite. Avant que les chiens ne flairent son odeur et ne la rattrapent.

226

Derrière elle, le toit s'effondra dans un vacarme assourdissant. La maison flambait comme une torche. Sur les coudes et sur les genoux, elle crapahuta à travers la dune, à travers les marécages, se moquant des moustiques qui la dévoraient. A un moment donné, quand elle entendit les voix et les jappements se rapprocher, un sanglot désespéré lui déchira la gorge. Elle vivait dans sa chair la peur glacée des esclaves en fuite, et c'était abominable.

Si seulement Lester lui avait laissé Caliban ! pensa-t-elle, vouant celui qu'elle aimait aux gémonies. Puisse-t-il rôtir en enfer, pour ce qu'il lui avait fait !

Elle progressait comme une folle entre les joncs, dans la boue jusqu'au cou, s'orientait du mieux qu'elle le pouvait à la lueur rouge sang projetée dans le ciel par la maison en feu. Ces minutes lui parurent les plus longues de sa vie. Elle n'osait imaginer ce que ces brutes lui feraient subir, avant de la tuer. Elle préférait encore se noyer !

Enfin, quand elle sentit le sol redevenir plus ferme sous ses paumes et sous ses genoux, elle se releva et courut frénétiquement, courbée en deux, vers l'écume salvatrice de l'océan. Jetant un coup d'œil en arrière, elle distingua des silhouettes armées de fusils qui se découpaient sur le fond rouge de la nuit.

Etait-ce la dernière vision que son père avait

eue avant de mourir ? se demanda-t-elle, les yeux brouillés par des larmes de terreur.

Alors que les aboiements se rapprochaient encore, elle trébucha sur une racine et s'affala de tout son long, le pied en sang. Dieu du ciel ! Elle était perdue. L'odeur allait la trahir, les molosses allaient se jeter sur elle, la dévorer vivante...

Epuisée, elle rassembla les dernières forces qui lui restaient et se rua vers la nappe noire qui représentait son dernier espoir. Elle nagerait le plus loin possible, attendrait au large que ces criminels aient quitté l'île, persuadés qu'elle était morte carbonisée dans l'incendie.

C'était la seule issue qui lui restait.

Une foulée de plus... Encore une... Il fallait qu'elle tienne ; bientôt elle serait sauvée.

A l'instant où elle atteignait enfin le bord de la dernière dune, une ombre noire sortit des fourrés. Une main se plaqua sur sa bouche. Un bras ferme se noua autour de sa taille. Elle sentit le sable crouler sous ses pieds et elle roula au bas de la pente avec son agresseur.

Elle n'avait même pas eu le temps de crier.

DEUXIÈME PARTIE

Le temps des épreuves

14

— Je n'avais jamais effectué de sauvetage forcé, déclara Lester Bohannon qui maniait avec peine le gouvernail du chaland pour contrer le fort courant venu du sud. Je me demande si c'est toujours aussi difficile.

Il gratifia sa passagère d'un regard éloquent. Depuis qu'ils avaient quitté l'île, une heure auparavant, elle n'avait cessé de geindre, de jurer et de tempêter. Quant à lui, son humeur n'était pas améliorée par le fait qu'il n'avait plus une goutte de rhum pour l'aider à la supporter.

Quel fichu caractère ! pensa-t-il, tandis qu'elle arpentait la péniche de long en large telle une lionne en cage et continuait à vociférer :

— Vous ne valez pas mieux que les Portugais qui s'emparaient des Noirs sur les côtes d'Afrique, il y a trois siècles ! Ces méthodes sont d'un autre temps ! De quel droit m'avez-vous arrachée à ma terre, m'emportant avec mes bêtes comme si nous étions du butin pillé sur une épave ?

Lester ajusta la barre.

— De quel droit ? persifla-t-il. Je me le demande, en effet. Tout allait bien dans le meilleur des mondes, non ?

— Vous ne pouvez m'obliger à rester avec vous ! A la première occasion je rentrerai chez moi, je vous en donne ma parole !

Cette fois, Lester en eut assez. Il passa un cordage autour de la barre pour l'immobiliser, se leva d'un bond et toisa Eliza de toute sa hauteur, l'obligeant à reculer jusqu'à la stalle.

— Ecoutez-moi bien, miss Flyte ! déclara-t-il en la dévisageant d'un regard furibond. Je ne répéterai pas deux fois ce que je vais vous dire. Les assassins de votre père sont revenus cette nuit incendier votre maison ; s'ils vous avaient trouvée, vous n'imaginez même pas ce qu'ils vous auraient fait. Alors taisez-vous, c'est compris ?

Elle pâlit.

— Est-ce pour cela que vous êtes revenu me chercher ?

— Je n'étais pas parti. J'attendais patiemment que vous reveniez à la raison, ce qui, dois-je le préciser, ne s'est pas produit.

Elle ne saurait jamais comment il avait arpenté ce pont durant des heures, en proie à l'indécision la plus vive, ni ce qu'il avait ressenti quand il avait vu jaillir les premières flammes.

Elle redressa le menton, les yeux pleins de défi.

— Qui êtes-vous donc, pour me dicter ma conduite ?

Lester se mordit la langue plutôt que d'avouer : « Quelqu'un qui tient à vous ». Ce genre d'attachement n'entraînait que des souffrances, il en était la preuve vivante.

— Quelqu'un qui ne voulait pas avoir votre mort sur la conscience, répondit-il sèchement.

— Et maintenant que vous m'avez sauvée de force, que comptez-vous faire de moi ?

Il avait eu tout le temps d'y réfléchir, pendant qu'il l'attendait en rongeant son frein. Mais tout à coup, en la voyant tendue face à lui, son visage fièrement levé, ses seins fermes pointant sous sa tunique maculée de boue, il ne songea plus qu'au soir où ils s'étaient aimés. Au parfum de bruyère et d'embruns qui montait de ses longs cheveux épars, à la fraîcheur de sa peau, à ses longues cuisses fuselées passionnément nouées autour de ses reins. Et au ravissement qu'ils avaient partagé.

Il n'aurait su dire à combien de femmes il avait fait l'amour, avant Flora. En revanche, il savait parfaitement qu'aucune ne l'avait troublé et comblé autant qu'Eliza.

— Eh bien ? insista-t-elle. Pensez-vous toujours m'employer à dresser vos chevaux ?

Il la contempla encore un moment, puis se détourna d'elle. Comment imaginer cette sauvageonne, cette femme aussi vindicative qu'une bête féroce, parfois, au milieu des gens dits « bien élevés » qu'il fréquentait ? Si elle était plus érudite qu'eux dans de nombreux domaines, notamment celui des chevaux, il n'en restait pas moins qu'elle avait été élevée par un original aux confins de nulle part, et qu'elle ne connaissait rien aux usages de la société.

A Whitefield, elle serait comme un poisson hors de l'eau. Aussi, à force de retourner dans son cerveau enfiévré le problème qu'elle lui posait, il était parvenu à la seule solution possible.

— Je vous paierai à son juste prix le service que vous m'avez rendu, déclara-t-il. Cela devrait vous permettre de survivre un moment.

Eliza se laissa choir sur le pont pour examiner son pied blessé.

— Vous m'avez dit que vous n'avez pas d'argent, rétorqua-t-elle.

— Dès que ce pur-sang commencera à gagner des courses, je serai vite renfloué. Grâce à vous. D'ici à la fin de la saison, vous devriez pouvoir partir pour la Californie. N'aimeriez-vous pas réaliser le rêve de votre père ?

— Je vous l'ai dit, pour moi ce rêve n'était plus qu'une chimère, une façon d'entretenir son souvenir. Je ne me suis jamais vue partir là-bas sans lui, répondit Eliza en attachant un bandana autour de sa cheville. A aucun moment je n'ai vraiment pensé quitter mon île.

Elle se releva, s'agrippa à un hauban et tourna son visage vers le nord-est. Loin derrière eux, le chapelet d'îlots qui affleuraient à peine de l'océan se confondaient avec le ciel laiteux annonçant l'aurore.

— Je ne la vois plus, dit-elle d'un ton posé. Je ne vois plus Wreck Island.

— Elle est toujours là quand même, observa Lester.

En un sens, il préférait qu'elle ne puisse plus apercevoir l'endroit où elle avait passé toute sa vie. A quoi bon raviver la douleur qui s'était peinte sur ses traits ravagés, lorsqu'ils s'étaient éloignés des dunes embrasées par l'incendie ?

A présent, les ombres mauves de l'aube adoucissaient son visage. Mais cette femme avait tout perdu dans une scène d'une terrible violence, se rappela-t-il. Il aurait tout donné pour savoir comment la consoler.

— Souvenez-vous des projets que vous aviez forgés avec votre père, risqua-t-il maladroitement. Des hordes de chevaux sauvages qui vous attendent à Cielito... J'ai emporté votre livre de gravures et toutes vos cartes.

Elle se tenait droite et raide, les yeux rivés sur la brume qui nimbait l'océan.

— Rêver est facile, murmura-t-elle. Il est beaucoup plus difficile d'affronter un rêve qui se réalise.

Un moment plus tard ils longèrent le petit port de Cape Charles, qui faisait face au cap Henry à l'entrée de la large baie de Chasepeake. Lester remonta de nouveau vers le nord-est, mais cette fois c'était pour regagner Poquoson Bay et rentrer chez lui.

Quand Eliza posa les yeux sur l'anse qui abritait Whitefield, elle ne put s'empêcher de penser que le domaine portait un nom qui ne lui convenait pas. Le qualificatif de « Champ-blanc » aurait pu être approprié à une plantation de coton, plus au sud ; or, ce qui la frappa était un intense foisonnement de verdure : le vert émeraude des collines qui se succédaient en une infinité de plans de plus en plus estompés vers l'ouest, le vert plus sombre des vallées nichées à leur pied, le vert bronze des arbres géants, plus grands que tous ceux qu'elle avait pu voir sur son île, enfin le vert-jaune des mousses et des lichens qui bordaient la côte.

Elle eut aussitôt la sensation de pénétrer au cœur de la Virginie, dans une sorte de royaume d'abondance dont la beauté et la luxuriance semblaient vaguement décadentes.

Dès que Lester installa la passerelle pour débarquer les bêtes, Caliban se rua à terre avec des aboiements surexcités.

La jeune femme était loin de partager la soif d'aventure de son chien. En une nuit, son univers avait basculé. Elle avait vécu à son tour la tragédie qui lui avait enlevé son père. Mais ce qui lui brisait le cœur plus que tout, c'était la vue de Lester Bohannon, qui s'activait avec adresse, superbe dans le soleil levant.

La barbe aux reflets cuivrés qui ombrait ses joues adoucissait ses traits intensément virils, l'amas de boucles mordorées qui retombaient sur son front lui donnait une envie folle d'y plonger les doigts. Or, il était hors d'atteinte pour elle, maintenant qu'il était rentré parmi les siens.

— Pourquoi me regardez-vous aussi fixement ? demanda-t-il soudain.

Eliza se ressaisit.

— Je pensais à *La Tempête*, improvisa-t-elle rapidement.

— Encore !

— Je n'avais jamais vraiment réfléchi à la fin. L'histoire se termine avant qu'ils n'aient quitté l'île ; on ne sait pas ce qu'ils deviennent, après.

Cette remarque lui valut une œillade ironique.

— On peut imaginer que Prospero a rejoint son duché de Milan, que Ferdinand et Miranda ont vogué vers Naples pour y vivre heureux jusqu'à la fin de leurs jours, en qualité de prince et de princesse. Et que tous les monstres et autres bêtes immondes ont été délivrés de l'enchantement qui les retenait captifs. Etes-vous satisfaite ? Amarrez-moi ce cordage, à présent.

La jeune femme obéit, lugubre. Il ne comprenait pas. Ce qu'elle voulait dire, c'était que tant qu'elle était sur son île elle n'avait pas à s'interroger sur la suite des événements ; elle savait peu ou prou à quoi s'attendre. Désormais, elle devait affronter seule un chapitre inconnu, se frayer un chemin dans un monde hostile et périlleux, privée de ses repères familiers.

Lester marcha jusqu'au bout de l'appontement, d'où il émit un sifflement aigu. Les trois poules s'agitèrent en caquetant, affolées. Comme un jeune homme mince et dégingandé se précipitait vers eux, Eliza retourna prestement derrière la stalle.

— Eliza ! appela Lester. Vous ne pouvez plus vous cacher sur votre île déserte, maintenant. Il est temps que vous sortiez à découvert ; personne ne vous mangera.

Peut-être devinait-il plus de choses qu'elle ne le croyait, en fin de compte.

Le cœur étreint par l'angoisse, elle fit face à l'arrivant — un adolescent comme elle n'en avait jamais vu. Ni noir, ni blanc, il avait une peau couleur de miel, d'épais cheveux crépus tordus en de drôles de nattes qui lui tombaient sur les épaules et des yeux très clairs, du même vert que l'océan. Sa frêle stature lui donnait l'air d'un jeune garçon, mais elle s'aperçut qu'il était très musclé ; en outre, l'espèce de gravité qui émanait de son visage indiquait qu'il était plus mûr et plus âgé qu'elle ne l'aurait pensé.

— Voici Noah, qui me seconde au haras, déclara Lester. Noah, je te présente miss Eliza Flyte.

Le jeune mulâtre la salua d'un bref signe de tête, mais il gardait les yeux rivés sur le box en planches.

— Alors ? demanda-t-il d'un ton anxieux.

Sans répondre, Lester remonta à bord et tira le loquet. Quand la porte s'ouvrit, Eliza détacha Claribel et la fit descendre. Puis Lester tendit le bras, saisit la bride de l'étalon et le fit sortir à son tour.

Fasciné, Noah recula d'un pas en voyant le pur-sang s'arrêter un instant sur le pont, les naseaux frémissants, dresser les oreilles... et suivre docilement son maître dans l'herbe grasse. Lester ôta le bandeau qui lui couvrait les yeux.

— Tu avais raison, dit-il enfin. Il n'était pas nécessaire de l'abattre.

Le visage de l'adolescent s'illumina d'une telle joie qu'Eliza en sourit presque.

— Le ciel soit loué ! s'exclama-t-il. Le dresseur de chevaux l'a sauvé !

Lester secoua la tête.

— Henry Flyte est mort il y a quelques mois.

Noah battit des cils, stupéfait.

— Il est mort ? Alors qui...

— Miss Flyte, répondit Lester en désignant Eliza. Sa fille.

Noah dévisagea la jeune femme comme s'il la découvrait à l'instant.

— Vous... vous êtes un miracle, *missy*. Un miracle tombé du ciel.

— C'est ce cheval, qui est miraculeux, répondit Eliza touchée par la ferveur de ce beau garçon qui semblait partager sa passion. Il avait seulement besoin d'être traité avec douceur, pour oublier sa peur.

— Pourrez-vous me montrer comment vous avez fait ? s'enquit Noah, les yeux brillants.

— Oui, je vous montrerai.

Cette fois, Eliza sourit pour de bon. Le monde extérieur n'était peut-être pas si terrifiant, après tout, se dit-elle avec soulagement. Mais la fatigue et les émotions de la nuit s'abattirent subitement sur elle, et elle se détourna pour étouffer un bâillement.

— Rentre Finn à l'écurie et conduis la vache au pâturage, ordonna Lester à Noah. Ensuite, tu donneras une ration d'avoine et un peu de sucre à ce cheval ; nous le ferons travailler plus tard dans la matinée.

— Oui, m'sieur.

Le jeune mulâtre s'approcha du pur-sang avec une autorité tranquille qui plut à Eliza et confirma amplement les qualités mentionnées par Lester. Puis, la main sur la bride, il hésita un instant avant de se tourner vers son maître. Une vive émotion brillait dans ses yeux.

— Je gage que Blue va être fichtrement content de revoir Finn, m'sieur.

Les lèvres crispées, Lester hocha la tête d'un geste sec. Prudemment, Noah reprit :

— La joie qu'il en aura l'aidera peut-être à...

— Ne te fais pas d'illusions, coupa rudement Lester. Il ne faut rien espérer de ce garçon. Venez avec moi, ajouta-t-il à l'intention d'Eliza.

Sans vérifier qu'elle le suivait, il tourna les talons et s'éloigna à grandes enjambées à travers le vaste champ couvert de rosée. Une pelouse, supposa la jeune femme qui n'en avait jamais vu. C'était magnifique.

Elle s'interrogea sur l'attitude de son compagnon. Il n'était plus le même homme, depuis qu'il avait accosté sur le continent. Il gardait les épaules tendues, marchait avec raideur. Et il n'avait plus souri depuis qu'ils avaient quitté l'océan pour entrer dans la baie. Il lui rappelait M. Rochester, secret, amer et tourmenté.

Elle secoua la tête, s'efforçant de chasser ces idées noires au moins pour un temps. Mais pourquoi disait-il qu'il n'y avait rien à espérer de son fils ?

Il lui fit contourner une butte, et tout de suite après Eliza comprit qu'elle avait réellement lieu de s'inquiéter.

— Est-ce votre maison ? s'enquit-elle, abasourdie,

en contemplant l'énorme demeure blanche nichée entre deux collines d'un vert de velours.

— Oui, répondit-il sans avoir l'air de noter son effroi.

Cet édifice pouvait-il s'appeler une maison ? se demanda la jeune femme suffoquée. D'immenses colonnes montaient à l'assaut de trois étages au moins, partant d'un perron aux marches de granit rose pour aboutir à un fronton monumental, de style grec, qui surplombait l'entrée. Des rangées de fenêtres ornaient la façade. Au niveau inférieur, une vaste véranda courait tout autour de la construction.

Non. Ce bâtiment gigantesque était peut-être un manoir, un château, une résidence… mais sûrement pas une maison, décida-t-elle.

Une longue allée, ombrée de chênes centenaires rangés comme des sentinelles, menait à l'entrée principale. A chaque pas, l'appréhension d'Eliza augmentait. L'air léger avait beau lui apporter de doux effluves printaniers, elle se sentait si oppressée qu'elle pouvait à peine respirer. Elle suffoquait tel un poisson jeté sur la grève. Et devant elle Lester Bohannon avançait toujours, sans rien soupçonner de son désarroi.

Plus elle approchait de l'élégante demeure, cependant, plus des détails surprenants lui sautaient aux yeux : le plâtre des colonnes, qui de loin semblait immaculé, s'écaillait par endroits ;

certaines fenêtres fermaient mal, d'autres avaient des carreaux cassés. Quelques stores pendaient de travers. Ce beau palais blanc paraissait étrangement négligé, comme s'il n'était plus que l'ombre de sa splendeur passée.

Elle se souvint de ce que Lester lui avait raconté. Peut-être avait-il perdu le goût d'entretenir son domaine après la mort de sa femme...

Il gravit les marches, dont la première avait un coin cassé, et ouvrit une haute porte à double battant surmontée d'une imposte vitrée en forme d'éventail. Ouvrant de grands yeux, Eliza pénétra derrière lui dans un vaste vestibule qui occupait toute la hauteur de la maison. Au sommet, une sorte de dôme de verre dépoli, aux panneaux sertis de plomb, laissait entrer à flots une lumière diffuse du plus bel effet. De chaque côté, deux escaliers identiques se faisaient face et conduisaient en un gracieux arrondi aux larges paliers qui desservaient les étages supérieurs. D'autres doubles portes flanquaient l'entrée, blanches et dorées, refermées sur leur mystère. Enfin, au fond du hall, deux corridors étroits menaient vers le fond de la demeure.

L'immense pièce avait beau être vide et poussiéreuse, sans parler des toiles d'araignées accrochées çà et là, un sentiment de grandeur et de noblesse envahit Eliza. A présent, elle comprenait tout à fait ce que Jane Eyre avait ressenti en pénétrant pour la première fois à Thornfield Manor.

— Nancy ! appela Lester. Nancy, je suis rentré !

Il ne se tourna pas vers sa compagne, ne lui souhaita pas la bienvenue sous son toit. L'eût-il fait, elle ne se serait pas sentie davantage à son aise dans ce lieu étrange et somptueux, à l'élégance fanée, sur lequel planait un silence caverneux. Un silence troué peu après par un bruit singulier, une sorte de martèlement régulier qui semblait se rapprocher. Clic-clac, clic-clac... S'agissait-il d'ossements qui craquaient ? De brindilles sèches qui se brisaient ? Eliza ne parvenait pas à l'identifier.

Et soudain, au débouché d'un couloir, elle aperçut Nancy.

La vieille gouvernante noire était frêle, courbée, ridée, mais une sérénité inattendue émanait de son beau visage émacié. Et elle ne s'appuyait pas sur sa canne : elle s'en servait pour suivre le mur à tâtons et se guider. Elle était aveugle, comme M. Rochester après l'incendie ! pensa la jeune femme.

Lester s'avança vers elle et la serra dans ses bras.

— Nancy, j'ai ramené avec moi miss Eliza Flyte, qui passera quelque temps avec nous, déclara-t-il.

Une émotion poignante serra le cœur d'Eliza devant le tableau qu'ils formaient et l'affection manifeste qui les liait.

— Bonjour, Nancy. Je suis ravie de vous connaître !

énonça-t-elle en haussant la voix sous l'effet de la nervosité.

— Je suis aveugle, ma fille, pas sourde ! rétorqua la domestique avec bienveillance. Approchez, que je vous regarde.

Le terme pouvait paraître curieux, mais Eliza eut bien l'impression d'être détaillée de la tête aux pieds par la main ridée qui effleurait la sienne, puis remontait vers son visage et tâtait ses traits. Lorsqu'elle fut remise de sa surprise, elle ne put s'empêcher de sourire.

— Vous n'êtes qu'un petit bout de femme, mais vous ne manquez pas de force, je le sens, décréta Nancy.

Puis sa main s'attarda un instant sur la lourde chevelure de la jeune femme. Elle fronça les sourcils, puis se détourna sans un mot.

— Venez manger quelque chose, après quoi vous irez vous reposer, dit-elle enfin.

— Merci, répondit Eliza qui ne savait trop que penser.

— Allez, petite, suivez-moi !

Comme Lester faisait demi-tour pour regagner l'entrée, Nancy le rappela à l'ordre d'un ton sec.

— M'sieur Lester !

Il s'arrêta.

— Qu'y a-t-il, Nancy ?

— Vous ne demandez pas des nouvelles des enfants ?

Ses traits se contractèrent comme si elle venait de lui infliger une blessure.

— Si, bien sûr. Comment vont Blue et Belinda ?

— Ils sont à Toano pour leurs leçons, répondit la vieille Noire avec une pointe de mépris. Chez leurs grands-parents maternels, ajouta-t-elle à l'intention d'Eliza. Ils voudront sûrement faire votre connaissance dès qu'ils rentreront, cet après-midi.

Lester tourna les talons, les mâchoires crispées, et quitta la maison sans un mot de plus. Eliza le suivit des yeux, stupéfaite par son comportement. Comment un père pouvait-il se montrer si froid à l'égard de ses enfants ?

— Papa ? appela de loin une petite voix qui tremblait légèrement.

Lester contemplait l'étalon en train de paître dans son enclos, plus calme qu'il ne l'avait jamais été à Whitefield ; bientôt, si tout allait bien, Noah le ferait courir sur la piste ovale aux dimensions réglementaires et ils sauraient à quoi s'en tenir sur ses capacités.

En entendant sa fille, il fit volte-face et mit un genou en terre, les bras écartés pour la recueillir sur son cœur.

— Belinda, ma petite fleur... Qu'y a-t-il ?

La délicieuse enfant l'émouvait toujours jusqu'au

plus profond de son être ; elle était tellement adorable, avec son teint de lait, ses boucles dorées comme les blés et ses grands yeux candides qui évoquaient des bleuets ! Il la serra contre lui, se pénétrant de la chaleur et du tendre parfum de son corps fluet ; à sept ans, elle avait perdu ses rondeurs de bébé. Et elle paraissait encore plus sérieuse que de coutume, ce jour-là.

Depuis quand ne l'avait-il plus vue sourire ? se demanda-t-il avec chagrin. Depuis combien de temps n'avait-il plus entendu le son de son rire argentin ?

Bien trop longtemps, se dit-il. Et cette constatation lui rappela une fois de plus son échec de père, son impuissance à aimer ses enfants simplement.

Il la souleva dans ses bras, l'installa au creux de son coude. Dieu, qu'elle était légère et fragile ! Elle ne pesait pas plus lourd qu'un papillon et semblait tout aussi délicate, dans sa robe de dentelle blanche qui commençait à être trop courte.

— Dis-moi ce qui ne va pas, ma poupée en sucre, répéta-t-il en déposant un baiser sur ses cheveux.

— C'est Blue, papa...

Le cœur de Lester bondit dans sa poitrine.

— Quoi, Blue ? Qu'a-t-il fait ?

— Il n'a pas voulu venir à Toano avec moi, ce matin. Notre professeur, M. Rencher, a dit qu'il le punirait avec sa baguette.

— Je voudrais bien voir ça ! répliqua Lester. S'il touche à Blue, ce vieux hibou aura affaire à moi, tu peux me croire !

Il feignait de plaisanter, mais l'instinct de protection qui l'animait dès que ses enfants étaient en cause l'effrayait presque par sa violence. Sapristi ! Si seulement il était capable de mieux s'occuper d'eux chaque jour, au lieu d'enfouir en lui des sentiments aussi farouches !

— Où est-il allé ? s'enquit-il.

— Il a grimpé dans l'arbre où vous montiez toujours quand vous étiez petit, près de l'embarcadère. Il y est depuis ce matin de bonne heure et il ne veut plus redescendre.

— Depuis ce matin ? répéta-t-il, la gorge nouée.

— Oui, répondit Belinda avec une moue boudeuse. Il a pu vous voir arriver, et moi je n'étais pas là !

Lester eut la sensation que le ciel lui tombait sur la tête. Son sang se glaça dans ses veines. Il ne manquait plus que ça... Du haut de son perchoir, son fils l'avait donc vu se préoccuper exclusivement de l'étalon — et avait entendu la réponse brutale qu'il avait faite à Noah quand ce dernier avait voulu le rappeler à ses devoirs de père !

Rongé par la culpabilité, il posa Belinda à terre et enfourcha la première jument à sa portée sans se soucier de la seller. Puis il s'élança au galop en direction de la côte. Imaginer le petit garçon blotti dans les branches à dix pieds du sol, remâchant le jugement incisif que son père avait porté sur lui, le bouleversait de fond en comble. Comment pourrait-il réparer cette nouvelle blessure ?

Lorsqu'il atteignit l'embarcadère, il aperçut Eliza debout sur la péniche, en train de tirer l'une de ses malles vers la passerelle pendant que Caliban l'observait, tranquillement assis sur le ponton.

La collation préparée par Willa, un bain et quelques heures de sommeil avaient opéré des miracles : la jeune femme était resplendissante, avec ses longs cheveux noirs brillant au soleil et la robe propre que lui avait prêtée la cuisinière. Elle semblait déborder d'énergie.

Quand elle aperçut Lester, un grand sourire illumina son visage.

— Vous arrivez bien ! s'écria-t-elle. Cette malle est trop lourde pour moi.

— Noah viendra la chercher plus tard, répondit-il d'un ton bref.

Sans lui accorder plus d'attention, il mit pied à terre et se dirigea vers un grand pin maritime qui étendait ses longues branches sombres vers l'océan.

— Blue ! appela-t-il, une main en visière pour se protéger du soleil. Descends de là, mon garçon !

Stupéfaite, Eliza en lâcha sa malle.

— Votre fils est dans cet arbre ? demanda-t-elle d'un ton incrédule.

Lester ne lui répondit pas ; elle n'en fut pas surprise, mais elle alla le rejoindre quand même. Caliban, qui avait repéré l'enfant, se mit à aboyer.

— Juste ciel, depuis combien de temps est-il là-haut ?

— Cela ne vous concerne pas ! rétorqua Lester d'une voix tranchante. Mêlez-vous de vos affaires.

La moutarde monta au nez de la jeune femme.

— Je ne vous ai pas demandé de m'amener ici, monsieur Bohannon !

L'ignorant avec froideur, Lester se remit à interpeller son fils. L'inquiétude qu'il éprouvait à son égard le mettait hors de lui.

— Bonté divine, Blue ! Si tu tombes de cette hauteur, tu vas te rompre le cou ! Est-ce ce que tu veux ?

L'enfant resta muet. Eliza n'apercevait que sa jambe nue qui se balançait dans le vide, tel un pendule.

Lester réprima un juron furieux.

— Je te préviens, mon fils : je vais monter te chercher et je te redescendrai dans mes bras, s'il le faut !

Joignant le geste à la parole, il empoigna l'un des vieux échelons de bois qui avaient été cloués le long du tronc vingt-cinq ans auparavant et commença à se hisser. Dans un craquement sec, le barreau céda et Lester retomba à terre.

— Sacré bon sang, Blue ! explosa-t-il. Que dois-je faire pour que tu descendes ?

— Montrer un peu plus de doigté, sans doute…, murmura Eliza, ce qui accrut d'autant sa fureur.

Tel un Bonaparte en miniature, elle s'avança d'un air résolu et se planta à son tour au pied de l'arbre, la tête levée. A la voir, on n'aurait jamais cru qu'elle vivait la veille encore sur une île déserte.

— Bonjour, Blue ! lança-t-elle d'un ton enjoué. Je m'appelle Eliza Flyte et j'ai ramené sir Finnegan avec ton papa, ce matin. Il m'a souvent parlé de toi, pendant que nous guérissions l'étalon. J'aimerais beaucoup que tu viennes voir Finn avec moi dans l'enclos. C'est un cheval très spécial, tu sais ! Il comprend tout ce qu'on lui dit… et je jurerais même qu'il répond, parfois.

Elle marqua une pause. Le silence s'éternisa. Lester se sentait affreusement penaud, le cœur bourrelé de remords : il ne lui avait pratiquement rien dit de son fils.

— Oh ! autre chose ! reprit Eliza. Figure-toi que j'ai rapporté de mon île une caisse pleine de trésors. Si tu veux venir m'aider à déballer mes affaires dans ma chambre, tu les verras. Sinon, Belinda sera la seule à connaître mes secrets. Ce serait dommage, tu ne crois pas ?

La jambe nue cessa de se balancer. Blue resta un moment immobile, puis deux pieds apparurent. A la vive stupeur de son père, le petit garçon chercha lentement un appui, se laissa glisser le long du tronc et sauta dans l'herbe. Les cheveux blonds et lisses, le teint rose, il était délicieux malgré sa mine renfrognée.

— Blue ! s'écria Lester en l'attirant contre lui. Tu m'as fait la peur de ma vie !

L'enfant ne se déroba pas, mais il resta très raide, ses yeux bleus rivés derrière son père. Lester se sentait mal à l'aise : son propre père avait toujours dédaigné les démonstrations d'affection, peu viriles à son sens, et il ne savait comment manifester la sienne à son fils. Blue devait tenir de Paul Bohannon, se dit-il. Il se montrait aussi distant et réservé que son grand-père.

Il s'écarta, tenant le petit garçon à bout de bras.

— Tout va bien, mon fils ?

Pas de réponse.

Lester se redressa, frustré et irrité de l'être. Il s'aperçut alors que Blue observait Eliza à la dérobée, les mains dans le dos comme pour prévenir tout contact avec elle. Cette posture lui rappela étrangement l'attitude du pur-sang, le premier jour où la jeune femme l'avait approché. Son fils éprouvait manifestement de la curiosité vis-à-vis d'elle, mais il se méfiait.

— Dis bonjour à miss Flyte, Blue, demanda-t-il, sachant bien que c'était inutile.

Blue baissa la tête, la regardant en dessous. Eliza

parvint à capter son regard et lui adressa un sourire éblouissant. Un sourire qui aurait fait fondre Lester Bohannon, s'il en avait été l'objet.

— Nous aurons tout le temps de parler, dit-elle. Je n'ai plus de maison, et ton papa a décidé que j'habiterai quelque temps avec vous en attendant d'en trouver une autre.

Comme elle se mordait la lèvre, embarrassée, Lester obéit à une impulsion soudaine et déclara :

— Eliza vous tiendra compagnie, à toi et à Belinda. Elle sera... votre gouvernante, ajouta-t-il en se remémorant *Jane Eyre*.

Les yeux de la jeune femme s'élargirent, mais elle se ressaisit vivement pour ne pas troubler davantage l'enfant. S'approchant de lui, elle se courba et tendit le bras pour lui prendre la main. A la grande surprise de Lester, Blue la laissa faire.

— Veux-tu me montrer la propriété ? demanda-t-elle doucement. Je n'étais jamais venue sur le continent, avant aujourd'hui. Je me sens un peu perdue. Si tu m'emmenais jusqu'aux écuries, j'en serais ravie.

L'étonnement de Lester s'accrut encore quand il vit son fils se mettre en route, entraînant la jeune femme à sa suite. Sidéré, il les regarda s'éloigner main dans la main à travers la pelouse comme s'ils se connaissaient depuis toujours.

*
* *

Eliza prenait garde de ne pas serrer trop fort la petite main glissée dans la sienne. Frémissante, elle lui évoquait un oiseau apeuré qu'il ne fallait pas effaroucher.

Les yeux baissés, les épaules raides, Blue ressemblait à un animal sur la défensive. De quoi cherchait-il à se protéger ? se demanda-t-elle.

Jetant un coup d'œil derrière eux, elle aperçut Lester debout près du ponton, immobile. Il s'était tourné vers la baie, les pieds écartés, les mains sur les hanches, et paraissait fixer sombrement l'océan. Au milieu de cette nature luxuriante, il paraissait si seul qu'elle en eut le cœur serré.

Que se passait-il donc à Whitefield ? Blue n'avait pas souri à son père en le retrouvant. Il ne lui avait pas dit bonjour, ne l'avait même pas regardé lorsqu'il était descendu de l'arbre. « Il n'y a rien à espérer de ce garçon », avait dit Lester à Noah. L'enfant l'avait-il entendu ? Avait-il compris le sens de cette phrase lapidaire ?

Elle aurait juré que oui. Il n'était ni sourd ni simple d'esprit. Dans son petit visage solennel, étrangement adulte, ses yeux bleus brillaient d'intelligence. Elle les vit s'animer tout à coup en voyant Caliban courir comme un fou après un merle moqueur.

— Caliban n'attrape jamais rien, déclara-t-elle d'un ton léger. Ce pauvre chien est ridicule : s'il réussissait à capturer un oiseau ou un écureuil, il ne saurait qu'en faire.

Blue ne répondit pas, mais il suivait les pitreries du chien avec un intérêt évident.

— Je l'ai eu quand il était tout petit, reprit Eliza. Mon père prétendait qu'il était fait de pièces rapportées : les jambes d'un poney, le corps d'une vache, la tête d'un chien et la cervelle d'une musaraigne ! En réalité, il résulte d'un croisement entre un dogue anglais et un berger irlandais. Il vient donc un peu d'Irlande, lui aussi, comme Finn. As-tu envie que je te montre comment nous nous parlons, tous les deux ?

Blue hocha la tête. Sans sourire, mais il accéléra le pas, et l'impatience qui s'était peinte sur ses traits fins prouvait amplement sa curiosité.

Lorsqu'ils atteignirent le paddock, situé près des longues écuries, Noah vint à leur rencontre. Il salua Eliza, puis sourit avec affection à l'enfant.

— Bonsoir, Blue. Tu es venu voir Finn, je suppose ? Tu vas être étonné du changement, je t'en donne ma parole ! Il est devenu aussi doux qu'un agneau. Demain, nous le mettrons avec les autres chevaux.

— J'ai dit à Blue que l'étalon me parlait, expliqua la jeune femme en souriant. Est-ce que cela vous intéresse de voir ça, vous aussi ?

— Bien sûr ! répondit Noah, les yeux brillants.

— Alors regardez. Il suffit de savoir l'écouter.

Eliza prit une longe et pénétra avec précaution dans l'enclos, appelant le pur-sang d'une voix douce. Il tourna la tête vers elle, pointant une oreille dans sa direction, et au fur et à mesure qu'elle avançait elle expliqua aux deux garçons le sens de ses réactions. Puis elle passa la longe au pur-sang, flatta son encolure, et peu après il décrivit docilement des cercles autour d'elle. Quand elle l'incita à trotter, commentant toujours la façon dont il comprenait ses ordres et lui donnait son assentiment, Blue et Noah étaient bouche bée, fascinés par la beauté du cheval, sa réceptivité et la façon dont il agissait en accord total avec sa dresseuse. Puis Eliza mit fin à l'exercice. Alors qu'elle rejoignait ses spectateurs, Finn la suivit de lui-même, comme un chien.

— Par tous les saints du ciel ! s'exclama Noah ébloui. Pour un miracle, c'est un miracle !

Eliza fit signe à Blue.

— Tu peux le toucher, tu sais. Il aime beaucoup qu'on le gratte sous la mâchoire.

Sans montrer la moindre crainte, l'enfant tendit la main et la posa avec vénération sur la large joue du pur-sang, appelée ganache. L'étalon, sensible à l'affection que le petit garçon lui portait, pencha la tête vers lui. Blue le caressa. Quand il retira ses doigts, Finn quêta aussitôt d'autres caresses.

Noah se mit à rire de bonheur.

— Sapristi, ce cheval est métamorphosé ! Comment l'avez-vous guéri ? demanda-t-il.

— Il n'était pas méchant ni agressif de nature, répondit Eliza. Je lui ai montré qu'il n'avait plus à avoir peur et il est redevenu confiant, tout simplement.

Elle tendit la longe au jeune jockey.

— Tenez. Demandez-lui de travailler pour vous, il le fera. Et, dès qu'il se sera habitué à vous, vous pourrez le monter. M. Bohannon ne tarit pas d'éloges sur vos talents ; il est très fier de vous.

— Merci, *missy*, répondit Noah rayonnant.

— Quant à nous, dit-elle à Blue, nous allons rentrer à la maison. J'ai hâte de connaître ta sœur. Veux-tu aller la prévenir ?

Le petit garçon sauta de la barrière sur laquelle il était juché et partit en courant.

— Leur père a décidé que je leur servirai de gouvernante…, expliqua-t-elle, encore incrédule.

Noah hésita un instant, puis déclara :

— Blue ne préviendra pas Belinda, *missy*.

— Pourquoi ? riposta la jeune femme étonnée.

Il humecta ses lèvres d'un geste nerveux.

— M'sieur Lester ne vous a rien dit ?

Un frisson prémonitoire passa sur la nuque d'Eliza.

— A quel sujet ?

— Blue ne parle pas. Il n'a plus prononcé un mot depuis le jour où sa mère est morte.

15

Quand Lester rentra des écuries, ce soir-là, il se sentait très las et vieux de mille ans. La force de l'habitude le poussa à se verser un verre de whiskey, qu'il vida goulûment. Quelle étrange et longue journée ! pensa-t-il. A l'aube il était encore en mer, venant d'abandonner Wreck Island à des brutes sanguinaires, et maintenant...

Un bruit sourd venu du premier étage le fit sursauter. Il reposa la carafe en cristal et se dirigea vers l'escalier qui menait à la chambre des enfants. Eliza avait été installée juste en face, de l'autre côté du couloir, et sa porte était ouverte ; le bruit venait de chez elle.

Personne ne remarqua son entrée lorsqu'il franchit le seuil : Belinda et Blue lui tournaient le dos, debout près du coffre dont la jeune femme venait à peine de soulever le couvercle.

Avec un serrement de cœur, il nota l'odeur de renfermé qui flottait dans la pièce et les draps jetés sur les quelques meubles restants. Cet endroit était autrefois une superbe chambre d'hôtes, ornée de riches tapis, de draperies de soie damassée et de lourds vases de cristal emplis chaque matin de fleurs fraîches coupées dans le jardin. Il ne restait plus rien de cette munificence.

— Vous voulez donc voir mes trésors…, déclara Eliza d'un ton de conspiratrice.

Il se souvint du soir où il l'avait contrainte à les lui montrer. Comme il lui paraissait loin, le temps où ils étaient seuls dans cette cabane en planches, perdus au milieu de l'océan ! Ces quelques jours passés sur l'île lui semblaient déjà n'avoir jamais existé.

Pourtant ils étaient bien réels. Il s'en remémorait chaque instant, chaque minute, les plus précieuses d'entre elles étant celles où il avait tenu Eliza dans ses bras et où elle avait partagé sa passion.

Troublé, il s'éclaircit la gorge.

— Je vois que vous vous installez, dit-il.

Les enfants se retournèrent.

— Papa ! s'exclama Belinda avec enthousiasme. Miss Eliza va nous montrer ses trésors ! Voulez-vous les voir, vous aussi ?

— Je les connais, répondit son père d'une voix dont l'intonation fit rougir la jeune femme.

— Etes-vous prêts ? demanda-t-elle.

Le frère et la sœur hochèrent la tête, les yeux brillants. D'un geste théâtral elle ôta le voile de mousseline qui recouvrait le tout et leur montra les objets un par un. Par jeu, elle coiffa Blue de la perruque mangée par les mites et Belinda du bonnet de marin. La petite fille éclata d'un rire strident. Puis Eliza ouvrit le livre de gravures qui représentait les côtes sauvages de Californie.

— Cet endroit se trouve très, très loin d'ici, expliqua-t-elle. C'est un pays magique.

— Pourrons-nous y aller un jour ? demanda Belinda, les joues roses d'excitation.

Une ombre passa sur le visage d'Eliza.

— Il est si loin que presque personne ne s'y rend, murmura-t-elle.

Puis elle se ressaisit et sourit en leur tendant un gros coquillage.

— Mais, si vous mettez ce coquillage près de votre oreille, vous entendrez le vent et la mer comme si vous y étiez.

Les deux petits rapprochèrent leurs têtes blondes et écoutèrent tour à tour, l'air médusé. A cet instant, le regard d'Eliza rencontra celui de Lester et il eut l'impression qu'elle le perçait à nu, cœur et âme ; qu'elle percevait la férocité de l'amour qu'il portait à ses enfants et son incapacité à savoir que faire de cet amour, sinon en souffrir.

Peu après, son père redescendu au rez-de-chaussée, Blue s'éclipsa pour regagner la chambre qu'il partageait avec sa sœur. Miss Eliza et Belinda bavardaient comme des pies de l'autre côté du couloir, il savait qu'elles ne le dérangeraient pas.

Se mettant à plat ventre sur le parquet ciré, il se

faufila sous son lit et se pinça le nez pour ne pas éternuer quand les moutons qui traînaient un peu partout lui chatouillèrent les narines. Il ne devait faire aucun bruit. Aucun.

De son bras tendu, il chercha à tâtons son trésor à lui et le ramena lentement au jour. C'était une écritoire de bois de rose, ornée de ferrures en laiton ; celle que sa maman utilisait pour écrire pendant des heures, assise dans son lit, aussi rayonnante qu'une fleur de tournesol parmi ses oreillers de dentelle.

Blue ne l'avait plus touchée depuis le jour où elle lui avait demandé de la cacher. Il n'était qu'un bébé de sept ans, à cette époque, mais il n'oublierait jamais ce qu'elle lui avait chuchoté de sa voix faible et rauque, parce qu'elle allait mourir : « Prends cette écritoire et mets-la en sûreté, Blue. N'en parle à personne, tu m'entends ? Tu ne dois pas en dire un mot. Pas un mot. Jamais. »

Il avait respecté à la lettre la promesse qu'il avait faite à sa mère. Mais ce soir-là, après avoir vu les merveilles contenues dans le coffre de miss Eliza, il se demanda pour la première fois ce qui arriverait, s'il ouvrait lui aussi sa boîte à secrets...

Le lendemain matin, lorsqu'elle s'éveilla, Eliza n'ouvrit pas les yeux tout de suite. Le rêve qu'elle faisait était trop doux, elle ne voulait pas le dissiper : elle avait l'impression de flotter sur un nuage, enveloppée d'effluves de lavande et de roses, pendant que quelqu'un chantonnait au loin un air qu'elle ne connaissait pas.

Pourtant, au bout d'un moment, la sensation d'être observée l'incita à relever brusquement les paupières : dans la pénombre de la chambre, il lui sembla qu'une ombre disparaissait en hâte derrière le pied de son lit.

Elle secoua la tête. Qu'allait-elle imaginer ? Elle était seule dans cette pièce inconnue, au plafond si haut qu'il lui donnait le vertige. Pour le reste, en revanche, elle ne rêvait pas : son matelas de coton était aussi douillet qu'un nuage, les draps frais fleuraient bon les fleurs séchées et la voix qui lui parvenait du rez-de-chaussée était sans doute celle de Willa en train de chanter dans sa cuisine.

Elle regarda autour d'elle, pensive. Tel était donc l'univers de Lester Bohannon, planteur déchu qui se consacrait à l'élevage des chevaux et partageait sa vaste demeure décrépite avec ses deux enfants, une intendante aveugle, une cuisinière pas commode et un jockey nommé Noah…

Tout à coup, elle se souvint qu'elle avait accepté sans réfléchir de devenir la gouvernante de Blue et Belinda, alors qu'elle ne connaissait strictement rien aux enfants, et un gémissement lui échappa.

— Juste ciel, qu'ai-je fait ? murmura-t-elle en refermant les paupières, appuyée à ses oreillers.

Le frère et la sœur lui inspiraient déjà une vive affection, mais saurait-elle s'acquitter de sa tâche ? Blue lui évoquait un faon craintif, toujours sur le qui-vive ; quant à Belinda, vive et joueuse comme un jeune chiot, il était clair qu'elle avait endossé le rôle de médiatrice. C'était elle qui expliquait et répondait pour deux, se faisant tout naturellement l'interprète de son frère. Ils avaient développé une sorte de langage secret qui s'exprimait par des regards et évoluaient sans problème apparent dans un monde à eux, mystérieux et fascinant.

Lester était une autre paire de manches, pensat-elle encore. Il adorait ses enfants, cela crevait les yeux, mais ne savait comment s'y prendre avec eux. Parviendrait-elle à le convaincre du rôle qu'il avait à jouer ? De l'importance de sa présence à leur côté ? Il s'agissait là d'un défi épineux, mais elle était prête à le relever. N'était-elle pas mieux placée que quiconque pour savoir ce qu'un père avait à donner ?

De nouveau, l'impression que quelqu'un l'observait lui fit rouvrir les yeux — et cette fois elle eut le temps d'apercevoir une tête blonde qui s'abaissait précipitamment. Un sourire sur les lèvres, elle se redressa sur son séant.

— Qui est là ? demanda-t-elle. Montrez-vous donc, petit lutin. Je serai ravie d'avoir de la compagnie pour commencer la journée.

Le plus étonnant était qu'elle disait vrai. Alors

qu'elle s'était éveillée seule pendant des mois sur une île déserte, elle découvrait avec une excitation nouvelle le plaisir d'être entourée.

Belinda reparut, espiègle comme un chaton avec sa frimousse ensommeillée et ses cheveux emmêlés. Eliza tapota la courtepointe, l'invitant à la rejoindre dans le grand lit de bois qui ressemblait à un bateau, avec son dais en piqué blanc et ses rideaux d'organdi.

— Grimpez dans mon navire, moussaillon.

La petite fille obéit, utilisant un marchepied pour se hisser sur le matelas.

— Où est ton frère ? s'enquit Eliza.

— Sous le lit, chuchota Belinda, mais il ne fallait pas que je le dise !

La jeune femme sourit et décida de poursuivre le jeu.

— Je ne sais pas si Blue est par là, reprit-elle en haussant la voix, mais je crains qu'un grain ne menace. Il ne faudrait pas qu'il se noie !

Aussitôt, Belinda se pencha et cria :

— Viens vite, Blue ! Il va y avoir une tempête ! Donne-moi la main, je te tirerai à bord !

Eliza s'amusa à secouer les draps.

— Grands dieux, regardez-moi ces vagues ! Nous allons chavirer, c'est certain !

En un clin d'œil, Blue jaillit de sa cachette et les rejoignit.

— Ouf ! Nous avons du renfort ! s'exclama la

jeune femme. Cap'taine Blue, voulez-vous grimper dans la hune et voir si l'on aperçoit la terre ?

Les yeux brillants, le petit garçon s'agrippa à l'un des montants du lit et mit une main en visière. Puis il tendit l'index et hocha la tête avec enthousiasme.

— Hourra ! cria Eliza. Nous sommes sauvés !

Les deux enfants se mirent à sauter et à danser sur le lit, remuant tant et si bien qu'un oreiller se creva et qu'une nuée de plumes vola dans la chambre.

— Nous sommes sauvés ! s'exclama Belinda.

Blue souriait jusqu'aux oreilles. En cet instant, Eliza se promit de découvrir la blessure qui le rendait muet et de l'en guérir comme elle avait guéri l'étalon. Cet enfant avait besoin d'elle, elle ne faillirait pas à son devoir ; rien ne lui semblait plus important, tout à coup.

Le frère et la sœur faisaient un tel vacarme que personne n'entendit la porte s'ouvrir. Et soudain Lester se dressa devant eux, l'air furibond. Il avait rasé sa barbe et rafraîchi sa coupe de cheveux. Vêtu d'une culotte de serge fauve et d'une chemise à la coupe ample, chaussé de hautes bottes d'équitation, il ressemblait à une apparition magique, au milieu des plumes qui tombaient autour de lui. On eût dit un prince venu d'ailleurs.

Eliza et les enfants se figèrent tels des oiseaux

frappés en plein vol. Belinda se ressaisit la première.

— Papa, regardez ! Nous voguons en plein océan !

— Quoi ? tonna son père, chassant le duvet collé à ses lèvres.

La petite fille se dressa sur ses genoux et agita les bras.

— Prenez garde ! C'est la tempête, vous allez vous noyer !

Lester fronça les sourcils, l'air dérouté. Puis il serra les mâchoires et lança d'un ton bref :

— Désolé, mon cœur. Je n'ai pas le temps de jouer, ce matin. Allez vite vous habiller, tous les deux. Ensuite, vous descendrez prendre votre petit déjeuner avec miss Eliza.

Blue descendit du lit et se dirigea vers la porte. Sa sœur le suivit, mais elle s'arrêta sur le seuil.

— Mangerez-vous avec nous, papa ?

— Non. J'ai trop à faire, avec la course à préparer et la vente de yearlings à organiser.

Docile, Belinda hocha la tête et sortit. Eliza regretta que les deux enfants ne protestent pas, et se plient si aisément aux désirs de leur père. N'avaient-ils pas des droits à faire valoir ?

Lorsqu'elle se retrouva seule avec le maître de Whitefield, elle se sentit soudain fort gênée : ses cheveux étaient dénoués et la chemise que Willa lui avait prêtée, trop grande pour elle, glissait sur son épaule.

Le regard de Lester, rivé sur sa peau nue, la brûlait comme un fer rouge. D'une main tremblante, elle remonta son encolure. Jamais elle n'avait ressenti ce genre d'embarras, sur l'île. Là-bas, tout semblait naturel. Mais il émanait de cette maison une raideur si formelle qu'elle était presque tangible.

— Il n'est pas bon que les enfants se déchaînent de la sorte à l'intérieur, déclara-t-il.

Eliza considéra un instant cet homme amer et dur qui n'avait plus rien de commun avec celui qu'elle avait connu. Comment avait-elle pu avoir la sensation, le soir où elle s'était donnée à lui, que leurs deux âmes se touchaient ? Il lui semblait qu'elle avait rêvé.

Ses yeux gris se posèrent sur les belles mains qui l'avaient étreinte et caressée avec tant de ferveur, cette nuit-là, et un frisson la parcourut. Non, elle n'avait pas rêvé. Ce miracle avait bel et bien existé.

— Pourquoi ? demanda-t-elle.

— Parce que ce n'est pas convenable, tout simplement.

— N'ayant aucune expérience des enfants, je ne puis savoir ce qui est correct ou non, rétorqua Eliza. Le seul critère qui compte à mes yeux, c'est de les rendre heureux.

La bouche de Lester se crispa.

— Je vous conseille de vous en référer à moi. Vous avez beaucoup à apprendre, miss Flyte.

Refusant de se laisser intimider, elle quitta le lit et vint se planter devant lui, les mains sur les hanches, des plumes voletant autour de ses pieds nus.

— Vous aussi, monsieur Bohannon.

Une lueur s'alluma dans le regard bleu clair fixé sur elle.

— Quel fichu caractère vous avez !

La jeune femme haussa le menton.

— Je veux vous parler de Blue, déclara-t-elle sans le quitter des yeux.

Il ne bougea pas, mais se raidit visiblement.

— Ce n'est pas le moment. Mon travail m'attend.

— Votre fils passe avant.

D'un geste résolu, elle traversa la pièce et alla fermer la porte.

— Ne faites pas cela, dit Lester.

— Pourquoi ?

Il balaya sa silhouette d'une œillade rapide.

— Ce n'est pas convenable non plus.

Eliza se mit à rire.

— Juste ciel ! Comme si les convenances avaient la moindre importance pour moi !

Sèchement, Lester tira le drap qui occultait une psyché.

— Regardez-vous.

Bouche bée, Eliza se tourna vers la grande glace en pied. Jamais, de sa vie, elle ne s'était vue reflétée de la sorte, tout entière.

— Un miroir…, murmura-t-elle. C'est la première fois que j'en vois un.

Elle leva une main pour écarter une longue mèche noire qui tombait sur son visage ; l'inconnue qui lui faisait face imita son geste. Elle paraissait si menue, dans cette chemise trop grande pour elle ! Abasourdie, elle découvrit la nuance cuivrée de ses pommettes hâlées par le soleil, le gris mystérieusement argenté de ses prunelles, le rose tendre de ses lèvres. Et ses cheveux semblaient tellement sombres, sur la toile blanche ! Enfin, au travers du fin linon, elle voyait transparaître les aréoles brunes de ses seins, ainsi qu'une ombre foncée à la jointure de ses cuisses.

— C'est moi, dit-elle à mi-voix.

— Oui, c'est vous. Et vous êtes beaucoup trop attirante pour vous enfermer seule avec un homme dans une chambre.

Dans la glace, elle vit Lester se placer derrière elle et incliner la tête pour poser les lèvres sur son cou. Se sentant faiblir, elle se renversa contre lui. Dieu, comme la douceur de cette bouche lui avait manqué ! Et la chaleur de ces mains qui se nouaient sur sa taille fine, qui pressaient ses reins contre des hanches dures, qui remontaient vers ses seins et les caressaient… Entre ses longs cils noirs, elle ne perdait rien de ce qui se passait. Voir Lester s'emparer ainsi de son corps la troublait plus encore que ses gestes en eux-mêmes.

Elle gémit, fermant les paupières pour s'abandonner à ce délicieux vertige. Mais, à l'instant où elle perdait pied, tournait la tête vers lui pour quêter un baiser, elle se ressaisit brusquement. Contrairement à ce qui les avait unis sur l'île, cette scène lui semblait soudain trop étudiée. Trop calculée. C'était une manœuvre, et elle en connaissait la raison.

Faisant taire ses propres désirs, elle se redressa avec peine.

— Arrêtez, murmura-t-elle.

— Pourquoi ? Cela ne vous plaît-il pas ?

Les mains de Lester descendirent vers son ventre, effleurèrent ses cuisses, plus tentatrices que jamais. Elle résista. Lorsqu'elle rouvrit les yeux, elle fut choquée par son regard énamouré, ses joues en feu et ses lèvres gonflées. De quoi avait-elle l'air, grands dieux ? D'une femme qui ne songeait qu'à son plaisir, et qui ne servait que trop bien les plans d'un séducteur éhonté !

Elle s'arracha à l'étreinte de Lester et s'écarta de lui.

— Vous êtes assez habile pour émouvoir un poteau, monsieur Bohannon, mais la question n'est pas là.

Il la dévisagea d'un air amusé, les mains sur les hanches.

— Les grands mots, maintenant ! Vous étiez plus plaisante sur votre île, Eliza Flyte. Vingt-quatre heures à peine au contact de la civilisation et vous commencez déjà à parler comme n'importe quelle femme.

— Vous n'aviez qu'à m'y laisser, rétorqua-t-elle, pincée. Et vous ne m'empêcherez pas de vous parler de Blue.

Le sourire de Lester disparut.

— Quoi, Blue ? Qu'avez-vous à me dire à son sujet ?

— Qu'est-ce qui l'a rendu muet ?

Lester soupira et répondit lentement, en détachant les mots comme s'il s'adressait à une simple d'esprit.

— Cet enfant a perdu sa mère, miss Flyte. Il est muré dans son chagrin.

— Et vous ne faites rien pour l'en sortir ? Depuis deux ans ?

Elle sentit Lester ériger entre eux un bouclier invisible.

— Croyez-vous que je ne souffre pas le martyre de le voir dans cet état ? répliqua-t-il d'un ton dur. Croyez-vous que je n'ai pas tout tenté pour l'arracher à son silence ?

Eliza se radoucit.

— Qu'avez-vous tenté, Lester ?

Il se tut, les lèvres serrées.

— Dites-le-moi. Je ne veux que vous aider.

— Je l'ai conduit chez tous les médecins possibles et imaginables. J'ai consulté tous les professeurs spécialisés de la région. J'ai même envisagé un moment de le placer dans une institution pour sourds-muets. Etes-vous satisfaite ?

La jeune femme secoua la tête, atterrée par la maladresse de ce père aux abois.

— C'est de vous qu'il a besoin. De personne d'autre. Passez-vous du temps avec lui ? Jouez-vous quelquefois avec lui ? Lui montrez-vous à quel point il compte pour vous ?

— Bonté divine ! se récria Lester, hors de lui. De quel droit me faites-vous la leçon ? Dès que mes enfants sont ici, ils ne me quittent pas d'une semelle !

— Ils vous regardent travailler et vous occuper du haras. Pas d'eux.

— Assez ! Vous ne connaissez rien aux enfants, vous l'avez avoué vous-même !

— Je sais écouter et observer, Lester.

— Vos poneys, peut-être ! Sapristi, Eliza ! Vous avez grandi sur une île déserte, livrée à vous-même comme un animal sauvage…

Les yeux gris de la jeune femme lancèrent des éclairs.

— Taisez-vous ! ordonna-t-elle d'une voix

sourde. Taisez-vous et sortez de cette pièce. Tout de suite.

Malgré sa fureur, Lester parut se rendre compte qu'il avait dépassé les bornes. Il tendit une main vers elle, en signe d'apaisement.

— Eliza... Je ne voulais pas dire...

— Vous l'avez dit, rétorqua-t-elle, le cœur saignant. Retournez à votre travail ; je m'occuperai de vos enfants.

Au cours du petit déjeuner, Eliza dut expliquer à Belinda pourquoi elle écartait tous les morceaux de jambon de ses œufs brouillés. Elle le fit avec sérieux, racontant comment les animaux étaient ses seuls amis sur l'île. Et comment les poissons, coquillages ou autres crustacés lui semblaient plus lointains, parce qu'elle ne pouvait leur parler.

Blue mangeait lentement et l'écoutait avec une attention qui l'emplissait de joie. Peu à peu elle gagnait sa confiance, comme elle l'avait fait avec Finn. Une communication silencieuse s'établissait entre eux : le petit garçon savait qu'elle s'adressait à lui et acceptait tacitement cet échange, conscient qu'elle n'était pas dupe de son silence.

Pour l'instant, ce marché suffisait au bonheur de la jeune femme. Un jour, elle en était certaine, Blue lui parlerait.

Comme c'était samedi et que les enfants n'avaient pas classe, ce jour-là, ils allèrent jouer avec Caliban, Claribel, les trois poules et les quatre chats installés

273

dans la grange. Le gros chien avait toutes les faveurs du frère et de la sœur, et Eliza dut encore expliquer à Belinda pourquoi il portait ce nom-là.

— C'est mon père qui l'a choisi, à cause d'une pièce de théâtre que nous aimions beaucoup tous les deux.

— Où est votre père, maintenant ? Il est resté sur l'île ? demanda la petite fille, aussi insatiable qu'elle était captivée par cette histoire d'île enchantée où les animaux parlaient.

Eliza réfléchit un instant, désireuse d'éviter des écueils dangereux. Blue, le menton entre ses genoux, observait Lester et Noah en train de faire travailler Finn ; mais elle savait qu'il ne perdait pas un mot de ce qu'elle disait.

— Il habite au milieu des étoiles.

— Comment ça, au milieu des étoiles ?

Belinda prenait tout au pied de la lettre, nota la jeune femme en elle-même ; elle devrait se le rappeler, à l'avenir.

— Il est mort.

Trois petits mots pour un si grand vide...

— Notre maman est morte, elle aussi.

— Je sais, mon cœur.

— Croyez-vous qu'elle habite au milieu des étoiles, comme votre papa, miss Eliza ?

— Oui, sûrement. Et je sais aussi qu'elle doit vous manquer autant qu'il me manque.

Blue regardait toujours droit devant lui.

— Tout était différent, quand maman était là, reprit Belinda.

— J'aimerais que tu me racontes votre vie avec elle, un jour.

— Papa n'aime pas qu'on en parle.

— Te l'a-t-il dit ?

— Non, mais, chaque fois que je lui pose une question à propos de maman, il est de mauvaise humeur et il boit plein de whiskey, comme s'il avait très soif.

Eliza n'insista pas. Elle percevait si bien le désarroi de ces deux orphelins, et désirait tellement les aider ! Elle ne savait rien du lien qui unit une mère à ses enfants, faute de l'avoir vécu, mais elle avait vu ce que des juments ou des femelles d'autres espèces étaient capables de faire pour protéger leurs petits. L'instinct qui la poussait vers Blue et Belinda était de même nature, et si fort qu'à défaut d'expérience elle décida de s'y fier.

— Allons voir l'étalon, proposa-t-elle.

Lorsqu'ils approchèrent de la piste ovale, Caliban gambadant devant eux, Belinda expliqua encore :

— C'est papa qui a fait cette piste, tout seul avec Noah. Ils ont mis très longtemps et ils étaient toujours couverts de terre !

De toute évidence, nota Eliza, le haras bénéficiait de beaucoup plus de soins que la maison. Le baraquement où logeaient Noah et les deux palefreniers était propre et net, les haies bien taillées autour de l'entrée. La grange, bien tenue elle aussi, était abondamment fournie en céréales et en fourrage. De solides clôtures entouraient le manège arrondi et le paddock. La jeune femme reconnut même un petit édifice qu'elle n'avait jamais vu que sur des illustrations : un *starting-gate* destiné à entraîner les pur-sang à prendre le départ d'une course.

Suivant les deux enfants, elle monta sur une sorte d'estrade qui jouxtait la piste, et d'où les entraîneurs ou les acquéreurs potentiels pouvaient voir courir les chevaux de l'élevage. Noah était en train de monter Finn, sous le regard de Lester qui tenait un drapeau sous le bras.

Contrairement au jeune mulâtre, le maître de Whitefield ne parut guère enchanté de leur arrivée. Eliza n'avait rien oublié de la blessure qu'il lui avait infligée le matin même ; néanmoins, dans l'intérêt des enfants, elle décida de montrer bonne figure. Blue, les yeux brillants, souriait en regardant trotter l'étalon.

— Vous êtes un excellent jockey, Noah, observa la jeune femme.

Le visage de l'adolescent s'illumina de fierté.

— Le meilleur de toute la Virginie, renchérit Lester.

Comme pour mériter ces éloges, Noah lança Finn au galop sur la piste. Belinda poussa des cris de joie.

— Qu'il va vite ! s'exclama-t-elle en enlaçant

avec enthousiasme la cuisse de son père debout près d'elle. C'est sûrement le cheval le plus rapide du monde, papa ! Je suis contente que vous vous soyez lancé dans cette expédition ridicule.

Blue baissa la tête pour dissimuler un sourire.

— Qui a dit que cette expédition était ridicule ? releva Lester d'un ton faussement détaché.

— Grand-père Wicomb.

— Tiens donc, ironisa son père en ébouriffant ses cheveux blonds. Et à propos de grand-père Wicomb, pourquoi n'êtes-vous pas à Toano, aujourd'hui ?

Sa fille leva la tête, l'air offusqué.

— Nous n'y allons jamais le samedi, vous savez bien ! Mais demain il y a un grand pique-nique et tout le monde sera là, ajouta-t-elle avec un sourire éclatant. Nos oncles, nos tantes, nos cousins, toute la famille ! Vous viendrez aussi, n'est-ce pas ?

Lester se rembrunit.

— Je ne sais pas, mon chou.

— Oh si ! papa ! Venez, il le faut ! Il le faut absolument ! Je vous en priiiie !

Malgré des réticences manifestes qui n'échappèrent pas à Eliza, son père n'eut pas le cœur de lui refuser ce plaisir. La jeune femme s'en félicita.

— Bon. J'essaierai de venir, accorda-t-il.

Belinda en sauta de joie.

— Merci, merci, papa ! Et miss Eliza, viendra-t-elle aussi ?

Lester se montra interdit, visiblement pris de court

par cette question. Puis il posa sur la jeune femme un regard impersonnel et finit par répondre :

— Pourquoi pas ? Puisqu'elle est votre gouvernante, je suppose qu'elle peut nous accompagner.

— Hourra ! s'écria la petite fille.

Elle tira sur la main de son frère, déjà prête à s'enthousiasmer pour autre chose.

— Viens, Blue ! Allons voir ce que Caliban a trouvé, là-bas. C'est peut-être un trésor ?

Eliza cessa de sourire dès que les enfants eurent disparu. Comme Lester la considérait d'un air mécontent, elle déclara :

— J'attends vos excuses, monsieur Bohannon.

— Vous m'avez critiqué aussi, miss Flyte. Nous sommes quittes.

— Pas du tout ! Je n'ai fait que vous donner mon opinion sur vos rapports avec vos enfants. Vous avez attaqué mon éducation, ce qui n'est pas la même chose.

— Ah bon ? persifla-t-il.

— Parfaitement ! Je ne peux rien changer à mon passé, alors que vous pouvez devenir un meilleur père pour Belinda et Blue.

— Ne recommencez pas, Eliza ! J'estime être un bon père pour eux et vous interdis d'affirmer le contraire !

— Vous leur défendez d'évoquer leur mère.

— Je ne le leur défends pas. Il me semble simplement qu'il n'est pas bon pour eux de remâcher ce drame.

— Ils sont si jeunes encore, Lester ! Ils ont besoin que vous leur parliez d'elle.

— Tout ce que je pourrais leur dire, ils le savent déjà.

Ils se turent un moment, observant distraitement Noah et Finn. Puis Lester crispa les mains sur la barrière.

— Vous savez quoi, miss Flyte ? Je commence à croire que vous avez eu beaucoup de chance de mener une existence aussi protégée, sur votre île.

La jeune femme se tourna vers lui, étonnée.

— Pourquoi dites-vous cela ?

Il eut un rire sans joie.

— Venez à ce pique-nique demain, vous comprendrez.

16

Le lendemain en fin de matinée, le départ pour Toano ne se passa pas sans mal : à la dernière minute, quand Lester vit Eliza descendre le grand escalier avec un sourire ravi, il faillit en avoir un coup de sang.

La jeune femme était rayonnante, et elle avait manifestement fait des efforts de toilette. Mais, si sa tenue était acceptable pour un dîner en tête à tête sur Wreck Island, elle ne pouvait en aucun cas convenir à un pique-nique chez de riches planteurs de Tidewater, la région la plus conservatrice de Virginie !

A la limite, sa robe bleu roi à la coupe toute simple aurait pu passer... si elle l'avait portée sur deux ou trois jupons amidonnés. Ses longs cheveux de jais fraîchement lavés cascadaient librement le long de son dos mince, chose totalement indécente. Et, bien qu'elle ait fait l'effort de se chausser depuis son arrivée à Whitefield, il était hors de question qu'elle paraisse en société les pieds nus dans des mules blanches !

— Je suis prête, annonça-t-elle gaiement. Où sont les enfants ?

Les yeux rivés sur elle, le maître de maison ne prit pas la peine de lui répondre.

— Willa ! tonna-t-il.

La cuisinière arriva en trombe, l'air ahuri.

— Qu'y a-t-il donc, m'sieur Lester ? Je n'ai pas cuit assez de petits pains ?

— Accompagnez miss Eliza dans la chambre de Madame et aidez-la à s'habiller, répondit son maître d'un ton bref.

L'intéressée ouvrit des yeux ronds.

— Mais je suis habillée ! protesta-t-elle.

— Pas suffisamment pour un pique-nique chez les Wicomb, ma chère enfant. Regardez-moi.

Il tournoya devant elle, bras tendus, afin qu'elle admire sa redingote de drap bleu foncé, son foulard de soie blanche et son gilet en moire émeraude fermé par des boutons dorés.

Eliza souffla avec mépris.

— Je ne vois qu'un homme aussi vaniteux qu'un paon. Et encore : en disant cela, j'ai l'impression d'insulter le paon.

Willa pouffa dans son tablier.

— Vous n'y allez pas de main morte, *missy* !

Un coup d'œil sévère de Lester la fit se reprendre.

— Je vais arranger ça, monsieur, marmonna-t-elle d'un air penaud. Suivez-moi, ma fille.

— N'oubliez pas les bas et les brodequins, Willa !
ajouta son maître avec un malin plaisir, alors
qu'Eliza lui jetait un regard noir de fureur.

Il les regarda gravir les marches et tourner à
droite sur le palier, en direction des pièces qu'occupait Flora autrefois, quand elle était encore sa
femme. Il y avait si longtemps de cela... Dans une
autre vie.

Un quart d'heure plus tard, Eliza redescendit
l'escalier tout aussi radieuse que la première fois
— et carrément transformée.

Elle portait l'une des tenues les plus sobres de
Flora, choisie parmi les robes que cette dernière
avait laissées en partant parce qu'elle les jugeait
démodées. Willa et Nancy y avaient recours elles
aussi ; avec un humour teinté d'amertume, Lester
pensa qu'il était bien le seul propriétaire terrien
de Virginie dont les domestiques arboraient des
modèles de la maison Lumière à Paris !

Quoi qu'il en soit, il resta figé devant la ravissante apparition qui descendait les marches dans
un bruissement si féminin de jupons blancs et de
taffetas gris perle — un ton discret qui seyait à
merveille à la gouvernante que cette belle étrangère était censée être. A chacun de ses pas, ses
brodequins vernis pointaient sous les dentelles
qu'elle relevait gracieusement de ses mains fines,
révélant ses chevilles gainées de soie crème. Avec
ses cheveux tirés en arrière et le lourd chignon

natté que Willa avait épinglé sur sa nuque mince, elle était absolument parfaite.

Un instant, Lester éprouva une sorte de vertige à redécouvrir cette robe sur quelqu'un d'autre que Flora. Il ne se souvenait pas de la dernière occasion à laquelle celle-ci l'avait portée, mais il revoyait très nettement son épouse, avec son port altier et cette démarche élégante acquise à l'institution de miss Porter, dans le Nord. Toutefois, si Eliza se montrait plus modeste, sa posture impeccable et sa fierté naturelle lui conféraient une allure que bien des femmes auraient pu lui envier. En outre, la simplicité de cette tenue seyait beaucoup mieux à la pureté de ses traits qu'à la blondeur mutine de Flora.

Elles étaient aussi différentes que l'eau et le feu, pensa-t-il, et ce n'était pas lui qui allait s'en plaindre.

— Je ne suis plus fâchée contre vous, annonça Eliza avec un grand sourire. Willa m'a expliqué que vous avez été très gentil d'intervenir, et que votre attitude partait d'un bon sentiment.

Lester ne put s'empêcher de sourire à son tour en la voyant trébucher sur la dernière marche.

— On m'a rarement taxé de gentillesse ou de bons sentiments, mais si Willa le dit…, déclara-t-il en lui tendant la main pour l'aider.

— Attendez ! cria la cuisinière. Il vous faut un chapeau, mam'zelle Eliza !

Elle coiffa la jeune femme d'une délicieuse cape-
line en paille ornée d'un simple ruban crème. Sous
ses larges bords, le visage d'Eliza ressemblait à une
fleur. Elle était si belle et si fraîche que le cœur de
Lester se serra d'une étrange émotion — surtout
lorsqu'il perçut le léger parfum de gardénia qui
flottait autour d'elle.

— Les affaires de votre femme sont superbes,
murmura-t-elle. Merci.

La gorge nouée, Lester ne répondit pas. Il ne
dit rien non plus lorsqu'elle eut un certain mal
à grimper dans la calèche, et qu'il la retint un
instant contre lui. Bonté divine ! Elle le troublait
autant que la veille, devant ce miroir. Qu'allait-il
faire d'elle ?

Son supplice dura pendant tout le trajet. Eliza
riait avec les enfants, parlait avec Belinda des robes
de sa mère, essayait de retrouver avec elle une
berceuse que Flora leur fredonnait en les couchant,
leur promettait de leur raconter chaque soir un
épisode de *La Tempête*...

Il fixait la route poussiéreuse, les sourcils froncés,
avec l'impression de plus en plus nette que sa
propre vie lui échappait et que cette jolie sorcière
la prenait en main à sa place. Eliza Flyte ne cessait
de le surprendre ; avec elle, il ne savait jamais ce
que la minute à venir allait lui réserver et cela lui
déplaisait. Lui déplaisait fortement.

La jeune femme instillait malgré lui au sein de

sa famille un entrain, une chaleur, des sentiments dont il essayait depuis deux ans de se protéger, pour ne plus avoir à souffrir. Mais plus il s'efforçait de lui résister, plus elle s'acharnait à le ramener dans cette espèce de cercle enchanté qu'elle créait comme par magie autour d'elle. Qu'il le veuille ou non, son cœur se remettait à frémir, à s'émouvoir.

S'il cédait, s'il se laissait aller à s'habituer à Eliza et aux miracles qu'elle lui faisait miroiter, la douleur allait revenir, il le pressentait déjà. Lorsqu'elle partirait pour la Californie, ainsi qu'il le lui avait promis, il ne supporterait pas de la perdre. De perdre pour la deuxième fois une femme qu'il aurait commis l'erreur d'aimer.

A cette pensée, il faillit s'étrangler. Qu'allait-il chercher, grands dieux ? Pourquoi aimerait-il Eliza Flyte ? Il la connaissait à peine. Et, même s'il avait partagé avec elle des moments d'une intensité rare, unique, exceptionnelle, il n'était pas censé s'en souvenir. Cette fille était une sauvageonne complètement étrangère à son monde. Céder à l'attirance qu'elle lui inspirait ne pourrait que le conduire à un nouveau désastre.

Alors qu'ils approchaient de Toano, Lester se raidit, les épaules crispées par la tension. La plantation de ses beaux-parents n'était pas aussi grandiose que Whitefield au temps de sa splendeur, mais elle était tout de même impressionnante.

Le manoir en briques roses couronnait un tertre

verdoyant émaillé d'arbres et de massifs de fleurs. Tout autour, pelouses et allées étaient parsemées d'invités et de serviteurs qui se hâtaient en tout sens dans un tourbillon coloré. Le soleil qui brillait dans un ciel sans nuages annonçait déjà les beaux jours de l'été.

Cet univers était celui dans lequel il était né, comme ses enfants. Lorsqu'il avait essayé de s'en écarter, de tracer sa propre voie, tout s'était écroulé. Il n'aurait jamais dû s'opposer à son destin. Cette erreur lui avait été fatale. Il était grand temps qu'il revienne dans le cercle ; il n'avait que trop tardé.

En parcourant des yeux cette foule élégante et familière, il se remémora la remarque de Nancy, le matin même : « Pauvre petite ! Ils vont la croquer toute crue et lui sucer la moelle des os », avait dit sa vieille nourrice noire en parlant d'Eliza, pour laquelle elle semblait éprouver une mystérieuse inquiétude.

Lester n'avait qu'à observer de loin sa belle-sœur Delaney ou Francine, la cousine germaine de Flora, pour savoir qu'elle avait dit vrai. Il ne connaissait rien de plus charmant ni de plus dangereux que ces fameuses belles de Virginie auréolées de volants et de dentelles, dont les paroles suaves et les sourires enjôleurs étaient aussi mortels que le venin de certaines orchidées.

Pourquoi avait-il amené la jeune femme dans ce piège ? se demanda-t-il. Par cruauté inconsciente, par provocation... ou tout simplement parce qu'il lui semblait naturel qu'elle l'accompagne ?

Il descendit de la calèche et posa Belinda à terre. Avant qu'il ait pu l'aider, Eliza avait déjà sauté sur le gazon, imitée par Blue. Les deux enfants s'éloignèrent aussitôt en courant pour rejoindre leurs cousins, les laissant seuls.

Lester se racla la gorge.

— Voilà, dit-il. Bienvenue à Toano. Je vais m'efforcer de vous présenter à toute cette belle assistance.

— Comme la gouvernante de vos enfants ?

— Oui, je suppose...

— Bien.

Aussitôt, la tête haute, Eliza se dirigea vers leurs hôtes. Dès qu'il eut confié l'attelage à un palefrenier, Lester se hâta de la rejoindre pour la présenter aux parents de Flora, Franklin et Mary, ainsi qu'au reste de la dynastie Wicomb : Trey, leur fils aîné, aussi ambitieux et déterminé que son père ; Ernest, le cadet, un jeune homme charmant et lymphatique marié à une jolie vipère qui ne laissait rien passer, Delaney. Autour d'eux pullulaient une foule de cousins plus ou moins éloignés, qui ne se préoccupaient que de chasse au renard ou du prix du tabac à la Bourse de Richmond.

Immédiatement, Delaney s'empara du bras d'Eliza.

— Vous me semblez être une perle rare, miss Flyte. Où diable Lester vous a-t-il trouvée ?

— Sur Wreck Island, où j'ai toujours vécu, répondit la jeune femme sans paraître gênée le moins du monde par le regard inquisiteur et les questions perfides de sa compagne.

— Les enfants sont assez difficiles, non ? Comment vous en tirez-vous avec Theodore ? Le pauvre petit a de tels problèmes...

Lester s'était éloigné en direction de la longue table où l'on servait le célèbre punch de Mary Wicomb. Ces gens le rendaient malade, avec leur mépris apitoyé. Mais ils avaient beau le critiquer, ils ne se privaient pas d'acheter ses chevaux ou de parier sur eux s'ils pouvaient y gagner.

Après la réussite de sa première vente de yearlings, il avait noté le soudain intérêt que lui portaient plusieurs jeunes filles de grandes familles, de Josephine Jefferson en personne aux sœurs Parks de Norfolk. Ces belles demoiselles étaient riches, élégantes et bien élevées. Qu'attendait-il pour épouser l'une d'entre elles ? Ses enfants avaient besoin d'une mère. L'enthousiasme avec lequel ils avaient accueilli Eliza le prouvait amplement.

Malgré lui, il chercha la jeune femme du regard. Un groupe de curieuses en crinolines blanches faisait cercle autour d'elle, tel un essaim de frelons se ruant sur une fleur des champs. Il réprima une envie instinctive d'aller la tirer de ce guêpier. Eliza Flyte était assez forte pour se défendre toute seule ; il commençait à s'en rendre compte, et devinait qu'elle ne lui avait pas encore dévoilé tous ses talents.

Consciente de sa position, Eliza savait parfaitement qu'elle aurait dû observer une certaine réserve et ne pas s'amuser autant avec les autres invités. Mais ce fut plus fort qu'elle : les jeux de ces gens distingués lui semblaient si bizarres qu'elle ne put résister à l'envie de tous les essayer.

Le croquet, par exemple. Que des adultes mettent tant de sérieux à pousser une boule de bois sous des arceaux lui paraissait parfaitement loufoque. Et les parties de colin-maillard ! Ces belles dames et ces beaux messieurs essayant de s'attraper à tâtons, un bandeau sur les yeux, étaient pour elle le comble du comique. Quant au jeu de la carotte, qui consistait à lancer un couteau et à le planter le plus profondément possible dans la pelouse, elle y participa avec entrain, sans savoir qu'il était jugé inconvenant pour les dames. Et elle rit aux éclats devant les contorsions d'Ernest Wicomb, les mains attachées dans le dos, pour extirper du sol avec ses dents le canif qu'elle avait si bien enfoncé.

Les conversations, en revanche, lui plurent beaucoup moins. La façon dont les femmes s'étendaient pendant des demi-heures entières sur la qualité d'une étoffe ou d'un fer à friser l'emplit d'un étonnement sans bornes. Quant aux hommes, quel plaisir prenaient-ils à parler ainsi pour ne rien dire, chacun essayant simplement de paraître plus fort ou plus malin que ses compagnons ?

Tel était donc le monde qu'elle avait ignoré durant plus de vingt ans…, songeait-elle, perplexe. Un monde si futile qu'elle n'avait pas l'impression d'avoir manqué grand-chose.

Soudain, une jeune fille vint la prendre par le bras.

— Tous ces jeux ont dû vous épuiser, miss Eliza. Venez donc boire une citronnade avec ma sœur et moi.

Tabitha et Priscilla Parks, qui se faisaient appeler Tabby et Cilla, lui parurent si aimables qu'elle accepta de les suivre.

— Racontez-nous donc votre métier de gouvernante, dit Tabby. Cela nous intéresse beaucoup.

— Oui, beaucoup, renchérit Cilla.

— C'est tout nouveau pour moi, avoua Eliza. Et assez différent de *Jane Eyre*, pour tout dire.

Les deux sœurs échangèrent un regard troublé.

— Jane qui ? demanda Tabby.

— Oh ! peu importe ! coupa sa sœur. N'est-il pas déprimant au possible de s'occuper d'un enfant qui ne parle pas ?

— Que pensez-vous de ce petit Theodore ? Est-il simple d'esprit ? Souffre-t-il d'une infirmité quelconque ?

Le désir impérieux de protéger Blue submergea Eliza avec une violence qui la surprit elle-même.

— Cet enfant est adorable et d'une sensibilité merveilleuse, répondit-elle sèchement. Je vous saurais gré de ne pas parler de lui en ces termes.

Tabby lui tapota le bras en un geste apaisant.

— Là, là, ne vous emportez pas. Nous n'avons pas voulu vous paraître blessantes. En fait, ce que nous aimerions surtout savoir, c'est quel genre d'homme est son père, Lester Bohannon.

Eliza sourit, se moquant de laisser voir ses sentiments.

— C'est un homme merveilleux. Fantasque, horripilant, emporté, entêté, parfois drôle, souvent triste... mais toujours merveilleux.

Les deux sœurs pâlirent. Tabby s'éventa furieusement, tandis que Cilla manquait s'étrangler avec sa citronnade.

— Juste ciel ! s'exclamèrent-elles en chœur. Seriez-vous amoureuse de lui ?

Eliza s'empourpra. Ces belles demoiselles lui semblaient beaucoup trop curieuses, tout à coup — et bien trop intéressées par son avis sur Lester.

— Je n'ai fait que décrire...

Soudain, une vive agitation se produisit non loin de là : Trey Wicomb, monté sur un étalon rouan, semblait en difficulté. Le cheval écumait et ruait, s'ébrouant comme s'il voulait se débarrasser d'une gêne quelconque. Aussitôt, Eliza posa son verre et saisit ses jupes à deux mains pour courir jusqu'à lui.

— Relâchez la bride ! ordonna-t-elle. Donnez du mou, tout de suite !

Le jeune homme fut si interloqué par cette intervention intempestive qu'il obéit. Alors Eliza s'approcha du cheval furieux, posa une main sur son encolure et lui murmura des paroles apaisantes.

— Descendez, monsieur. Je vais m'occuper de lui.

— Je ne sais pas ce qui lui a pris, bredouilla Trey, sidéré, en mettant pied à terre. Il est toujours si docile, d'habitude...

— Tenez fermement les rênes, dit la jeune femme. Je vais vous montrer ce qu'il a.

Elle tira le mouchoir de dentelle glissé dans sa ceinture et l'approcha avec précaution de l'oreille du pur-sang. Notant au passage les initiales brodées dans un coin, « FWB », elle cueillit la guêpe qui importunait le cheval et la chassa.

Les sœurs Parks, qui l'avaient suivie avec empressement, parurent sur le point de défaillir.

— Voilà. Le mal est réparé. A l'avenir, monsieur Wicomb, soyez toujours à l'écoute de votre cheval. Il vous fera comprendre ce qu'il ressent.

Quelques applaudissements retentirent derrière elle, et elle constata avec surprise qu'elle était entourée de curieux. Tabby et Cilla s'éventaient nerveusement.

— Grands dieux, miss Eliza, d'où tenez-vous pareils talents ? s'exclama l'aînée des deux.

La jeune femme baissa les yeux, gênée par l'attention dont elle était l'objet. Mais elle n'avait nulle honte à avoir de ses origines, décida-t-elle. Au contraire.

— De mon père. Il était entraîneur en Angleterre et m'a appris tout ce qu'il savait.

— Sapristi ! s'exclama Trey Wicomb. Vous êtes la fille de Henry Flyte, le dresseur de chevaux ?

Delaney étouffa un petit cri.

— Vous n'êtes donc pas une vraie gouvernante ?

— J'essaie de l'être, bien que ce soit nouveau pour moi.

— Juste ciel ! Passer du dressage de chevaux à l'éducation de jeunes enfants... Vous êtes une personne pleine de ressources, miss Eliza ! Vous pouvez vous rendre utile dans une foule de domaines, si je comprends bien.

Le fiel qui perçait sous ce pseudo compliment n'échappa nullement à la jeune femme.

— Plus encore que vous ne le pensez, rétorqua-t-elle sans ciller en songeant à la mission qu'elle s'était fixée — guérir Lester et Blue de leurs blessures et sauver cette famille.

— Oh ! je crois que j'ai parfaitement saisi ! conclut la belle Virginienne avec un petit sourire glacé.

Là-dessus, elle tourna vivement les talons et s'éloigna, levant avec hauteur son joli nez mutin.

Cette scène avait jeté un froid, apparemment. Livrée à elle-même, Eliza descendit lentement une longue pelouse pentue au bas de laquelle un groupe d'hommes discutaient et riaient bruyamment en buvant et en fumant de gros cigares. Lester Bohannon dominait ses compagnons d'une demi-tête ; il était plus beau que jamais, avec ses cheveux soyeux qui étincelaient sous le soleil de l'après-midi.

L'estomac de la jeune femme se crispa si douloureusement qu'elle dut détourner les yeux. « Je ne vous épouserai jamais », avait-il dit dans l'île. Elle comprenait tout à fait cette phrase, à présent — ainsi que la stupeur des sœurs Parks quand elles avaient cru deviner qu'elle était amoureuse de lui.

Lester ne s'était pas montré cruel, à l'époque, mais simplement réaliste : elle n'appartenait pas à son monde. Il ne pouvait épouser qu'une de ces élégantes créatures, aussi riches qu'elles étaient belles, mesquines et vaniteuses. Ce qui avait eu lieu entre eux devait être oublié, c'était clair. Nul doute qu'il avait déjà, pour sa part, rayé ce souvenir de sa mémoire.

La seule pensée qui la réconfortait, c'était qu'elle avait réussi à séduire cet homme superbe sans le moindre artifice, alors que toutes les femmes ici présentes, avec leurs belles robes et leurs poses étudiées, semblaient engagées dans une incessante parade amoureuse. Etranges mœurs que celles de ces aristocrates, songea-t-elle encore. Dans la nature, c'étaient les mâles qui se paraient des plus belles couleurs pour séduire les femelles — et Eliza n'imaginait même pas pouvoir se livrer à ce genre d'exercice pour conquérir un mari.

Ses pas la conduisirent jusqu'à une mare au bord de laquelle les enfants s'amusaient. Les filles faisaient des ricochets, les garçons avaient tendu une corde au-dessus de l'eau peu profonde et jouaient aux équilibristes. Chaque fois que l'un d'entre eux tombait à l'eau, des gerbes de rires fusaient.

Eliza s'approcha du groupe en souriant, et se pencha vers Blue qui applaudissait avec entrain.

— Aimerais-tu te baigner aussi ? demanda-t-elle au petit garçon.

Il hocha la tête, les yeux brillants.

— Tu sais nager, j'espère ?

Nouveau geste du menton.

— Donne-moi ta chemise, tes bas et tes chaussures ; il est inutile de les mouiller.

L'enfant se dévêtit, plein d'ardeur, impatient de rejoindre ses camarades. Alors qu'il tournait le dos à Eliza, elle retint un cri et se figea, horrifiée.

— Blue ! appela-t-elle. Attends !

Il s'arrêta, les épaules crispées. Eliza le rejoignit et le prit par la main, la gorge nouée.

— Dieu du ciel…, murmura-t-elle. Dieu du ciel…

D'affreuses striures rouges marquaient son dos mince, lacéré de coups de fouet ou de ceinture.

— Qui t'a fait une chose pareille ? demanda-t-elle à mi-voix pour ne pas attirer l'attention des autres. Qui, Blue ?

Le petit garçon se rembrunit, puis il se dégagea vivement et courut dans l'eau. Peu après, il avait retrouvé son sourire.

Eliza resta immobile un moment, interdite, en proie aux doutes les plus horribles. Non, ce n'était pas possible ! Malgré tous ses tourments, Lester Bohannon n'avait pu frapper son fils ! A plusieurs reprises elle l'avait vu insister farouchement pour arracher un mot à Blue, et s'irriter de son mutisme, mais de là à penser...

Il fallait qu'elle en ait le cœur net.

Tournant les talons, elle remonta la colline et se dirigea droit sur lui, écartant tout le monde sur son passage tel un maillet chassant les boules du jeu de croquet. Il était certainement fort inconvenant pour une femme de s'introduire de la sorte dans un cercle d'hommes, mais elle n'en avait cure.

— Il faut que je vous parle, déclara-t-elle, les poings serrés.

Un murmure parcourut le petit groupe. Avec un sourire ironique, Lester leva les mains en un geste d'impuissance.

— Les femmes ! lança-t-il d'un ton plaisantin. Il

n'y a que trois jours que celle-ci est à Whitefield, et elle veut déjà me mener à la baguette !

Ses compagnons s'esclaffèrent. Craignant de perdre le contrôle d'elle-même, Eliza s'éloigna d'un pas vif vers un portique couvert de roses, à quelques mètres de là. Les mains sur les hanches, elle attendit en tapant du pied que Lester la rejoigne.

— J'ai une question très grave à vous poser, annonça-t-elle lorsqu'il s'approcha enfin d'un pas nonchalant. Vous arrive-t-il de battre votre fils ?

L'expression doucement amusée de son « employeur » s'évanouit comme neige au soleil.

— Quoi ? s'exclama-t-il d'une voix sourde.

— Vous m'avez entendue. Frappez-vous Blue, oui ou non ?

— Par tous les diables ! tonna Lester. Non seulement vous vous permettez de faire la loi chez moi, mais vous m'accusez maintenant de battre mon propre enfant ? Vous dépassez les bornes, miss Flyte !

Eliza pinça les lèvres.

— Fort bien. Si ce n'est vous, qui a laissé ces marques horribles sur son dos ?

— Sapristi ! s'emporta Lester. De quoi parlez-vous ?

Pour toute réponse, la jeune femme se tourna vers la mare et appela :

— Blue ! Viens ici, s'il te plaît !

Le petit garçon sortit de l'eau et s'avança en traînant les pieds. Il observait son père à la dérobée, comme s'il le craignait, et son expression pleine d'appréhension et de tristesse serra le cœur d'Eliza. Il devait se comporter ainsi quand Lester avait bu, pensa-t-elle avec amertume. Il était grand temps de mettre un terme à tout ce gâchis.

Dès que Blue fut assez près, son père le saisit par la main et l'obligea à se retourner. Immédiatement, son regard bleu clair s'enflamma de colère.

— Qui t'a fait ça, mon grand ? Qui t'a battu ? demanda-t-il d'une voix crispée.

Blue baissa les yeux, fixant la pelouse. Près de la mare, ses cousins avaient arrêté leurs jeux pour contempler la scène.

— Il faut que tu me le dises, mon fils, insista Lester d'un ton pressant. Je veux savoir qui t'a maltraité de la sorte.

Comme l'enfant restait muré dans son mutisme et qu'il ne parlerait pas, de toute évidence, Eliza se tourna vers les autres.

— Approchez, les enfants. Nous avons besoin de votre aide. Qui peut nous dire ce qui est arrivé à Blue ?

Un petit garçon potelé s'avança et pointa un index accusateur vers quelques messieurs qui bavardaient à l'ombre d'un saule.

— C'est M. Rencher, notre précepteur ! déclara-t-il. Il s'est mis en colère contre Blue parce qu'il ne voulait pas lui répondre.

Lester grommela un juron qui fit pâlir les enfants présents. Avant qu'Eliza ait pu le retenir, il s'élança vers le groupe à grandes enjambées rageuses.

— Attendez ! cria-t-elle en courant derrière lui. Qu'allez-vous faire ?

Il ne lui répondit pas. Arrivé devant le professeur, un homme fin et élégant qui fumait négligemment un cigare assis sur une chaise, Lester ôta sa redingote et releva les manches de sa chemise blanche. Puis, avant que son adversaire ait compris ce qui lui arrivait, il l'empoigna rudement par le col de sa veste et le mit sur ses pieds.

— Vaurien…, grommela-t-il, les dents serrées. Vous n'êtes qu'un vaurien !

Son poing s'abattit telle une pierre sur le visage médusé du précepteur. On entendit un craquement sinistre et un flot de sang jaillit, aspergeant Lester.

M. Rencher s'affala sur-le-champ dans l'herbe verte et se roula en boule pour se protéger, les mains sur son nez cassé. Comme Lester menaçait de lui bourrer les reins et les côtes de coups de pied, Blue surgit brusquement derrière lui et le retint par sa ceinture. Les traits contractés, le regard implorant, il semblait prêt à fondre en larmes.

La terreur de son fils parut calmer Lester. Sans un mot, il ramassa sa redingote. Puis il prit Blue par la main, appela Belinda, et se dirigea avec eux vers les écuries où était rangée la calèche. Il ne jeta même pas un coup d'œil derrière lui pour vérifier si Eliza les suivait.

Son beau-père traversa la pelouse d'un air furieux.

— Un instant, Bohannon ! J'aimerais tout de même...

Lester se tourna vers lui, les mâchoires contractées.

— Votre précepteur de malheur n'a eu que ce qu'il méritait, Wicomb. C'est à lui qu'il faut demander des comptes.

Sans rien ajouter, il hissa les deux enfants dans la calèche et fit claquer son fouet, attendant à peine qu'Eliza les ait rejoints.

Allongé à plat ventre sur son lit, Blue fronçait le nez. La pommade que Nancy avait passée sur son dos sentait horriblement mauvais. On les avait obligés à se coucher dès leur retour, Belinda et lui, mais il savait qu'il ne dormirait pas avant longtemps.

Il était furieux contre lui-même. Pourquoi n'avait-il pas réfléchi, avant d'ôter sa chemise ? A cause de lui, son papa avait frappé M. Rencher devant tout le monde. Et maintenant ses grands-parents allaient encore dire en claquant la langue et en secouant la tête d'un air consterné, comme ils le faisaient si souvent : « Lester est vraiment impossible. Il est incapable de se contrôler, quand la colère le prend. Pour l'amour du ciel, que va-t-il advenir de ces pauvres enfants ? »

Ils marmonnaient toujours des vilaines choses dans ce genre, quand ils croyaient qu'il ne les entendait pas.

Mais lui, il comprenait que son père avait du chagrin, comme lui. Et il l'aimerait toujours de toutes ses forces. Même s'il ne pouvait pas le lui dire, parce qu'il avait promis à sa maman de ne plus jamais dire un mot, quoi qu'il advienne.

17

Les enfants couchés, Lester et Eliza s'étaient installés sous la véranda pour profiter du calme du crépuscule. Le chant modulé des oiseaux, la brise légère qui agitait les feuilles des grands chênes et l'embrasement doré de la baie, au loin, ajoutaient à l'impression de douceur et de tranquillité. Mais Lester était tout sauf serein, et la jeune femme jouait nerveusement avec le taffetas de sa robe.

— Il faut vraiment faire quelque chose pour Blue, dit-elle d'un ton altéré.

Lester reposa avec violence son verre vide sur la table basse.

— Sapristi ! tonna-t-il. Croyez-vous que je ne le sais pas aussi bien que vous ? Je tiens à mon fils comme à la prunelle de mes yeux, pour le cas où vous en douteriez ! Je l'aime de toute mon âme depuis le premier instant où je l'ai tenu dans mes bras, quand il est né, et depuis ce jour-là je remercie le ciel de me l'avoir donné.

— Je sais. Vous avez failli tuer un homme pour

lui, tout à l'heure. Mais ce n'est pas ce genre d'aide dont il a besoin.

D'un geste rageur, Lester se leva et alla s'appuyer à la balustrade, les poings serrés.

— Qu'en savez-vous ? riposta-t-il. Vous le connaissez à peine !

— Justement. C'est pour cela que je vous demandais de me parler de lui, l'autre jour. Dites-moi tout, Lester. Je vous en prie...

Elle se leva et vint poser une main sur son bras. Timidement, comme un oiseau craintif. Sa douceur et son ton suppliant eurent raison de la colère de Lester.

Se tournant vers elle, il fut touché si profondément par la sincérité de son beau regard gris qu'il éprouva soudain un désir poignant de se libérer du terrible fardeau qui pesait sur son cœur depuis deux ans. Un fardeau qu'il n'avait partagé avec personne, jusqu'alors.

— Flora est morte dans des circonstances atroces, lâcha-t-il d'une voix sourde. Elle était allée se réfugier chez ses parents avec les enfants, quand j'ai décidé de créer le haras. Un matin, alors qu'elle s'était enfermée dans sa chambre pour écrire, comme elle avait pris l'habitude de le faire... elle a mis le feu à sa robe en voulant cacheter une lettre.

Il marqua une pause, l'air douloureux.

— L'étoffe s'est embrasée, et les cerceaux de fer

qui soutenaient sa crinoline se sont transformés en une cage enflammée dont elle n'a pu se libérer.

Eliza, livide, laissa échapper un cri d'horreur.

— Juste ciel ! Voulez-vous dire qu'elle est morte brûlée vive ?

— Elle n'est pas morte tout de suite. Il paraît qu'elle a crié et appelé au secours, mais comme sa porte était fermée les domestiques ne l'ont pas entendue immédiatement. Lorsqu'ils l'ont trouvée, évanouie au milieu de ses vêtements consumés, elle n'était qu'une plaie. Il ne lui restait plus un cheveu sur la tête.

— Mon Dieu, Lester... Ce qui vous est arrivé est abominable, murmura Eliza, la gorge nouée.

Il la dévisagea un moment, les traits rigides, comme s'il voulait puiser dans ses yeux la force de continuer.

— Quand on m'a prévenu, elle avait déjà été transportée sur un lit et bandée de la tête aux pieds. Elle avait repris conscience. Je l'ai trouvée en train de chuchoter quelque chose à Blue qui refusait obstinément de la quitter, m'ont dit mes beaux-parents. Il était bouleversé. J'ai insisté pour qu'il rejoigne sa sœur dans le couloir ; à l'instant où il s'écartait, en larmes, Flora l'a retenu de sa main bandée. « N'oublie pas ta promesse », a-t-elle murmuré en le regardant droit dans les yeux.

— Quelle promesse ?

Lester haussa les épaules.

— Je ne l'ai jamais su. Sans doute délirait-elle sous l'effet du laudanum qu'on lui avait administré à forte dose. Elle est morte quelques heures plus tard. A dater de ce moment, Blue n'a plus prononcé un mot.

Il passa ses doigts écartés dans ses cheveux et poussa un soupir douloureux.

— J'ai toujours pensé que cette dernière scène l'avait choqué au point de lui faire perdre la parole, conclut-il d'un ton crispé. Il y avait de quoi.

Eliza pleurait sans bruit. Lui n'avait jamais pu. Ces souvenirs terribles demeuraient murés en lui tel un noyau de douleur compact et dur que les larmes n'avaient pu dissoudre. Seul le whiskey pouvait l'aider à oublier. Parfois. Mais ce répit ne durait jamais longtemps.

La merveilleuse sérénité qu'il avait connue sur Wreck Island durant quelques jours lui apparaissait maintenant comme un rêve évanoui, une parenthèse enchantée qui ne se reproduirait plus jamais.

— J'ai mal pour vous, murmura la jeune femme. Tellement mal...

— C'est pour cela que je ne voulais pas vous raconter cette histoire, répondit-il, les lèvres contractées. Pour cela aussi que j'essaie par tous les moyens de ne plus penser à Flora. La dernière vision que j'ai eue d'elle est trop horrible. Je ne peux m'empêcher de me dire que ce drame n'aurait pas eu lieu si elle était restée à Whitefield, si nous avions continué à mener une vie normale. Et, quand je retrouve ses expressions dans les yeux de Blue, son rire dans celui de Belinda, je ne peux le supporter. Sa mort nous a brisés pour toujours.

— Ne parlez pas ainsi, Lester, déclara doucement Eliza. Maintenant que je sais tout, je pense que je pourrai vous aider à guérir.

Elle avait dit la même chose à propos de l'étalon, quand il était arrivé sur l'île avec lui. Et elle avait réussi son pari. Mais soudain il ne put supporter davantage l'obstination avec laquelle elle s'évertuait à démolir pierre par pierre la forteresse qu'il avait si péniblement édifiée autour de son cœur, de son âme. A chaque coup de burin il se sentait plus vulnérable, plus exposé. Et pour rien au monde il ne voulait replonger dans les affres qu'il avait traversées.

— Je ne vous ai rien demandé, rétorqua-t-il avec hargne. Tout ce que je souhaite, c'est que vous nous laissiez en paix, mes enfants et moi. Après tout, vous ne vouliez pas venir à Whitefield. En attendant que je puisse vous envoyer en Californie, contentez-vous de faire ce que je vous dis. Pas plus.

Eliza demeura silencieuse un long moment. Il l'avait blessée, pensa-t-il. Mais il était obligé de se montrer dur, s'il ne voulait pas céder au désir éperdu de la serrer dans ses bras, de l'embrasser comme un fou et de ne plus jamais, jamais la laisser repartir.

Les espoirs qu'elle nourrissait n'étaient qu'un leurre. Personne, pas même elle, ne pourrait guérir les blessures laissées par Flora.

— Non, je ne voulais pas venir ici, dit-elle enfin. Mais, maintenant que j'y suis, que j'ai vu vos enfants, vous ne pouvez me demander de les abandonner. Ils ont besoin de moi pour arriver à sortir de leur chagrin, et je sais que j'ai la capacité de les aider. La Californie peut attendre ; pas eux.

Lester soupira, excédé par son entêtement.

— Eh bien allez-y, mademoiselle Je-sais-tout. Si vous vous estimez capable de réussir là où tout le monde a échoué jusqu'ici, je ne vous en empêcherai pas. Blue et Belinda se sont attachés à vous, je le reconnais. Je veux bien vous garder tant que je ne leur aurai pas trouvé une seconde mère, mais ne comptez pas sur moi pour vous assister.

La jeune femme réfléchit un instant, un doigt sur ses lèvres, le temps de trier le bon grain de l'ivraie dans cette déclaration à l'emporte-pièce. Malgré sa dureté et le fait qu'il la traitait comme une simple domestique, Lester entrouvrait une porte ; elle n'avait pas le droit de laisser passer la chance qu'il lui offrait.

— Possédez-vous des portraits ou des daguerréotypes de leur mère ? demanda-t-elle.

Lester faillit s'étrangler, tandis qu'une vague de panique le submergeait.

— J'en ai quelques-uns, je suppose. Mais nous ne les regardons jamais.

— Pourquoi ?

— Bonté divine ! Etes-vous obtuse ? A quoi bon réveiller des souvenirs aussi morbides ? Ce serait pire que tout.

Eliza tint bon.

— Le pire est de ne pouvoir pleurer sur quelqu'un pour admettre sa disparition, monsieur Bohannon. Vos enfants ont besoin de se libérer de la peine qui les étouffe, afin de pouvoir repenser à leur mère d'une autre manière. Ils doivent se débarrasser des mauvais souvenirs pour accéder aux bons, qui leur sont nécessaires.

Lester la fusilla du regard, les mâchoires crispées.

— Remuer le couteau dans la plaie ne me paraît pas la meilleure méthode, miss Flyte. Et pour l'heure nous avons des choses plus urgentes à régler : la course d'exhibition approche, je compte sur vous pour y préparer Finn.

— Seulement si vous me promettez de montrer ces portraits aux enfants.

— Serait-ce du chantage ?

Elle lui décocha un sourire suave.

— Disons plutôt un marché.

*
* *

308

Les jours qui suivirent, bien que Lester feignît d'ignorer cette conversation, Eliza était certaine qu'il y pensait et que ses théories faisaient leur chemin. Il lui suffisait d'être patiente. En attendant, elle continua à œuvrer de son mieux auprès des enfants en les éveillant à toutes les merveilles qui les entouraient, plantes, insectes, oiseaux, animaux, et fut amplement récompensée par leur enthousiasme et leur soif de découvertes.

Ils ne se rendaient plus à Toano et la suivaient partout, telles deux ombres jumelles. Elle ne perdait aucune occasion de leur apprendre à aimer la vie telle qu'elle était, avec ses joies et ses tristesses, comme son père l'avait fait avec elle.

Chaque événement de la journée était prétexte à de petites leçons de choses ou de philosophie, comme par exemple un bateau disparaissant à l'horizon : elle expliqua à Belinda attristée et inquiète qu'il était toujours là, même si elle ne pouvait plus le voir. Et qu'à l'instant où il échappait à son regard, quelqu'un d'autre, ailleurs, le voyait apparaître. Cette révélation plongea les deux enfants dans un abîme de réflexions dont leur mère n'était pas absente, elle le savait. Un jour, se dit-elle, elle utiliserait peut-être une idée de ce genre pour les aider à prendre congé de Flora.

Un matin, alors qu'ils se dirigeaient vers la piste dans l'intention de planter des roses à l'entrée, afin de rendre l'endroit plus attrayant pour les visiteurs à venir, Eliza s'aperçut que Finn était plus nerveux que de coutume : malgré les efforts de Noah et de Lester, il rechignait à pénétrer dans le starting-gate.

Abandonnant sa brouette pleine de rosiers, la jeune femme alla les rejoindre — et fit de son mieux pour ignorer le charme confondant du maître de Whitefield, torse nu sous le soleil.

— Que se passe-t-il ? demanda-t-elle.

— Je ne sais pas, répondit Lester sans la regarder. Il refuse de prendre le départ.

— Même quand j'arrive à le faire entrer à reculons, ajouta Noah, il piaffe et ne veut pas sortir.

— Quelque chose doit l'inquiéter, déclara Eliza. Il faut trouver ce que c'est.

Elle pénétra dans le starting-gate et commença par l'étudier en détail. Rien d'anormal. Puis, les mains sur les hanches, elle se plaça face à la piste et s'efforça de la voir comme la voyait l'étalon. Le long ruban de sable s'étirait entre les pelouses et l'océan, apparemment parfait. Mais soudain, tout au fond, elle aperçut une grosse branche morte qui pendait d'un arbre et se balançait dans la brise, menaçante. Elle éclata de rire : voilà ce qui effrayait l'étalon !

— Qu'y a-t-il ? demanda Lester d'un ton irrité.

La proximité de la course le rendait nerveux, elle le savait ; maintes fois, il lui avait expliqué que l'avenir du haras dépendait de son succès ou de son échec.

— Rien de grave. Vous voyez cette branche prête à tomber, là-bas ? Finn en a peur. Allez chercher une hache et tout s'arrangera.

Lester lui jeta un regard noir.

— Vous en êtes sûre ? Cet arbre mort est au beau milieu de fourrés et de buissons pleins d'épines. Je n'ai aucune envie de m'esquinter pour rien.

Devant sa mine, Eliza réprima le sourire amusé qui lui montait aux lèvres.

— Absolument sûre, monsieur Bohannon. Désolée de vous infliger une telle corvée par cette chaleur, mais vous ne le regretterez pas.

Là-dessus, riant sous cape, elle tourna les talons et partit rejoindre les enfants.

Une heure plus tard, Lester était venu à bout de l'épouvantail qui terrifiait l'étalon. Mais dans quel état ! Hirsute, trempé de sueur, le torse et les bras lacérés de griffures, il revint vers Noah. Eliza, qui l'observait de loin, fut prise d'un nouveau fou rire.

— Ce cheval a intérêt à partir, maintenant, grommela-t-il.

Quelques minutes plus tard, il fut comblé au-delà de ses espérances : sir Finnegan s'élança comme une flèche, sublime de beauté et de rapidité. La folie qui avait failli le tuer s'était muée en une énergie magnifique, propre à faire de lui le plus grand champion de toute l'Amérique.

Ivre de joie, Lester leva son visage vers le ciel et crispa les paupières. Enfin ! pensa-t-il avec exultation. Enfin la chance allait peut-être tourner !

Alors que Noah ralentissait le pur-sang en bout de piste, Lester entendit derrière lui un sifflement admiratif qu'il reconnut tout de suite. Il se retourna en souriant jusqu'aux oreilles.

— Tu as vu ?

Son cousin Charles arrivait, l'air médusé.

— Nom d'une pipe ! Oui, j'ai vu ! Je n'en crois pas mes yeux.

— Tu peux les croire, mon vieux. C'est le pur-sang irlandais dont je t'ai parlé dans mes lettres.

— Celui que tu voulais abattre ?

— Exactement.

En s'approchant, le jeune homme considéra Lester d'un œil intrigué.

— On dirait que tu mènes une existence agitée, depuis ma dernière visite. T'es-tu battu avec quelqu'un ?

Avec un sourire en coin, Lester renfila sa chemise et remit un peu d'ordre dans ses cheveux.

— Oui, dans un certain sens, répondit-il en songeant à la lutte quotidienne qui l'opposait à Eliza et à l'entêtement de la jeune femme à lui imposer ses quatre volontés.

Ils n'avaient plus reparlé du portrait de Flora,

mais il n'était pas décidé à céder sur ce point. Ses enfants se remettraient de leur chagrin dès qu'il se remarierait et que leur vie reprendrait un cours normal, voilà tout. Et, maintenant que le succès du haras semblait assuré, tous les espoirs lui étaient permis. En attendant, la visite de Charles serait une distraction bienvenue.

Le jeune homme l'examinait, ses yeux verts pétillant de malice. C'était un bon vivant qui adorait les femmes, les chevaux, les fêtes et la vie en société. Il fallait dire que son père, cousin germain de Paul Bohannon et riche courtier en tabac de Richmond, n'avait jamais été un modèle de vertu ni de fidélité conjugale. Charles avait hérité à la fois de son sens des affaires et de sa légèreté. Flora appréciait beaucoup sa compagnie, ce dont Lester se félicitait : pendant que sa femme se distrayait avec son cousin, il pouvait vaquer sans remords à ses propres occupations, plus sérieuses.

Le seul grief qu'il nourrissait à son égard concernait Noah : en pur fils de famille virginien, Charles n'avait jamais renié son fils ; simplement, il s'en était toujours désintéressé. Il était courant, dans leur milieu, qu'un jeune homme fasse ses premières armes avec une servante noire ; c'était admis, et les petits mulâtres qui résultaient de ces liaisons étaient souvent considérés avec indulgence, sans plus. Se conformant aux usages, Charles avait confié l'enfant à une nourrice qui vivait à Whitefield et ne l'avait plus repris, sachant que l'on s'en occupait fort bien à sa place.

Lester ne voyait pas les choses du même œil, mais après tout ce n'était pas son problème. Il avait assez de mal lui-même à se montrer un bon père pour songer à donner des leçons aux autres.

— Oncle Charles !

Belinda arrivait en courant, riant de plaisir. Blue la suivait, aussi empressé qu'elle, et les deux enfants se jetèrent joyeusement dans les bras du jeune homme qu'ils faillirent renverser. Pour eux, Charles était un compagnon de jeux dont le seul rôle était de les amuser.

— Regardez-moi ça ! s'exclama-t-il en tenant le frère et la sœur à bout de bras. Bon sang, Blue, tu ne t'arrêtes plus de grandir ! Et vous, miss Belinda, vous êtes encore plus délicieuse que votre maman, si c'est possible.

— Elle était très jolie ? releva avidement la petite fille, au grand dam de son père qui, du coin de l'œil, surveillait Eliza en train d'approcher.

— Ravissante ! répondit Charles. La plus jolie fleur de magnolia de toute la Virginie, et maintenant c'est à toi qu'appartient cet honneur.

— Cesse d'ennuyer Charles, Belinda, commenta Lester d'un ton sec.

— Oh ! mais elle ne m'ennuie pas du tout ! protesta le jeune homme.

Soudain, il aperçut Eliza et son regard vert s'acéra.

— Diantre ! Qui est donc cette beauté ? s'enquit-il à mi-voix.

— C'est miss Eliza, notre gouvernante ! répondit Belinda qui ne laissait rien échapper.

— Tu m'en diras tant...

Avec un sourire en coin, Charles adressa un clin d'œil complice à son cousin.

— Bien joué, vieux. Bien joué !

Galamment, le jeune homme s'inclina devant Eliza et baisa sa main fine.

— Enchanté de vous connaître, miss Eliza.

— Moi de même, monsieur Bohannon, répondit la jeune femme, l'air si ravi que Lester en éprouva aussitôt une vive irritation.

Ces deux-là se plaisaient un peu trop à son goût. Il n'avait aucune envie que Charles, avec son naturel enjoué, détourne Eliza Flyte de ses fonctions. Saisissant l'arrivant par l'épaule, il l'obligea à le suivre.

— Allons voir cet étalon, mon cher. Ton fils le monte à merveille.

Il sentit Charles se raidir légèrement. Et, lorsqu'ils approchèrent du jeune jockey, celui-ci perdit aussitôt son sourire épanoui.

— Monsieur Charles, murmura-t-il avec un bref signe de tête.

— Tu es superbe, Noah, monté sur ce bel Irlandais.

— Merci, monsieur. Si vous le permettez, je dois le faire trotter encore un peu, pour éviter qu'il se refroidisse trop vite après la course.

Charles acquiesça, visiblement fasciné par le pur-sang dont les muscles déliés et la robe brillante luisaient au soleil.

— Ce cheval est une splendeur ! déclara-t-il. Par quel miracle l'as-tu récupéré ?

— Noah a insisté tant et plus pour que je le conduise chez Henry Flyte, le dresseur de Wreck Island. Je ne l'en remercierai jamais assez.

Charles ouvrit des yeux ronds.

— Les fameux dons extraordinaires de cet ermite ne sont donc pas une fable ?

— Non, ils étaient bien réels. Malheureusement, Flyte est mort l'an dernier.

— Mais alors…, objecta Charles, bouche bée.

De la main, Lester désigna Eliza qui avait entraîné les enfants sur la plage et jouait avec eux dans le sable.

— Eliza est sa fille ; elle a hérité de ses talents.

Le jeune homme s'esclaffa, visiblement déconcerté. Puis il appliqua une tape chaleureuse dans le dos de son cousin.

— On peut dire que tu es verni, vieux !

Lester fronça les sourcils.

— Que veux-tu dire ?

Charles rit de plus belle.

— Tu ne te rends pas compte de ta chance, ou quoi ? Un pur-sang magnifique te tombe du ciel, sauvé par une déesse qui s'occupe en plus de tes enfants, et tu trouves cela normal ?

L'air sombre, Lester contempla la jeune femme qui riait dans les vagues, ses jupes remontées jusqu'aux genoux, pendant que Blue et Belinda s'ébrouaient joyeusement autour d'elle. Oui, elle était belle. D'une beauté sauvage et pure qui la rendait unique. Et jamais, à son souvenir, ses enfants n'avaient paru aussi libres et aussi heureux qu'en cet instant — même avec leur mère.

Flora était tendre, certes, mais elle n'était pas du genre à batifoler dans le sable ; elle se contentait de surveiller les enfants de loin, protégée par son ombrelle de dentelle.

Il s'obligea à détourner les yeux de ce tableau trop idyllique à son gré.

— Eliza a beaucoup de qualités, mais elle est étrange, Charles. Elle a été élevée comme une sauvageonne par son père, sur une île déserte, et n'a aucun sens des conventions. Elle a des idées bizarres.

Comme le fait que l'amour n'obéissait à aucune loi, ajouta-t-il en lui-même. Qu'il suffisait que deux personnes soient bien l'une avec l'autre et se donnent du plaisir pour s'en tenir à cela, sans se soucier de ce qui pouvait les séparer par ailleurs.

Malheureusement, il vivait dans une société réglementée par des principes beaucoup plus rigides. L'agitation suscitée par la conduite d'Eliza lors du pique-nique chez les Wicomb en était la preuve.

— Lesquelles ? demanda Charles, curieux.

— Ce serait trop long à t'expliquer. Disons qu'elle obéit à ses instincts, qu'elle est d'une candeur déroutante et qu'elle croit dur comme fer à la force des sentiments, entre autres choses. Le reste lui échappe.

— Heureuse fille ! Penses-tu la garder longtemps ?

La gorge de Lester se serra.

— Non. Elle rêve d'aller s'installer dans le nord de la Californie et d'y dresser des chevaux sauvages, comme le désirait son père. Je lui ai demandé de rester pour conseiller Noah et s'occuper des enfants… jusqu'à ce que je trouve une nouvelle épouse, acheva-t-il d'une voix rauque.

— Ah, tu t'es enfin décidé à te remarier ?

— Il est grand temps que j'y songe. Les enfants ont besoin d'une mère.

— As-tu des vues sur quelqu'un en particulier ?

Lester secoua la tête.

— Non, mais ce ne sont pas les candidates qui manquent. Les sœurs Parks, par exemple…

— Tabby et Cilla ?

— Oui.

Charles se mit à rire.

— Il faudra te décider entre les deux, vieux ! Je reconnais qu'elles sont riches, plutôt jolies et qu'elles ont de bonnes manières, ce que l'on demande d'ordinaire à une épouse. Mais je les trouve un peu fades et terriblement conventionnelles ; à mon avis tu pourrais trouver mieux. Beaucoup mieux.

Jetant un coup d'œil en direction de la plage, il tourna les talons et regagna la maison.

Blue serrait dans sa main le trésor qu'il venait de trouver : une coque d'oursin blanchie par le soleil, ronde et plate, décorée de dizaines de petits points en relief qui ressemblaient à de la broderie. Devait-il la garder pour lui ou la montrer à miss Eliza ?

Il hésita un moment. Avoir un secret pour soi tout seul, c'était bien. Mais le partager avec quelqu'un d'autre, n'était-ce pas encore mieux ?

Il fronça les sourcils, perplexe. Il était fatigué de réfléchir. Parfois, à force de réfléchir, il avait mal à la tête.

Non loin de lui, Belinda et miss Eliza jouaient dans les vagues sans se soucier de mouiller leur robe. Il aimait bien miss Eliza parce qu'elle ne faisait pas de manières, comme les autres grandes personnes. Elle aimait rire et s'amuser, mais elle était sérieuse, aussi ; et elle lui parlait beaucoup, sans jamais exiger qu'il lui réponde. En outre elle avait un si beau sourire, quand elle le regardait. Un sourire qui ressemblait à un rayon de soleil et qui le rendait tout chaud à l'intérieur.

Ce fut le désir de la voir sourire qui le décida. Il alla jusqu'à elle et lui tendit sa main serrée.

— Qu'y a-t-il, Blue ? As-tu trouvé quelque chose ? demanda-t-elle avec le sourire qu'il attendait.

Il hocha la tête, et déposa l'oursin sur sa paume ouverte.

— Oh ! un dollar des sables ! s'écria Eliza ravie. Sais-tu que les dollars des sables contiennent un secret ?

Blue ouvrit de grands yeux et fit signe que non. Belinda, qui s'était approchée, contemplait sa trouvaille avec curiosité.

— Quelle sorte de secret ? demanda-t-elle de sa voix flûtée.

— Cinq minuscules colombes blanches, répondit Eliza. Seulement, pour les voir, il faut casser le coquillage. Qu'en penses-tu, Blue ?

Le petit garçon hésita un instant. Puis il entendit son père qui parlait gentiment à Noah, derrière eux, et il pinça la bouche. Son papa avait toujours des choses à dire à Noah ; plein de choses. Mais lui, il avait des secrets.

D'un geste résolu, il reprit l'oursin et le fracassa sur une pierre. Au début, déçu, il ne vit que des débris blancs en désordre. Puis Eliza s'accroupit

près de lui et dégagea cinq osselets fragiles et déli-
cats qui ressemblaient à des oiseaux.

— Tu vois ? dit-elle à mi-voix. Les colombes
étaient prisonnières de l'oursin, tu les as délivrées...
Regarde comme elles sont jolies. Veux-tu que je
les garde pour toi, Blue ?

Il hocha la tête. Eliza rangea les colombes dans
la poche de son tablier, aussi délicatement que
s'il s'agissait des choses les plus précieuses au
monde.

A cet instant, Blue décida qu'il montrerait à
miss Eliza son autre secret. Le grand, celui dont
il n'avait jamais pu parler à personne. Elle saurait
le mettre en sécurité, il en était sûr ; et il n'aurait
plus à s'en inquiéter tout le temps.

18

Eliza s'arrêta devant le bureau de Lester. Derrière la porte fermée montaient des éclats de voix et des rires d'hommes.

Cette gaieté était bien agréable à entendre, pensa-t-elle. La venue de Charles Bohannon avait apporté de la vie à la grande maison vide, ce qui était une bonne chose.

Le jeune homme lui plaisait beaucoup, avec sa tournure élégante et ses manières délurées. Mince et brun, les traits fins et le teint pâle, il était fort séduisant... bien qu'un peu trop charmeur à son gré. Il ne cachait pas qu'il la trouvait à son goût. Elle s'en sentait flattée, mais ne parvenait pas à éprouver pour lui le genre d'émotion que Lester lui inspirait, et le déplorait grandement.

Apparemment, comme Jane Eyre, elle était condamnée à souffrir sa vie entière pour un homme qui n'avait pas de place pour elle dans son existence ; un homme qui se réservait pour une autre. Mais l'amour, elle le découvrait, ne se commandait pas.

Avec un soupir agacé, elle frappa un coup sec.

— Entrez ! répondit Lester.

Les deux cousins étaient assis face à face de part et d'autre du grand bureau, des documents sur les courses et des manuels d'élevage étalés entre eux. Charles fumait un gros cigare, Lester tenait en main un verre de whiskey. Eliza nota tout de suite qu'il n'était pas ivre, et s'irrita d'être à même de s'en apercevoir si vite. Elle se serait bien passée de ce genre de talent.

— Miss Eliza ! s'exclama Charles. Vous êtes plus ravissante de jour en jour.

Elle sourit, amusée.

— Je ne le pense pas. Vos compliments, en revanche, sont de mieux en mieux tournés.

S'adressant à Lester, elle déclara :

— Les enfants sont au lit. Si vous voulez venir leur dire bonsoir...

Au vif étonnement de son cousin, il se leva sans protester. Au terme d'âpres batailles, la jeune femme avait fini par le convaincre que cette petite cérémonie quotidienne était indispensable — et il devait reconnaître qu'il y avait pris goût.

Chaque soir, en montant dans la chambre de Belinda et Blue, il se demandait quelle nouvelle découverte il allait faire : les enfants avaient toujours quelque chose à lui montrer, que ce fût une plume de faisan ou une étoile de mer, et il appréciait la façon simple et naturelle dont Eliza leur apprenait la nature. A ses yeux, ce genre d'enseignement remplaçait largement les cours de M. Rencher. En revanche, il ne se souvenait pas si Flora passait autant de temps avec eux, ni si elle leur enseignait autre chose que les bonnes manières, et cela le tracassait.

Combien de détails de cette importance lui avaient-ils échappé, lorsqu'ils étaient censés former une famille ? Il avait tout à coup l'impression qu'ils vivaient chacun dans une bulle, étrangers les uns aux autres. Et c'était à Eliza, une fois de plus, qu'il devait cette révélation.

— Je n'en aurai pas pour longtemps, déclara-t-il en franchissant le seuil du bureau.

Charles le gratifia d'un coup d'œil malicieux.

— Cette petite personne sait s'y prendre, ou je ne m'y connais pas ! lança-t-il d'un ton amusé.

La jeune femme le précéda dans l'escalier, le cœur battant. Lester continuerait-il à venir embrasser ses enfants dans leur lit, quand il verrait la surprise qu'ils lui réservaient ce soir-là ? Elle n'en était pas sûre du tout, loin de là. Mais le risque valait d'être pris.

Dès qu'il passa la porte, Belinda se mit à sauter sur son lit, surexcitée.

— Papa, papa ! Regardez ce que nous avons fait !

Lester se figea sur place, le souffle coupé comme par un coup de poing d'une violence inouïe : au mur de la chambre, entre les deux petits lits, était accrochée une grande photographie sépia qui les représentait tous les quatre — Flora, les deux enfants et lui.

C'était le seul portrait de famille qu'ils aient jamais fait réaliser, quatre ans plus tôt, et il se souvenait parfaitement de cette séance de pose : c'était en plein été, sur la pelouse immaculée, dans le jardin qui croulait sous les fleurs et les fruits. Les enfants étaient vêtus de blanc et coiffés avec soin. Blue se tenait debout près de lui, l'air solennel, Belinda était assise avec sa mère sur un petit banc de bois qui disparaissait sous la volumineuse crinoline de cette dernière. Noyée dans des flots de dentelle claire, ses bandeaux blonds étincelant au soleil, Flora fixait l'objectif gravement, sans sourire.

Jusqu'à ce moment-là, sa vie avait été douce et facile. Trop facile, puisqu'il n'avait même pas eu à la mériter. Quelques jours plus tard, comme si le destin voulait prendre sa revanche, son père était mort et tout avait basculé — pour aboutir au drame qui le hantait toujours.

Il n'en avait fait qu'à sa tête et avait tout perdu, sa femme et ses enfants, privant ces derniers du bonheur qui leur était dû. Voilà ce qui arrivait, quand on voulait sortir des sentiers tout tracés par la société.

Belinda dansait toujours sur son lit, ignorant

les noires pensées qui occupaient l'esprit de son père.

— Nous l'avons accroché exprès entre nous deux ! expliqua-t-elle avec ferveur. Ainsi, maman est à la fois près de Blue et près de moi.

Lester ne se sentit pas la force de regarder sa fille, de retrouver sur son petit visage mutin les traits de la radieuse jeune femme exposée au-dessus d'elle. Il se tourna vers Eliza, les mâchoires contractées.

— Ce portrait ne doit pas rester ici, déclara-t-il d'une voix sourde.

— Oh si, papa ! se récria Belinda. Pourquoi...

Eliza la fit taire en posant une main sur son épaule.

— Si vous descendiez dans la cuisine demander un verre de lait à Willa ? suggéra-t-elle.

Les enfants obéirent aussitôt, devinant qu'il allait y avoir une grande discussion.

Dès qu'ils furent sortis, Lester reprit un ton menaçant :

— Otez cette photographie, ou je le ferai moi-même.

Eliza s'interposa entre le mur et lui, très calme.

— Pourquoi ?

— Je vous l'ai dit : je trouve malsain de leur imposer la vue de leur mère morte !

— Ils ont besoin de la voir, Lester. Besoin de se raccrocher à son image, maintenant que leurs souvenirs d'elle commencent à s'effacer. Pour l'instant, afin de ne pas la perdre, ils se raccrochent désespérément à leur chagrin. Vous devez leur rendre leur maman, si vous voulez qu'ils renoncent à la pleurer en secret. C'est la seule façon de les rassurer. Croyez-moi, je sais de quoi je parle...

Lentement elle s'assit sur le lit de Belinda, la tête courbée, et entreprit de raconter sa propre angoisse quand elle s'était rendu compte qu'elle oubliait son père, qu'il lui échappait peu à peu morceau par morceau, et qu'elle n'avait rien ni personne pour le lui rappeler.

Lester la fixait. Malgré lui, malgré le mal qu'elle lui faisait, il brûlait de poser la main sur sa nuque mince, de caresser la ligne douce de sa joue.

— Ma détresse était à son comble, poursuivit-elle sans le regarder. Il me semblait alors qu'une fois mon chagrin apaisé il ne me resterait plus rien de lui. Qu'un grand vide qui me terrifiait.

De gré ou de force ses paroles pénétraient Lester, l'emplissaient d'une émotion qu'il s'efforçait en vain de repousser. Il contemplait Eliza, la poitrine oppressée, et lui en voulait de se montrer si franche, si ouverte. Ne savait-elle pas qu'on ne parlait pas ainsi de ses sentiments intimes ?

Mais non, elle ne le savait pas. Et ce qu'elle disait touchait en lui des fibres douloureuses, ravivait des impressions qu'il avait eues — et que ses enfants avaient dû éprouver comme lui. Ne plus pouvoir se représenter un regard, un sourire, ne plus entendre le son d'une voix... Etre contraint de s'arrêter à la dernière vision de la disparue, corps mutilé, visage boursouflé qui n'avaient plus rien à voir avec ce qu'elle était.

Avait-il vraiment imposé ce calvaire à ses enfants, sans le savoir ? La jeune femme inspira profondément, le souffle tremblant.

— Et puis un jour, reprit-elle, en reproduisant des gestes ou des sons qui lui avaient appartenu, comme imiter un chant d'oiseau, j'ai compris qu'il vivait toujours en moi. Qu'il ne me quitterait jamais, parce que je le gardais tout entier dans mon cœur. Et ce jour-là j'ai été guérie.

Lester l'écoutait avec une sorte de stupeur. Et son trouble était plus grand encore à l'idée que Flora, contrairement à ce père si tendrement aimé, n'avait laissé en lui nulle trace durable, hormis l'amertume de leur séparation et les remords qui avaient suivi sa mort.

Tout ce qui lui restait d'elle, de sa personne, c'étaient leurs enfants — comme si rien de ce qu'ils avaient partagé n'avait été assez fort ni assez profond pour le marquer à jamais.

Voilà d'où venait son malheur, se dit-il soudain. Voilà pourquoi il dormait si mal la nuit, pourquoi il éprouvait le besoin de boire. Pour oublier que son mariage n'avait été qu'une sorte de douce illusion entretenue par leur façon de vivre. Un mirage de huit ans qui s'était évanoui dès que la réalité avait frappé trop brutalement.

Belinda et Blue revinrent en courant dans la chambre et sautèrent sur leur lit.

— Alors, papa, pouvons-nous garder ce portrait ? demanda Belinda. Le permettez-vous ?

Trois paires d'yeux étaient rivées sur lui, guettant sa réponse. Incapable de prononcer un mot, il se contenta d'un bref signe de tête — avant de sortir de la chambre pour aller chasser avec du whiskey la boule qui lui nouait la gorge.

L'un des émerveillements d'Eliza, à son arrivée à Whitefield, avait été la bibliothèque. Lester lui avait expliqué en vain qu'il n'en restait presque rien, que la plus grande partie avait été vendue aux enchères pour payer les dettes de son père : elle n'avait pas voulu le croire. A ses yeux, les dizaines de volumes qui s'alignaient encore sur les rayonnages représentaient un trésor fabuleux, un bonheur sans prix. Chaque fois qu'elle entrait dans la longue pièce pour y choisir un livre, elle était prise d'une sorte de vertige.

Ce soir-là, il était très tard et sa chandelle s'amenuisait sur le bougeoir en étain tandis qu'elle scrutait les reliures. Elle avait dévoré plusieurs romans de l'Anglaise Jane Austen, *Emma*, *L'Abbaye de Northanger*, *Orgueil et Préjugé*, et en avait été saisie de fascination. Elle avait adoré les œuvres tourmentées de Daniel Defoe, bien que *Robinson Crusoé* l'ait presque rendue malade de nostalgie en lui rappelant Wreck Island. Maintenant, pour se reposer de tant d'émotions, elle désirait lire quelque chose qui n'était pas de la fiction, peut-être des essais de Rousseau ou d'Emerson...

Soudain, un courant d'air venu de la porte courba la flamme de sa bougie. Surprise, elle tourna la tête.

— Blue ? s'écria-t-elle à mi-voix. Que fais-tu ici à cette heure ? Il est au moins minuit ! Tu ne pouvais pas dormir ?

En toute hâte, elle descendit du marchepied et rejoignit le petit garçon, qui tenait dans ses bras une sorte de grand coffret de bois.

— Qu'est-ce que c'est ? Pourquoi apportes-tu cette chose ici ?

L'enfant posa le coffret sur la table en chêne et alluma une lampe à pétrole. Eliza s'avisa alors qu'il s'agissait d'une écritoire de bois de rose, ornée de ferrures en laiton. Un très bel objet.

— Que dois-je faire ? Veux-tu que je l'ouvre ?

Blue fit signe que oui.

Avec précaution, Eliza souleva le couvercle. L'écritoire était délicieusement agencée, avec des casiers pour les bouteilles d'encre et les plumes. La partie centrale, en cuir de Russie, était marquée de trois initiales dorées à l'or fin : « F.W.B. », comme sur le mouchoir en dentelle. Flora Wicomb Bohannon...

— Cette écritoire était à ta maman, Blue ?

Nouveau hochement de tête. Puis, d'un doigt, le petit garçon tira sur une boucle de satin et la partie supérieure glissa, révélant des liasses de lettres à l'encre pâlie.

— Qu'y a-t-il, Blue ? Pourquoi me montres-tu ces lettres ?

Sans un mot, l'enfant lui fit signe de les regarder. Eliza se contenta de les effleurer des yeux, intriguée et gênée à la fois. Mais le peu qu'elle déchiffra lui glaça le sang dans les veines. Miséricorde ! Depuis combien de temps Blue gardait-il ce secret pour lui ?

Elle s'efforça de ne rien montrer de son trouble.

— As-tu lu ces lettres, Blue ?

Il secoua la tête.

— Tu voulais juste que je les voie, c'est cela ?

Un signe du menton. Oui.

Alors, brusquement, Eliza comprit le drame que le petit garçon vivait depuis deux ans et son cœur se brisa pour lui.

— Tu caches cette écritoire depuis la mort de ta maman, n'est-ce pas ? C'est elle qui t'a demandé de la mettre en sécurité ?

Un petit geste affirmatif. La jeune femme s'obligea à sourire.

— Tu as été magnifique, Blue. Ta maman serait très fière de savoir que tu as conservé si longtemps cette écritoire. Veux-tu que je veille sur ces lettres à ta place, maintenant ? Comme sur les cinq colombes du dollar des sables ?

Cette fois, l'acquiescement fut clair et net. C'était ce que le petit garçon était venu lui demander. Eliza referma le coffret, émue jusqu'au plus profond de l'âme par cette marque de confiance.

— Sois tranquille, j'en prendrai soin, assura-t-elle. Tu n'auras plus besoin de t'inquiéter au sujet de ces lettres. Jamais.

Blue laissa échapper un long soupir tremblant, comme si un poids énorme venait de lui être ôté. Puis une larme, une seule, roula sur sa joue. Bouleversée, Eliza se pencha vers lui et le serra sur son cœur, une main sur ses cheveux.

— Chuuut... C'est fini, chuchota-t-elle. Tout va bien, mon chéri. Tout est arrangé, tu n'as plus rien à craindre. Je suis là.

Les préparatifs de la course et de la vente de year-lings battaient leur plein, et une tension croissante régnait dans le haras. Les nouvelles allaient vite, dans le petit monde de l'équitation et des sports hippiques. D'ores et déjà, des visiteurs de marque étaient attendus de toute la Virginie — mais aussi du reste des Etats-Unis et même du Mexique et d'Angleterre.

Plantée au milieu du manège, en bottes, culottes de toile et grand chapeau de feutre, Eliza s'occupait distraitement d'une superbe jument grise qu'il fallait calmer avant la vente.

Lester et Charles travaillaient d'arrache-pied, depuis quelques jours. Elle savait quelle importance cette journée d'exhibition revêtait pour l'avenir du haras, mais elle soupçonnait Lester d'y attacher d'autres projets... plus personnels. Plus vite il aurait rebâti sa fortune, plus tôt il pourrait prétendre à la main d'une riche héritière — et donner à ses enfants la mère qu'il souhaitait pour eux.

Il s'était déjà mis en chasse. Les belles visiteuses affluaient à Whitefield pour être présentées aux enfants, et vice versa. La pensée de Blue et Belinda paradant dans leurs habits du dimanche devant ces étrangères hautaines et prétentieuses révulsait Eliza, mais elle n'y pouvait rien. Ce qui l'attendait, elle, c'était la Californie — un voyage interminable autour des deux Amériques et pour finir l'inconnu. Un inconnu qu'elle se devait d'atteindre à la mémoire de son père, rien d'autre.

Mais pour l'instant elle avait une jument à amadouer, se rappela-t-elle. Le reste arriverait bien assez tôt.

Alors qu'elle piétinait dans le sable, couverte de

poussière de la tête aux pieds, une voix de femme au timbre distingué appela :

— Jeune homme !

Toute à son travail, Eliza ne se retourna pas.

— Jeune homme ! insista la voix. S'il vous plaît !

Au bout d'un moment, la jeune femme comprit que c'était à elle que l'on s'adressait par erreur. Faisant volte-face, elle découvrit deux élégantes juchées sur une luxueuse calèche. Un cocher noir en tenue sombre et gants blancs était assis devant elles ; derrière, un autre domestique noir en livrée tenait une grande ombrelle à franges au-dessus de leur tête blonde. Les sœurs Parks, constata Eliza en s'approchant.

— C'est à moi que vous vous adressiez ? demanda-t-elle avec un sourire amusé.

Tabby releva son petit nez mutin, la bouche méprisante.

— Oui, mon garçon. A qui d'autre ? Nous aimerions savoir où trouver M. Bohannon.

Cette fois, Eliza rit de bon cœur.

— Il y a méprise sur la personne ! Miss Cilla, miss Tabby, c'est moi, Eliza Flyte. Nous nous sommes rencontrées chez les Wicomb.

Elle ôta son chapeau, libérant un flot de boucles noires. Tabby pâlit et se tourna vers sa sœur, l'air pincé. Elles échangèrent un regard choqué.

— Pardonnez-moi, je ne me souviens pas.

— Mais si, voyons ! Je suis la gouvernante des enfants.

Deux éventails s'agitèrent avec frénésie.

— Une gouvernante habillée en homme ? Nous aurons tout vu ! gémit Cilla, sur le point de défaillir. Ainsi, vous dressez aussi les chevaux de Lester...

— Pour vous servir, répondit Eliza en exécutant une révérence malicieuse.

Charles lui apprenait à danser en vue du grand bal qui clôturerait la journée hippique, et elle était toute fière de ses nouveaux acquis. Les sœurs Parks, manifestement, goûtèrent fort peu cette démonstration.

— Nous ne pouvons nous attarder plus longtemps, déclara froidement Tabby. Lester nous a invitées à prendre un rafraîchissement et nous ne voudrions pas le faire attendre.

Le sourire d'Eliza se figea sur ses lèvres. Deux nouvelles candidates... Elle s'efforça de conserver un air aimable.

— M. Bohannon vous attend certainement à la maison. Bon après-midi.

— Il sera excellent, nous n'en doutons pas, répondit Tabby avec hauteur. Cocher, regagnez l'entrée principale !

La calèche s'éloigna, aussi pompeuse que ses occupantes. Eliza vit les deux têtes blondes se rapprocher. Les sœurs se parlaient à voix basse,

335

jetant de temps à autre des coups d'œil réprobateurs par-dessus leur épaule.

« Quelles dindes enfarinées ! » se dit Eliza, horripilée par leurs manières — et déçue par leur attitude à son égard. Si elle nourrissait encore quelques illusions sur la haute société de Tidewater, c'était bien fini. Jamais elle ne ferait partie de ce monde-là. Jamais ! se jura-t-elle.

Elle se calma afin de ne pas communiquer sa nervosité à la jument, puis se remit consciencieusement au travail. Deux heures plus tard, quand Lester vint la rejoindre, elle pouvait être fière du résultat.

— Regardez ! Elle est superbe, n'est-ce pas ? Et douce comme un agneau.

— Oui. C'est bien, répondit-il distraitement. Vous pouvez la ramener dans le paddock, maintenant.

A son élocution embarrassée, Eliza comprit qu'il avait abusé d'autre chose que de citronnade ou de soda à la menthe.

— Les enfants ont-ils apprécié la visite de miss Cilla et miss Tabby ? demanda-t-elle pour ne pas lui poser la seule question directe qui l'intéressait : savoir ce qu'il en pensait, lui.

— C'est de cela que je suis venu vous parler, justement, répondit Lester en ouvrant le portillon du manège pour la laisser passer.

Le cœur d'Eliza se contracta. Elle était épuisée, en nage, couverte de sable et le soleil ardent avait cuivré ses avant-bras. Comparée à Lester habillé en gentleman, elle se sentait une vraie va-nu-pieds. S'il voulait lui annoncer qu'il s'était décidé, le moment était mal choisi.

Elle conduisit la jument dans l'enclos, puis continua son chemin vers le puits situé à l'ombre d'un bosquet, derrière les écuries.

— Allez-y, je vous écoute.

— Blue n'a pas dit un mot, comme d'habitude, et Belinda n'a cessé de babiller à propos d'un bateau que vous devez mettre à l'eau ce soir, ou je ne sais quoi.

Eliza refusa de fléchir sous son ton accusateur.

— Eh bien ? rétorqua-t-elle. Si ces dames ont mal jugé vos enfants à la suite d'un seul entretien, laissez-moi vous dire qu'elles ne valent pas la peine d'être courtisées, voilà tout.

— C'est ce que vous pensez ? Vraiment ?

Ils s'assirent sur la margelle en briques. Lester plongea un gobelet en fer-blanc dans l'eau fraîche et le lui tendit.

Elle but avidement, des gouttes roulant sur son menton et le devant de sa chemise. Puis elle s'essuya la bouche sur sa manche.

— Bien sûr ! Vos enfants méritent mieux.

Elle pensait avoir compris pourquoi Blue s'était muré dans le silence, depuis la mort de sa mère, mais c'était elle qui était liée par un serment, maintenant. Elle ne pourrait jamais le dire à Lester.

— Et moi, à votre avis ?

Elle riva ses yeux sur l'herbe. Toute la fatigue de la journée s'abattait sur ses épaules, tout à coup.

— J'ignore de quoi vous avez besoin, Lester Bohannon.

Il se rapprocha d'elle. D'un doigt, il essuya une goutte d'eau qui coulait le long de sa gorge. Eliza frémit à ce contact, à la fois si troublant et si familier.

— Ce dont j'ai besoin et ce que je désire sont deux choses bien différentes, Eliza.

Elle sentait son regard sur sa peau nue. C'était comme une brûlure.

— Que voulez-vous que je vous dise ? Je ne comprendrai jamais rien à la société dans laquelle vous vivez. C'est trop compliqué pour moi.

La voix de Lester se fit plus charmeuse.

— Ne savez-vous pas pourquoi je vous évite, depuis que vous êtes ici ?

— J'attends que vous me l'expliquiez.

Il vint se placer devant elle. Ses grandes mains se posèrent sur ses épaules, descendirent lentement le long de ses bras.

— J'ai un devoir à remplir envers Whitefield et les enfants, Eliza. Je dois leur trouver une mère. Et je ne peux me concentrer sur cette tâche si je ne cesse de penser à vous.

Elle se sentit vaciller, attirée vers lui comme un moucheron par une flamme. Elle avait tellement envie qu'il la touche, qu'il la caresse, qu'il l'embrasse comme autrefois...

— C'est un problème, en effet, répondit-elle d'une voix altérée.

Lester effleura ses seins à travers sa chemise. Elle ne put résister davantage et retint son souffle, les yeux mi-clos.

— Oui, c'est un problème, murmura-t-il contre sa bouche. Un terrible problème.

Il l'embrassa comme elle en rêvait depuis des jours et des nuits. Mais, au lieu d'en éprouver le ravissement escompté, Eliza eut l'impression de s'embraser telle une torche. Elle désirait si fort retrouver cet homme, s'unir de nouveau à lui que ce besoin était trop intense, trop douloureux. Pourtant elle fut incapable de s'arracher à son étreinte. Elle lui rendit son baiser avec une ferveur affamée, longuement, et ne se sentit pas satisfaite pour autant. C'était un baiser qui promettait tout — mais qui ne donnait rien.

Lester l'allongea à moitié sur la margelle du puits, glissant une jambe entre les siennes. Eliza noua ses deux bras autour de son cou, éperdue, émerveillée par ce que cet homme hautain et tourmenté était capable de lui faire ressentir. Comment pouvait-elle le désirer avec une telle intensité ? Lui, et lui seul ?

Elle était prête à se donner à lui sur l'instant,

dans l'herbe, en pleine lumière. Elle ne pouvait attendre une seconde de plus.

— Lester..., gémit-elle. Je vous en prie...

Il dut croire qu'elle voulait l'arrêter, car il se redressa en maugréant. Ses yeux bleus avaient l'éclat et la dureté du cristal, scellant loin au-dedans de lui ce qu'il pouvait ressentir. En dépit du whiskey qu'il avait bu, une lucidité coupante ciselait ses traits.

Sa froideur n'était qu'apparente, pensa Eliza. Le feu qui le brûlait était tangible sous cette carapace glacée. En cet instant, elle aurait juré que quelque chose de très fort le liait à elle, comme elle à lui.

— Je ferais mieux de retourner travailler, dit-il.

— A propos du bateau dont Belinda parlait..., glissa la jeune femme. Les enfants ont préparé quelque chose de très spécial, pour ce soir. Il faut que vous le voyiez. Venez nous retrouver sur l'appontement, au coucher du soleil.

— J'ai beaucoup à faire, répondit Lester d'un ton crispé. Ne m'attendez pas.

— Vous savez bien que nous vous attendrons...

Elle pensait qu'il allait tourner les talons et s'en aller, mais il lui prit le menton et la regarda dans les yeux.

— Promettez-moi une chose, Eliza.

« N'importe quoi », pensa-t-elle, bouleversée par son expression et le son de sa voix. Néanmoins, elle eut la présence d'esprit de répondre :

— Tout dépend de ce que vous voulez me demander.

— Protégez votre cœur. Ne comptez pas sur moi pour m'en charger.

— Je ne vois pas ce que vous voulez dire.

La main de Lester s'abaissa sur son bras ; du pouce, il chercha son pouls qui battait follement.

— Oh si, ma douce. Si, vous le voyez.

La cérémonie qui eut lieu ce soir-là fut peut-être la chose la plus bouleversante qu'Eliza ait vécue, bien que les émotions en tout genre ne lui aient pas manqué au cours des derniers mois et des dernières semaines.

Vêtus de leurs plus beaux habits, Belinda et Blue s'avancèrent sur le ponton, solennels, pour mettre à l'eau la petite barque qu'ils avaient sculptée, peinte et garnie avec l'aide de la jeune femme.

Gréée en guise de voile d'un fin mouchoir de dentelle, elle contenait des objets qui avaient appartenu à Flora : un peigne de nacre gravé de trois roses, un porte-plume en argent massif délicatement ouvragé, un minuscule petit escarpin en porcelaine dans laquelle elle mettait de la lavande séchée, un éventail en ivoire tendu de soie peinte. Enfin, une bougie avait été fixée à l'avant du navire ; ils l'allumeraient au moment de pousser vers le large la frêle embarcation qui exprimait à leurs yeux l'essence de leur mère, délicate, élégante, raffinée et tellement féminine.

Quand Lester vint les rejoindre, incapable de résister au désir de retrouver Eliza, le spectacle de cette scène émouvante au possible lui causa un nouveau choc. Pour l'amour du ciel ! pensa-t-il en se figeant sur le ponton, la gorge nouée. Quand donc cette fille cesserait-elle de lui assener coup sur coup, comme si elle était déterminée à ne pas lâcher prise tant qu'elle n'aurait pas gagné ?

Elle était en train de s'attaquer aux dernières couches de la carapace qui le protégeait, songea-t-il encore, les mâchoires crispées. Déjà il redoutait le contact du ciseau qui allait bientôt s'enfoncer dans sa chair à vif — sans savoir comment il réagirait à cette ultime atteinte.

En le voyant arriver, le délicieux visage de Belinda s'illumina de bonheur. Cette enfant était réellement adorable, et elle ressemblait tant à Flora ! Elle méritait vraiment le meilleur, une maman qui saurait faire d'elle une authentique grande dame. Soudain, cette pensée lui tira un froncement de sourcils contrarié.

Souhaitait-il vraiment que sa fille devienne à son tour l'une de ces belles de Virginie coquettes et frivoles, trop gâtées par leur époux ? Il n'en était plus si sûr, tout à coup. Et il n'ignorait pas qu'Eliza Flyte avait plus que sa part dans ces hésitations et ces contradictions inhabituelles chez lui.

Il fallait absolument qu'il se remarie très vite, conclut-il. Qu'il ait de nouveau auprès de lui une femme solide et sensée l'aidant à prendre les bonnes décisions pour ses enfants.

Belinda et Blue s'avancèrent à sa rencontre, avec une dignité et une gravité qui l'impressionnèrent.

— Regardez ce que nous avons fabriqué, papa, déclara la petite fille en lui désignant le bateau miniature. C'est un cadeau pour maman, pour lui dire au revoir.

Etreint par une vive émotion, Lester la prit par la main. Puis il entoura d'un bras les épaules de Blue.

— C'est bien, mon cœur. Montrez-moi ce que vous avez placé à l'intérieur.

Lorsqu'il se pencha sur la barque et vit avec quelle justesse ses enfants avaient choisi ce qui leur rappelait leur mère, il eut le plus grand mal à réprimer les larmes qui lui montaient aux yeux. Mais son chagrin atteignit son comble quand il découvrit les mots peints par Blue à l'intérieur de la coque : « Tout va bien, maman. »

Suffoqué par les sanglots qu'il retenait, Lester admira la sérénité avec laquelle son fils et sa fille ajoutèrent encore, tour à tour, une branche de chèvrefeuille en fleur et une lettre destinée à leur mère. Puis Belinda se tourna vers Eliza qui se tenait immobile derrière eux, les mains serrées, et clignait rapidement des paupières.

— Nous pouvons allumer la bougie, miss Eliza.

Quand la jeune femme s'approcha pour le faire, les doigts tremblants, elle avait les joues trempées de larmes — mais le frère et la sœur étaient trop concentrés sur leur tâche pour s'en apercevoir. Enfin la petite flamme s'éleva, vacillante, à l'abri du mouchoir de batiste qui la protégeait. Alors Blue s'empara du bateau, l'air plus solennel que jamais, et s'allongea à plat ventre sur le ponton pour le mettre à l'eau d'un geste plein de précaution.

Lester ne saurait jamais quelle impulsion s'empara de lui à ce moment-là. Dans un désir éperdu de s'unir à ses enfants pour cette ultime offrande, sans doute, il posa sans réfléchir un genou à terre et dit à Blue :

— Attends, mon grand. Il ôta son alliance en or, gravée des initiales de Flora, et la déposa dans la barque.

Le petit garçon le contempla un moment. Puis il acheva sa tâche et poussa doucement la frêle embarcation vers le large.

Pendant de longues minutes ils restèrent immobiles et muets, suivant des yeux le petit bateau qui s'en allait lentement, ballotté par les vagues, vers l'horizon embrasé par le couchant. Peu à peu, la nuit s'installa et un grand calme tomba sur la baie. Ils distinguèrent un moment encore la flamme de la bougie, minuscule point lumineux dansant sur les flots noirs, puis il s'évanouit à son tour et il n'y eut plus rien.

— Au revoir, maman, murmura Belinda. Je ne te vois plus, mais je sais que d'autres personnes peuvent te voir, là où tu es maintenant.

Gravement, elle prit la main d'Eliza et l'entraîna vers la maison, sans se retourner pour s'assurer que Blue et Lester les suivaient.

Le petit garçon n'avait pas bougé. Il gardait les yeux fixés sur son père, toujours accroupi au bord du ponton. Mais, alors que Lester allait se relever pour le prendre par la main, une sorte de terrible déflagration se produisit en lui, comme si la boule de chagrin qui lui pesait depuis deux ans explosait brutalement en mille morceaux. Il s'affala, secoué par la violence des sanglots qui le déchiraient tout entier, et pleura comme il ne l'avait jamais fait.

Soudain, au milieu de son désarroi, il sentit quelque chose se poser sur son épaule — un contact aussi léger qu'une aile de papillon. Immédiatement, ses larmes se tarirent. Il leva son visage ravagé vers son fils, dont la mince silhouette se découpait sur les premières étoiles. Blue pencha la tête de côté, esquissa l'ombre d'un sourire et murmura :

— C'est fini, papa. Tout va bien, maintenant.

Lester garda les yeux rivés sur lui, incapable de

détacher son regard de ce visage d'ange qui venait de le ramener à la vie.

— Oh ! Blue… Blue…, répéta-t-il d'une voix étranglée, en attirant son fils à lui pour le serrer de toutes ses forces sur son cœur. Si tu savais combien ta voix m'a manqué, pendant tout ce temps… Elle m'a tellement, tellement manqué !

Ils s'étreignirent un long moment, sans pouvoir s'arracher l'un à l'autre. Puis, la main dans la main, ils rentrèrent à leur tour.

Eliza avait déjà couché Belinda, qui les regarda arriver avec un sourire endormi. Emu, Lester observa la vivacité avec laquelle son fils se dévêtait, suspendait ses habits à un crochet et enfilait sa chemise de nuit. Quand Blue se fut mis au lit, il le borda.

— Voudriez-vous chanter la berceuse, papa ? demanda le petit garçon. Vous savez, celle que maman nous chantait…

— Oh ! oui, papa ! Chantez-la, je vous en prie ! insista Belinda sans paraître étonnée le moins du monde que son frère ait subitement retrouvé l'usage de la parole.

Alors Lester chanta doucement la berceuse qu'il avait gardée si longtemps pour lui mais qu'il n'avait jamais oubliée : « Viens avec moi, envolons-nous très haut dans un chariot accroché à la lune, avec une couverture d'étoiles pour nous tenir chaud… » Blue joignit à la sienne sa voix pure comme du cristal :

« Au-delà des nuages, au-delà du soleil, nous irons jusqu'au paradis. Attends-moi, me voici ! »

Puis, quand ils eurent fini, il ferma les yeux et murmura dans un sourire :

— Bonne nuit, papa.

Lester les embrassa tous les deux. Quand il quitta la chambre et, sans bruit, referma la porte derrière lui, il était si heureux que ses pieds ne touchaient plus terre.

TROISIÈME PARTIE

L'éclaircie

19

— Oh ! miss Eliza… Vous ne portez pas culotte, aujourd'hui ? s'enquit Tabby Parks, faussement suave, en agitant son éventail.

Eliza se mit à rire et lissa son ample jupe de faille bleue, à ceinture haute, qu'elle portait avec une ravissante petite jaquette à basque coupée dans la même étoffe. Cette tenue à la fois sobre et féminine lui seyait à ravir et convenait parfaitement à la solennité de l'occasion.

— Un jour pareil ? Vous n'y songez pas, miss Tabby !

La blonde et rose Virginienne haussa un sourcil délicat.

— Vous n'aiderez donc pas aux écuries, pendant la course et la vente des yearlings ?

Le rire d'Eliza redoubla.

— Grâce au ciel, non ! Je vais avoir le bonheur de voir le résultat de mon travail, ce qui est bien différent. Mais votre remarque ne me surprend pas. Charles m'avait avertie que j'aurais à essuyer quelques piques de ce genre, ajouta-t-elle avec une ironie pleine d'espièglerie.

Vexée, Tabby Parks fit volte-face et s'éloigna sur la pelouse que foulaient des dizaines d'invités tous plus élégants les uns que les autres. Whitefield avait fière allure, cet après-midi-là, et l'air vibrait d'une excitation extraordinaire.

Eliza parcourut du regard cette foule des grands jours, venue assister avec curiosité au retour de l'un des siens dans le giron doré de la haute société. Car le succès de Lester ne faisait aucun doute. Quand les visiteurs auraient vu courir sir Finnegan, l'étalon serait recherché pour ses saillies, qui rapporteraient une fortune ; en outre, la qualité des yearlings vendus l'année précédente avait déjà attiré moult acquéreurs potentiels pour les poulains et pouliches de l'élevage Bohannon.

Sa mission était accomplie, pensa-t-elle avec un serrement de cœur. Lester et ses enfants étaient réunis, Blue était guéri et le secret de Flora se trouvait en sûreté au fond d'une armoire, dans sa chambre où son mari ne pénétrait jamais.

Pour sa part elle ne savait pas encore ce qui l'attendait, mais après l'incident du puits et la mise en garde de Lester elle avait décidé de suivre son conseil : cesser d'espérer de lui un bonheur qui ne viendrait jamais. La nuit magique qu'ils avaient partagée sous les étoiles et qui, dans sa naïveté, lui était apparue comme un début possible, était finalement destinée à ne pas avoir de suite.

Certes, elle souffrirait de le voir marié à une autre, ainsi qu'il en avait la ferme intention. Mais l'expérience lui avait appris que rien ne durait en ce bas monde ; elle était convaincue que son amour lui-même finirait par s'apaiser, dût-elle en garder jusqu'à son dernier jour une cicatrice indélébile.

— Miss Flyte ?

L'homme qui l'abordait avait un fort accent étranger, des cheveux très noirs et une grosse moustache qui le rendaient terriblement exotique. Il s'inclina devant elle avec une courtoisie formelle.

— Je suis Simon Vega, de Californie.

Comme Eliza le dévisageait fixement, sidérée, il ajouta :

— Je travaille pour don Roberto Montgomery, du Rancho del Mar au nord de San Francisco. M. Bohannon a envoyé un câble au domaine il y a de cela quelques semaines, afin de nous avertir de la vente d'aujourd'hui.

Un vertige saisit la jeune femme. Lester lui avait-il dépêché cet homme afin de se débarrasser d'elle au plus vite, ou ne cherchait-il qu'à l'aider à réaliser le rêve dont elle lui avait parlé ?

— J'ai lu certaines choses sur la Californie, répondit-elle d'une voix mal assurée. C'est un fort beau pays, je crois.

Son interlocuteur s'inclina de nouveau et lui sourit avec intérêt.

— En effet. Votre réputation de dresseuse est parvenue jusqu'à mon patron. Don Roberto serait enchanté de vous engager, si vous étiez d'accord. Il mettrait à votre disposition un bungalow en bord de mer, comme ici, et vous pourriez travailler avec des chevaux superbes.

Plus de doute : Lester avait tout arrangé pour elle. Devait-elle s'en réjouir ou s'en attrister ?

— Je vous laisse réfléchir, conclut Simon Vega. Venez me trouver si vous désirez me poser d'autres questions.

Eliza demeura un instant figée sur place, abasourdie. Puis elle décida d'aller parler à Lester, de lui expliquer que les rêves devaient rester des rêves et qu'elle veillerait elle-même à assurer son avenir.

Lorsqu'elle le découvrit, il baisait la main d'une femme superbe, à la silhouette altière bien prise dans une robe de velours grenat. Un chapeau de paille à large bord ombrait son profil, mais la cascade de boucles mordorées qui tombait le long de son dos droit semblait être une déclaration d'indépendance et de liberté.

Immédiatement, Eliza pressentit que cette fière inconnue était d'une autre trempe que les belles qui tournaient autour de Lester en gloussant telles des pintades derrière leur éventail. Et, à la façon dont ils se parlaient, gravement, en se regardant bien en face, il était aisé de déceler entre eux un accord et une intimité indéniables.

Son estomac se contracta douloureusement tandis qu'elle rebroussait chemin, la mort dans l'âme. Résolutions ou pas, elle n'était pas encore prête à le voir heureux avec une autre, apparemment. Qu'avait-elle imaginé ? Qu'il pourrait épouser la fille d'un dresseur de chevaux, devenue par le plus grand des hasards la gouvernante de ses enfants ? Quelle sottise... Ce genre de chose n'arrivait que dans les livres.

— C'est Mary Reynolds, l'épouse de son meilleur ami, jeune oie blanche !

Cette réflexion amusée la fit sursauter. Elle découvrit Charles Bohannon arrêté devant elle, l'œil rieur.

— Pardon ?

— Vous savez très bien de qui je parle, mademoiselle la sentimentale. Lester est en train de converser avec l'épouse de Peter Reynolds, son meilleur ami, devenu fringant capitaine de marine marchande. Venez, que je vous la présente. Elle vous plaira beaucoup, j'en suis certain.

Le cœur d'Eliza bondit dans sa poitrine. La femme du « Pirate » qui avait aidé le fugitif à quitter Wreck Island ? Quelle coïncidence extraordinaire ! Cachant de son mieux son soulagement, elle prit le bras du jeune homme et lui demanda spontanément :

— Charles, quel genre de couple formaient Lester et Flora ?

Il pâlit étrangement.

— Pourquoi cette question ?

Elle haussa une épaule.

— Simple curiosité. Lester semble avoir eu tant de mal à se remettre de sa mort...

— Ce n'était pourtant pas un bonheur sans nuages, grommela Charles, les mâchoires contractées. Flora dépérissait. Elle se sentait si seule, pendant que son mari se consacrait à ses chevaux... Le pire, c'est que Lester n'a jamais compris à quel point elle avait besoin de lui, ajouta-t-il en s'essuyant le front de son mouchoir immaculé. Elle était là, cela lui suffisait. Parlons d'autre chose, voulez-vous ?

Tandis qu'ils se dirigeaient vers Mary, Eliza songea avec tristesse à l'épouse délaissée qui n'avait pas su retenir l'attention de son fougueux mari, malgré sa beauté, et qui trompait sa solitude en écrivant des lettres d'amour à un autre... Lester Bohannon était décidément un homme complexe, qui ne semblait guère fait pour la félicité. Se trompait-elle, en croyant deviner son besoin viscéral de franchise et d'authenticité ? N'allait-il pas commettre une lourde erreur, s'il épousait pour ses enfants une deuxième Flora ?

Dès ses premières paroles, Mary Reynolds lui plut

énormément. Contrairement aux belles sudistes évaporées qu'elle avait rencontrées jusque-là, la jeune femme était directe et sans affèterie.

— Miss Flyte ! Comme je suis heureuse de vous rencontrer ! Je brûlais de faire votre connaissance. Vous avez opéré des miracles dans cette famille, notamment avec Blue. Nous étions tellement inquiets à son sujet...

— Blue a fait son chemin tout seul, répondit Eliza. C'est un enfant merveilleux, tout comme Belinda.

— Lester a eu beaucoup de chance de vous trouver.

A cet instant, une vague de curiosité se propagea dans l'assistance tandis qu'un homme aux cheveux et à la moustache d'un blanc de neige, appuyé sur une canne à pommeau d'argent, se dirigeait dignement vers le bord de la piste. Ce beau vieillard, à l'allure empreinte d'une grande prestance, était accompagné d'une jeune femme fort élégante.

— Saperlipopette ! s'exclama Mary. Voici lord Stewart en personne, avec sa fille lady Margaret...

— Qui sont-ils ? demanda Eliza.

— Sir Alistair vient de Londres. C'est une personnalité mondiale du sport hippique. On prétend qu'il se souvient parfaitement de toutes les grandes courses qui ont eu lieu ces cinquante dernières années.

Le pouls de la jeune femme s'emballa. Cet homme

avait vraisemblablement connu son père, ou tout au moins entendu parler de lui. La fenêtre qui s'ouvrait tout à coup sur le passé de Henry Flyte et les mystères de sa vie londonienne lui fit battre le cœur plus fort. Il fallait qu'elle parle à ce gentleman, qu'elle le questionne, mais elle se sentait soudain terriblement intimidée. Le temps qu'elle se décide, lord Stewart et sa fille avaient disparu au milieu de la foule, parmi les femmes en fleur et les beaux messieurs en frac et haut-de-forme.

L'heure de la course d'exhibition approchait. Les nerfs à vif, Eliza s'avança vers les starting-gates où pur-sang et jockeys semblaient aussi fébriles qu'elle.

Noah, perché sur Finn, paraissait remonté comme un ressort. Quant à l'étalon, il grattait nerveusement le sol de ses sabots, les oreilles rabattues en arrière. Comment allait-il se comporter ? se demanda-t-elle avec anxiété.

S'approchant du jeune mulâtre, elle lui tendit un vêtement plié.

— J'ai là quelque chose qui devrait vous porter chance, Noah.

L'adolescent sursauta, et Finn réagit comme lui. Ces deux-là étaient aussi doués et sensibles l'un que l'autre. Ensemble, ils pouvaient faire des merveilles ou courir au désastre, selon les circonstances.

— C'est la casaque que mon père arborait au Derby d'Epsom, quand il a gagné avec Eleazar.

Noah pâlit, ouvrant de grands yeux.

— Etes-vous sûre, miss Eliza ?

— Oui, répondit la jeune femme en dépliant la courte veste de soie jaune vif. Je ne l'ai jamais vu courir. Je serais heureuse de voir ses couleurs sur vous, aujourd'hui.

Le visage du jockey s'illumina.

— Si vous me jugez digne de cet honneur, j'accepte avec la plus grande fierté, *missy*.

Quand il eut enfilé la casaque, qui lui allait parfaitement, Eliza ne put résister : elle l'attira à elle et l'embrassa sur les deux joues.

— Vous êtes superbe. Faites de votre mieux.

Malgré sa peau foncée, elle le vit rougir de plaisir.

— Cet étalon est d'une beauté extraordinaire, déclara soudain une voix grave, derrière eux. Remarquable, vraiment. Si ce que l'on dit de lui est vrai, sa renommée va s'étendre comme une traînée de poudre.

Se retournant, Eliza eut un choc en découvrant lord Stewart qui observait Noah, à présent.

— Etonnant..., marmonna le vieil homme. La dernière fois que j'ai vu cette casaque, c'était à Londres, il y a plus de vingt ans...

La poitrine oppressée, la jeune femme déclara :

— Elle appartenait à Henry Flyte, sir.

Le gentleman plissa les paupières, la scrutant de ses yeux pâles.

— Oui. A Henry Flyte, exactement. Comment se fait-il...

— C'était mon père, coupa Eliza sans pouvoir contenir son émotion.

— Votre père ? Oh...

D'un air à la fois poli et détaché, il détourna son regard bleu clair.

— Pardonnez-moi, miss. Je dois regagner ma place. A plus tard, peut-être...

Eliza le regarda s'éloigner, aussi frustrée qu'intriguée par son attitude évasive. Elle était sur le point de s'élancer derrière lui, quand Charles arriva à son tour. Immédiatement, Noah rentra la tête dans les épaules.

— Monsieur..., marmonna-t-il.

— Je t'ai apporté la dernière chose qui te manquait, petit : la toque.

Avec une raideur qui égalait celle de son fils, il lui tendit une casquette de velours noir à visière de cuir fauve. Noah la prit d'une main hésitante, puis caressa du pouce les initiales brodées à l'arrière. « N.B. », déchiffra Eliza en se tordant le cou.

— Merci, monsieur.

— Ces initiales sont celles de Noah Bohannon, reprit Charles d'une voix crispée.

Les yeux vert d'eau du jeune mulâtre s'élargirent sous l'effet de la stupeur. Son père lui tapota la cuisse d'un geste bref.

— Bonne course, mon fils.

Là-dessus il tourna les talons et s'éloigna, un gros cigare aux lèvres. A cet instant une cloche retentit, annonçant l'imminence du départ. Les naseaux de Finn frémirent, il dressa les oreilles. Il se souvenait de ses courses antérieures, constata Eliza, la gorge nouée. Pourvu que tout aille bien !

Tandis que Noah allait se ranger, le visage rayonnant, elle se félicita de n'avoir rien mangé depuis le matin. Son estomac n'aurait pu résister à toutes ces émotions.

Sa nervosité s'accrut encore quand elle aperçut Lester qui attendait son jockey près de la stalle numérotée. La tension était à son maximum.

— Te sens-tu en forme, Noah ? demanda-t-il doucement.

— Oui, m'sieur.

— Tu as une allure folle, là-haut.

— Merci, m'sieur.

— File comme le vent, Noah. Je t'ai vu le faire. Tu en es capable, petit.

— C'est mon intention, m'sieur, répondit l'adolescent, les yeux brillants.

Propriétaires et assistants s'écartèrent. L'instant fatidique était arrivé. Le juge monta sur la plate-forme, pistolet en main. Un grand silence s'installa sur la pelouse.

— Qu'y a-t-il ? demanda Lester. Pourquoi me regardez-vous avec ce sourire béat ?

Eliza s'efforça de ne pas rougir.

— Je vous ai entendu parler à Noah. Ce que vous lui avez dit était très gentil.

Une lueur ironique s'alluma dans le regard bleu clair posé sur elle.

— Je sais être gentil, parfois.

— Oui, je sais que vous pouvez l'être. A tout à l'heure.

Craignant de se trahir davantage, elle se dirigea vers les tribunes, dont le fronton était décoré d'une guirlande de fleurs blanches. Le premier rang était réservé au maître des lieux et à sa famille. Belinda et Blue se tenaient debout près de Charles, agrippés à la rambarde, les yeux rivés sur la piste. Comme Eliza les dépassait pour se placer à l'arrière, Belinda se mit à sauter sur place.

— Ici, miss Eliza ! Venez avec nous ! Vous êtes obligée !

Avant que la jeune femme ait pu refuser, Lester la prit par le coude et la guida vers le banc.

— Vous avez entendu ma fille, miss Flyte, déclara-t-il d'une voix rieuse. C'est un ordre.

N'osant le regarder, Eliza sourit aux enfants.

— J'en suis très honorée. Merci.

— Noah et Finn vont arriver premiers, affirma Blue d'un ton assuré.

— Crois-tu ?

Le petit garçon sourit à sa sœur.

— Ils sont obligés.

Charles but une gorgée du *mint julep* qu'il tenait

362

à la main, fit une grimace et tira une flasque d'argent glissée dans sa botte pour y rajouter du whiskey. Puis il la tendit à Lester, qui la considéra un instant avant de secouer la tête.

— Non, merci, vieux. Pas maintenant.

Eliza s'avisa qu'elle retenait son souffle avec anxiété depuis le début de la scène ; elle expira lentement, heureuse et soulagée. Puis ce fut le moment du départ et elle demeura figée sur place, les yeux rivés sur Finn, changée en statue de sel.

Dès que le coup de feu claqua, que les portillons s'ouvrirent et que les cavaliers s'élancèrent, les spectateurs se dressèrent, le regard aimanté par les six pur-sang dont les sabots frappaient le sol dans un bruit de tonnerre.

Finn partit tel un boulet de canon, Noah allongé sur son cou. Il avait pris l'avantage dès le départ, mais il était talonné de près par deux champions de sa trempe.

Au premier virage, décisif pour la victoire, Eliza ne respirait plus. L'étalon irlandais en sortit une fraction de seconde plus tôt que ses concurrents, entamant en bonne position le duel acharné de la dernière ligne droite. Pendant une minute ou deux les deux premiers pur-sang restèrent à la même hauteur, dévorant la piste, telles deux locomotives rivées l'une à l'autre en pleine puissance.

— Ils vont arriver ensemble ! cria quelqu'un. Il va y avoir égalité !

— Non, murmura la jeune femme, s'attirant un coup d'œil irrité de Lester. Il n'y aura pas égalité.

— Comment le savez-vous ? demanda-t-il d'un ton rogue.

— Regardez, vous verrez. Finn a un tempérament de gagnant ; il voudra mordre la ligne le premier.

Il ne restait plus que quelques longueurs à courir. Le dos droit, les poings serrés sur sa jupe, la jeune femme ne quittait pas l'étalon des yeux. Un instant, elle crut s'être trompée. Puis, dans un dernier élan magnifique, sir Finnegan parut littéralement s'envoler... et il franchit la ligne d'arrivée avec une longueur d'avance sur son poursuivant.

Une explosion de joie éclata dans les tribunes, pendant que Noah se redressait et lançait sa casquette en l'air d'un geste jubilatoire. Lester, monté sur le banc, hurlait comme un forcené, les poings levés et le visage tourné vers le ciel. Il tomba d'abord dans les bras de Charles, qu'il étreignit avec enthousiasme. Ensuite, il souleva Blue et Belinda de terre et les embrassa follement. Pour finir, il saisit Eliza dans ses bras ; avant qu'elle ait pu réagir, il la serra sur son cœur et la fit tournoyer avec lui.

— Nous avons gagné ! criait-il. Nous avons gagné !

La jeune femme, qui sentait sur eux la brûlure

de regards réprobateurs, l'obligea à la relâcher ; elle avait les joues en feu.

— Vous devriez aller féliciter Noah, murmura-t-elle.

Il s'écarta, le visage illuminé, et pour la première fois depuis qu'elle le connaissait elle vit un homme pleinement, totalement heureux. Un homme qui venait de réaliser le rêve de sa vie.

Lorsqu'il sauta par-dessus la barrière comme si sa victoire lui donnait des ailes, Eliza le suivit d'un regard doux-amer. Elle partageait son bonheur, bien sûr ; mais, maintenant que Whitefield était sauvée, l'avenir de la famille Bohannon assuré, elle savait que pour elle l'heure du départ avait définitivement sonné.

Comme elle se détournait pour quitter sa place, Charles la retint.

— Vous ne restez pas pour la vente des yearlings ?

— Non, je ne pense pas, répondit-elle. Ces émotions m'ont brisée.

— Vous assisterez au banquet et au bal, tout de même ?

— Non, Charles. Je ne crois pas.

Il ouvrit de grands yeux.

— Mais pourquoi ?

Avec un petit sourire crispé, elle lui désigna la foule élégante qui les entourait.

— Je ne fais pas partie de ce monde-là, vous le savez bien.

— Eliza ! protesta-t-il avec véhémence. Vous avez gagné cette course autant que Finn lui-même !

— Est-ce qu'il vient au bal, lui ? rétorqua-t-elle avec malice.

Le jeune homme se mit à rire.

— S'il avait un sourire comme le vôtre, je trouverais un moyen de l'y amener, croyez-moi !

Il lui prit la main et la posa sur son bras, l'entraînant vers la maison.

— Vous viendrez à ce bal.

— Non.

— Je m'occupe de tout.

— Charles...

— Ne vous fatiguez pas. Pour le cas où vous ne vous en seriez pas encore aperçue, sachez que l'on ne me résiste jamais.

20

Pendant que Lester savourait sa victoire et son triomphe sur tous ceux qui l'avaient dédaigné durant des années, pendant qu'il mangeait, buvait, dansait avec les plus belles femmes, il ne pouvait s'empêcher de penser à celle à qui il devait toutes ces joies, et de regretter son absence plus vivement encore qu'il ne l'aurait cru.

Sapristi, pourquoi n'était-elle pas venue à ce bal ? se demandait-il en passant de coquette en coquette avec une politesse agacée. Elle aurait dû en être l'héroïne ! Depuis qu'elle était entrée dans sa vie, tout s'était arrangé comme par miracle, par la seule force de son obstination tranquille et inébranlable. Comment pourrait-il jamais la remercier ?

Une fortune n'y suffirait pas, il le savait. Le seul cadeau à sa portée était de lui offrir son billet pour la Californie, maintenant qu'il pouvait se le permettre. Il avait déjà pris des dispositions dans ce sens ; mais cette solution était loin de le satisfaire. L'idée d'envoyer Eliza à l'autre bout du continent, fût-ce pour réaliser son rêve le plus cher, l'emplissait de désarroi.

Que deviendrait-il, quand elle ne serait plus là ? Aucune de ses cavalières ne comprenait ses projets ni les besoins de ses enfants. Les sœurs Parks, lady Margaret Stewart, miss Martin ou miss Bondurant, qu'il tenait en ce moment même dans ses bras, n'avaient toutes qu'une idée en tête : mettre Blue en pension, enseigner à Belinda la couture et les bonnes manières... et refaire de Whitefield la plantation qu'elle était autrefois.

Il aurait donc traversé ces années de calvaire pour revenir au point de départ, reprendre la vie qu'il menait avec Flora ? Un tel retournement serait risible. Mais il ne pouvait non plus exiger d'Eliza qu'elle se sacrifiât pour lui. La retenir serait pur égoïsme de sa part.

— Avec qui danse votre cousin Charles ? s'enquit soudain Linda Bondurant. Je ne reconnais pas cette personne...

Lester fit exécuter un demi-tour à sa partenaire — et se rendit compte que la majorité de ses invités semblait se poser la même question. Tous les regards convergeaient vers la ravissante brunette qui tournoyait dans les bras du jeune homme, auréolée d'un flot de satin bleu glacier dont les reflets moirés resplendissaient sous les lustres.

Stupéfait, il marcha sur les pieds de sa cavalière

et s'excusa aussitôt, avant de la ramener à sa mère avec un sourire contrit.

— Désolé, marmonna-t-il. Je suis d'une maladresse navrante, ce soir. Mieux vaut que je vous mette en sûreté, je crois.

La délicieuse inconnue était Eliza Flyte. Eliza telle qu'il ne l'avait jamais vue.

Sa large jupe volantée s'épanouissait telle une corolle autour de sa taille fine, ses boucles de jais étaient retenues de chaque côté de sa tête par d'élégants peignes de nacre ; elle portait de longs gants blancs, un éventail de dentelle était accroché à sa ceinture par un ruban bleu nuit, et à chacun de ses pas de ravissants escarpins assortis pointaient sous le tulle de ses jupons.

Tout en elle était exquis, de son profil de médaille à la fierté de son allure, du timbre argentin de son rire à l'entrain qu'elle mettait à danser. Une vision de rêve, voilà ce qu'elle incarnait. Le rêve de tout adolescent, le regret des hommes mariés déçus par leur épouse, l'image à laquelle n'importe quelle petite fille souhaitait ressembler plus tard.

Eliza Flyte était devenue Miranda, la fille du magicien Prospero. Une fée, une créature merveilleuse faite de vent, d'écume de mer et de poussière d'étoiles.

Subjugué, Lester Bohannon se passa une main dans les cheveux. Il avait trop bu de punch, se dit-il. Il se rendit au buffet, ingurgita plusieurs citronnades afin de contrecarrer les effets du rhum, arrangea sa cravate et alla rejoindre Charles et sa cavalière sur la piste.

— Pardonnez-moi, déclara-t-il de son ton le plus charmeur, mais j'ai grande envie de m'immiscer dans votre duo.

— Ecarte-toi, répondit Charles, très sec, sans quitter la jeune femme des yeux. Nous n'avons pas fini.

— Cette réponse n'est guère celle d'un gentleman, mon cousin, observa Lester en s'efforçant de rester léger et courtois.

Le jeune homme lui tourna le dos.

— Qui a dit que j'étais un gentleman ?

— Juste ciel ! s'esclaffa Eliza. On croirait entendre deux garnements !

Elle s'arracha aux bras de Charles pour passer dans ceux de Lester. Elle semblait faite pour lui, constata-t-il avec ravissement tandis qu'ils évoluaient ensemble dans la plus parfaite harmonie. Et le décolleté en pointe de sa robe, profond comme il seyait à une parure du soir, dévoilait des rondeurs nacrées propres à damner un saint.

— Vous devriez avoir honte de me fixer ainsi…, murmura-t-elle, la voix rieuse.

— M'en voulez-vous ?

— Il s'agit surtout de respecter les convenances, monsieur Bohannon…

— C'est totalement inconvenant, j'en conviens,

mais je ne puis m'en empêcher. Qui diable a opéré ce miracle ? demanda Lester, émerveillé de voir que sa main suffisait à enserrer son dos mince.

— Celui que vous venez de congédier comme un malpropre.

— Charles ? Je ne lui connaissais pas ce talent pour la toilette.

— C'est lui qui m'a forcée à assister à ce bal. Il a choisi ma robe avec les enfants et Willa, qui l'a rapidement ajustée et agrémentée de quelques galons durant le banquet.

Elle se mordit la lèvre.

— J'espère que vous n'en êtes pas fâché...

— Pourquoi le serais-je ? Flora possédait des dizaines de robes.

Il ne se souvenait pas d'avoir vu sur sa femme cette moire d'un bleu grisé qui chatoyait si joliment à la lueur des bougies ; l'étoffe était sans doute mise en valeur par la peau mate et les cheveux noirs d'Eliza. Et le tableau qu'elle offrait était si ravissant qu'il n'oublierait plus jamais cette toilette, il en était certain.

— Je n'aurais jamais cru que vous puissiez...

Il s'interrompit, cherchant comment tourner autrement ce compliment maladroit. La jeune femme le contempla, les yeux rieurs.

— N'en dites pas plus, vous risqueriez des ennuis. Vous êtes si charmant, quand vous vous taisez.

Lester éclata de rire. Dieu, que cette femme lui

plaisait ! Espiègle, taquine et d'une beauté inéga-
lable, elle avait tout pour le charmer.

— Admettez que vous avez changé, depuis
Wreck Island.

— Je me sens différente, reconnut-elle. Cette
soirée est magique. Jamais je n'aurais imaginé
qu'un bal était une telle merveille. Tous ces gens
bien habillés, cette musique sublime qui flotte d'un
bout à l'autre de la salle et qui monte jusqu'aux
plafonds... C'est la première fois que j'entends
jouer un orchestre, et je trouve cela divin. Danser
est un si grand plaisir ! Comment ai-je pu vivre si
longtemps sans connaître ce genre de bonheur ?

Lester resta un instant suffoqué, en s'avisant
qu'elle avait pu en effet vivre plus de vingt ans
sans savoir ce qu'était la musique — à part celle
des oiseaux, des vagues ou du vent dans les
roseaux. Elle irradiait d'une félicité si candide que
la plupart des hommes la dévoraient des yeux,
tandis que le regard des femmes se changeait en
poignard. La créature qu'il tenait dans ses bras
était une perle rare — et elle était bien la seule à
ne pas le savoir.

— Il faut que je vous prévienne, miss Flyte. Vous
êtes en train d'opérer des ravages. Vous allez être
très demandée, durant le reste de la soirée.

Eliza ouvrit de grands yeux.

— Est-ce un mal ?

— Non, à condition que ces messieurs sachent garder leurs distances.

Une lueur malicieuse s'alluma dans ses yeux gris.

— Comme vous un certain soir, sur un certain toit de bardeaux ?

Lester se troubla. Ce souvenir demeurait bien trop précis et troublant à son gré.

— Que cela vous serve de leçon, murmura-t-il. Vous ne devez faire confiance à personne.

Elle se remit à rire, tendre, complice, et son rire de gorge émut son cavalier plus qu'il ne l'aurait souhaité.

— Ne vous inquiétez pas : on ne peut me compromettre qu'avec mon consentement, monsieur Bohannon.

Il en était moins sûr qu'elle, connaissant les ruses des hommes, mais il ne voulut pas lui gâcher son plaisir ; il se contenterait de la surveiller de près, se promit-il. Même s'il était le premier à vouloir la dévorer toute crue.

Soudain, Eliza redevint grave.

— J'ai rencontré M. Vega, l'homme qui vient de Californie, annonça-t-elle.

Le cœur de Lester s'arrêta.

— Et alors ?

— Alors… je me rends compte qu'un rêve et sa réalisation sont deux choses bien distinctes.

— Voulez-vous dire que vous n'avez plus envie de partir ?

Elle fixa un point derrière lui, le regard vague.

— Franchement, je ne sais plus, murmura-t-elle.

Après cet aveu, Lester dut se faire violence pour l'abandonner à d'autres cavaliers ; mais leur long tête-à-tête commençait déjà à faire jaser et il ne tenait pas à attiser la curiosité. Toutefois, quand il invita Mary, le franc-parler de cette dernière lui causa un choc.

— Soyez prudent avec Eliza, Lester, déclara-t-elle sans ambages. Il est clair qu'elle vous aime. Ne la faites pas souffrir, elle ne le mérite pas.

Bouche bée, Lester manqua un pas de danse.

— Vous pensez vraiment qu'elle a... des sentiments pour moi ?

Mary leva les yeux au ciel.

— La naïveté des hommes ! J'en suis aussi sûre que lorsque j'ai rencontré Peter. Cela vous suffit-il ?

— Je l'avais pourtant bien mise en garde...

La jeune femme eut un petit rire moqueur.

— L'amour obéirait-il aux ordres, par hasard ? Cette enfant a mené une existence excessivement protégée, Lester. A vous de savoir ce que vous êtes prêt à lui offrir — ou à lui refuser. Mais ne tardez pas, je vous en conjure.

Le regard de Lester se posa sur Eliza, qui virevoltait

tel un charmant papillon bleu sous les lustres de Whitefield. La rapidité avec laquelle la sauvageonne de Wreck Island s'était changée en reine du bal le déconcertait... et l'inquiétait quelque peu.

— J'y songerai, répondit-il.

Après quelques heures d'ivresse et de la joie la plus pure, Eliza éprouva l'envie de prendre le frais dans le jardin. Elle avait terriblement mal aux pieds. Sans l'intervention amusée de Charles, survenu à point nommé, elle eût sans doute causé le scandale du siècle en se déchaussant devant tout le monde pour danser à son aise, pensa-t-elle, le feu aux joues.

D'ailleurs, même sans cela, elle n'ignorait pas que la sincérité avec laquelle elle s'était amusée avait fait hausser bon nombre de sourcils et pincer bien des lèvres.

Ces gens ne comprenaient-ils donc pas que c'était son premier bal, qu'elle entendait de la musique pour la première fois de sa vie ? Mais peu lui importaient leurs mines revêches : durant cette nuit enchantée elle s'était sentie aussi heureuse qu'une princesse dans un conte de fées, et toute sa vie elle se souviendrait du regard bleu de son prince charmant rivé sur elle pendant la merveilleuse valse qu'ils avaient partagée.

Nul ne pouvait dire de quoi demain serait fait.

Elle moins que quiconque. Mais pour l'instant elle flottait encore dans une sorte de bulle dorée, irisée de mille couleurs, et elle voulait profiter jusqu'au bout de ces fugaces moments de bonheur.

Alors qu'elle suivait une allée, le nez en l'air afin de savourer la brise parfumée, des bribes d'une conversation échauffée lui parvinrent ; tournant la tête, elle aperçut quelques femmes — jeunes et vieilles — agglutinées autour d'un bassin en pierre qu'éclairait une torche.

— ... elle aura vraiment scandalisé tout le monde, jusqu'à la dernière servante !

Reconnaissant l'intonation offusquée de Cilla Parks, Eliza se figea sur place.

— Il devrait la congédier sur-le-champ, renchérit l'une de ses comparses. Quel malheur de penser que ces pauvres enfants sont à la merci d'une dévergondée pareille ! Si cela continue, ils seront bientôt la risée de toute la Virginie.

— Savez-vous qu'elle s'habille en homme pour s'occuper des chevaux ? reprit Cilla. Quelle honte, vraiment ! Cette fille ne fera jamais partie des nôtres. Je me demande à quoi pense Lester...

Incapable de dominer plus longtemps sa colère, Eliza s'avança dans le cercle de lumière.

— Pourquoi ne lui posez-vous pas la question, au lieu de jaser dans son dos ? demanda-t-elle d'une voix frémissante.

Eudora Martin eut un haut-le-corps, tandis que de petits cris étouffés s'élevaient autour d'elle.

— Comment osez-vous... Cette conversation est strictement privée, miss Flyte !

— Si j'en suis l'objet, il me semble que j'ai le droit de l'entendre.

Tabby Parks agita son éventail.

— Quel courage ! persifla-t-elle. A votre place, je préférerais m'en passer...

Eliza se sentait atrocement humiliée, mais elle n'en montra rien.

— Nous exprimions simplement notre inquiétude pour un ami de toujours, miss Flyte, déclara sèchement Mme Martin. Quelqu'un qui fait partie d'un monde que vous ne comprendrez jamais. Vous feriez bien de vous limiter à dresser ses chevaux, pas ses enfants.

Ce rejet pur et simple causa à la jeune femme un choc plus rude qu'elle n'aurait pu l'imaginer.

Dans sa candeur, elle avait caressé l'idée qu'on finirait peut-être par l'accepter au vu de ses mérites, en dépit de tous les préjugés auxquels elle se heurtait. Mais la condamnation était sans appel : pour ces femmes, comprit-elle soudain, elle représentait une menace.

Avec sa liberté de ton et d'esprit, elle risquait non de leur enlever — elle ne nourrissait nulle illusion à ce sujet — mais de leur gâcher le meilleur parti dont elles pouvaient rêver. Et elles défendraient bec et ongles ce qu'elles considéraient comme une de leurs prérogatives absolues. La pensée que Blue et Belinda pourraient avoir à souffrir de cette situation lui parut soudain intolérable.

— Veuillez m'excuser, déclara-t-elle froidement. Je vais vous laisser à vos conspirations. Vous me faites penser à des juments espérant les faveurs d'un étalon, et je ne voudrais pas troubler votre programme de reproduction.

Le vent de l'outrage passa sur le petit groupe, mais elle n'en avait cure. Elle s'éloigna, le dos droit, et ne s'effondra qu'une fois arrivée dans la cuisine.

Bien qu'elle ait adoré ce bal, elle n'en connaîtrait jamais d'autre, après cet éclat. Et, malgré tout l'amour qu'elle portait à Lester et à ses enfants, elle ne pourrait jamais vivre dans un tel climat d'hostilité, même pour demeurer auprès d'eux.

Deux heures avant le jour, incapable de dormir, Eliza éprouva le besoin d'aller retrouver les chevaux. Eux seuls étaient capables de lui apporter la paix, le réconfort et le courage qu'il lui fallait pour affronter la nouvelle vie à laquelle elle était résolue.

Dès qu'elle pourrait voir Lester, elle lui annoncerait sa décision d'accepter l'offre de Simon Vega ; c'était l'unique solution envisageable pour eux tous. Elle n'aurait jamais dû caresser d'autres chimères, depuis son tragique départ de Wreck Island.

Se contentant de jeter un châle sur sa longue

chemise de linon blanc, elle traversa la maison endormie et sortit sans bruit pour se rendre aux écuries. Lorsqu'elle poussa la porte, elle eut la surprise de voir un lumignon éclairé dans l'allée centrale : Lester était là, en train de flatter les naseaux de Finn et de lui parler à mi-voix.

Elle marqua un temps d'arrêt. Puis Lester tourna la tête vers elle et ils se dévisagèrent un moment, immobiles, aussi tendus l'un que l'autre.

— Que faites-vous ici ? demanda-t-il d'une voix rauque.

— La même chose que vous, je suppose. Le sommeil me fuyait, j'ai pensé que la proximité des chevaux me calmerait.

Lester ne répondit pas. Alors qu'il aurait dû s'endormir comme une bûche, en homme comblé et délivré de ses soucis, un mélange d'insatisfaction et de nervosité l'avait retenu d'aller se coucher. Il avait tout pour être heureux, et pourtant il avait l'impression que tout allait de travers — parce qu'il n'avait pas résolu le problème que lui posait Eliza Flyte. Elle avait quitté le bal à son insu, sans un mot, et quelque chose lui disait que cette disparition annonçait un orage.

— Je suis contente de vous voir, Lester. Je voulais vous parler, déclara-t-elle comme pour confirmer ses craintes. J'ai beaucoup aimé cette soirée. J'en garderai un souvenir merveilleux jusqu'à la fin de mes jours, mais l'enchantement est terminé, comme dans le conte de Cendrillon. Finalement, j'ai décidé de partir.

Une vague de panique le submergea.

— Pourquoi ?

— Parce que je ne suis pas faite pour le monde auquel vous appartenez.

— Eliza...

Incapable de résister plus longtemps, il vint jusqu'à elle et la serra contre lui à l'écraser.

— Ne parlez pas ainsi. J'ai trop besoin de vous. J'ai beau essayer d'agir selon mon devoir, je ne peux me passer de votre présence. Vous m'êtes devenue indispensable, murmura-t-il dans ses cheveux défaits. Il n'y a que vous et vous seule qui puissiez me rendre heureux, j'en ai eu la preuve ce soir.

— Lester...

Le désir qu'ils réprimaient depuis des semaines flamba entre eux comme une torche, balayant toutes leurs résolutions. Ils s'étreignirent avec la fougue du désespoir, et cette fois Lester sut que rien ne pourrait l'arrêter. L'amour qu'il éprouvait pour cette femme unique avait la puissance d'un torrent en crue, dévastant tout sur son passage. A quoi bon lutter contre une telle force de la nature ?

Mieux valait s'abandonner à la furie des éléments que de lutter vainement contre eux, se dit-il encore en l'embrassant à pleine bouche. Sans elle, de toute façon, son existence était bancale. Même si leur passion devait ravager un univers fait d'artifices et de conventions, qu'auraient-ils à y perdre ? Ensemble ils reconstruiraient un monde nouveau, voilà tout. Un monde pur et vrai dans lequel ils se sentiraient réellement à leur place — et ses enfants avec eux.

Tandis qu'Eliza gémissait contre lui, ses mains fines glissées sous sa chemise, il la souleva dans ses bras et alla souffler la flamme du lumignon. Puis, dans un rayon de lune, il l'allongea au milieu de la paille odorante et la magie de leur première nuit ensemble recommença.

Comment avait-il pu croire qu'il parviendrait à se passer d'elle ? Elle était tout ce dont il pouvait rêver, et plus encore. Les épreuves qu'ils avaient traversées depuis leur retour de l'île n'avaient fait qu'attiser la ferveur qui les liait. La séparation qu'ils s'étaient imposée donnait plus d'intensité encore à leurs caresses, à leurs baisers. D'être admis, reconnu, accepté, l'amour qui existait entre eux depuis le premier jour magnifiait leur désir, les emportait au-delà de toute limite. Ils savaient maintenant qu'ils étaient tout l'un pour l'autre, qu'il ne servait à rien de le nier.

Jamais, de sa vie, Lester n'avait ressenti quelque chose d'aussi fort. La bouche et les doigts d'Eliza semaient sur sa peau des flammes qui le purifiaient, le rendaient aussi invincible que de l'acier trempé. Ils se fondaient l'un dans l'autre, se mêlaient tels deux métaux précieux au fond d'un creuset, si intimement que plus rien, jamais, ne pourrait les séparer. Pour la première fois, l'émotion qu'il éprouvait à faire l'amour dépassait l'acte lui-même, sublimait le plaisir à un point tel qu'il devenait quelque chose de sacré, d'indicible.

Cette femme merveilleuse était la réponse à toutes ses questions. Elle dissipait tous ses doutes. C'était pour lui la femme juste, celle à laquelle il était destiné depuis toujours. Et il sentait à la façon dont elle réagissait dans ses bras, dont elle se livrait à lui avec une ardeur fiévreuse, qu'elle éprouvait la même certitude.

La violence de leurs sentiments les emporta dans un tel cataclysme qu'ils restèrent un long moment anéantis, souffles mêlés dans un dernier baiser, tels deux survivants se retrouvant seuls au monde après un ouragan.

Quand, enfin, Lester voulut s'écarter et libérer Eliza de son poids qui l'écrasait sans pitié sur la paille, elle le retint de ses bras noués autour de son cou.

— Ne partez pas..., chuchota-t-elle. Pas tout de suite.

Il rit doucement contre son épaule nue.

— Ce matelas n'est guère confortable, ma mie.

— Pour moi, il est aussi doux qu'un matelas de plumes.

Lester la couvrit d'un regard plein d'adoration,

puis sema une pluie de baisers sur son corps enchanteur.

— Je voudrais vous étendre sur un lit de nuages, ma déesse, et vous draper dans une courtepointe d'étoiles..., murmura-t-il en se redressant peu à peu. Mais le jour se lève ; il faut remettre ce rêve à plus tard.

Dans la lumière argentée de l'aurore, il l'aida à regret à renfiler sa chemise et se rhabilla à son tour. Au loin, un coq chanta dans le calme du petit matin.

— Debout, mon amour, ajouta-t-il encore en lui donnant un dernier baiser. La journée qui nous attend va être chargée. Nous avons des hôtes à entretenir, des affaires à régler... et des projets à faire.

Eliza se redressa, les sourcils froncés.

— Des projets ?

Lester sourit, le visage rayonnant.

— A propos d'un lit de nuages, ou de duvet...

— Lester.

Posant ses mains fines sur ses épaules, Eliza le contempla avec gravité. Des larmes perlaient dans ses yeux gris, et le sourire de Lester s'évanouit.

— Malgré ce qui vient d'arriver, déclara-t-elle dans un souffle, je n'ai pas changé d'avis. Je m'en vais.

Le cœur de Lester se changea instantanément en pierre.

— Vous plaisantez ?

— Non.

— Epousez-moi, Eliza.

Ses yeux s'élargirent. Elle battit des cils, l'air sidéré.

— Quoi ?

— J'ai dit : « Epousez-moi ». Et je vous fais remarquer qu'il s'agit d'un ordre, pas d'une demande.

Il s'empara de ses poignets.

— Je ne peux plus vous laisser partir. Maintenant encore moins qu'avant.

Une joie intense inonda un instant le visage d'Eliza, mais elle se dissipa aussitôt.

— C'est impossible. Jamais ces gens ne m'accepteront. Notre vie serait un enfer, Lester.

— Nous bâtirons un monde à nous, mon amour. Nous en sommes capables, vous et moi. Et peu importe ce que diront ou penseront les autres.

Il porta ses mains à ses lèvres et les baisa avec ferveur.

— Soyez ma femme, Eliza. C'est mon souhait le plus cher.

Elle ferma les yeux, éblouie par le bonheur qu'il lui faisait miroiter. Un bonheur trop grand pour elle.

— Oh ! Lester... Je ne sais que dire... Je ne sais même pas ce que je ressens. Je suis terrifiée... et si heureuse à la fois !

Elle rouvrit les paupières, dévisagea un instant

cet homme merveilleux qui avait parcouru un si long chemin pour la rejoindre et laissa éclater sa félicité.

— Au diable la prudence, répondit-elle en riant. Oui. Oui, j'accepte de vous épouser, Lester Bohannon !

QUATRIÈME PARTIE

La tempête

21

Lester et Eliza traversèrent cette journée sur un nuage, en dépit des multiples obligations qui requièrent leur attention. Ils avaient prévu d'annoncer la grande nouvelle aux enfants le soir même, après le dîner, et s'en faisaient une fête.

Sans le dire, pourtant, Lester avait hâte que tout soit réglé : il n'osait croire à son bonheur, et redoutait qu'un obstacle de dernière heure vînt lui enlever Eliza. Mais, même dans ses pires accès de pessimisme, il n'aurait pu imaginer le désastre qui allait s'abattre sur eux dans la soirée.

Avant le repas, auquel devaient encore assister lord Stewart et sa fille, il s'habilla avec le plus grand soin : pour Eliza, il tenait à ressembler aux élégants prétendants décrits dans les romans qu'elle affectionnait tant. Puis, lorsqu'il eut enfilé sur sa chemise immaculée un gilet de brocart vert sombre, une redingote de faille noire et orné ses manchettes de boutons en onyx, il chercha quel présent il pouvait lui offrir pour marquer ce grand jour.

Bien sûr, il avait prévu de commander une bague chez le meilleur joaillier de Norfolk. Mais il voulait lui donner quelque chose dès maintenant. Un bijou qui avait appartenu à sa mère, décida-t-il.

Après les déboires familiaux, il en restait fort peu. Il était certain cependant de trouver dans le coffret de Flora une délicieuse broche en or martelé qu'elle n'avait jamais voulu porter, la jugeant trop fantaisiste à son goût. Or, cette ravissante conque, qui abritait en son centre une perle fine et une émeraude, plairait beaucoup à Eliza.

Il pénétra sans émotion particulière dans l'ancien boudoir de sa femme, et se dirigea tout droit vers la grande armoire qui contenait ses accessoires. Il reconnut aussitôt le coffret en loupe d'érable, couvert d'une fine couche de poussière comme tout ce qui l'accompagnait. Tout… sauf un autre coffret en bois de rose glissé dessous, comme si quelqu'un l'avait déplacé récemment.

Intrigué, Lester tira l'écritoire qu'il avait offerte à Flora pour leur premier Noël. Puis, par simple curiosité, il la posa sur le sofa et l'ouvrit. L'épaisse liasse de lettres qu'elle contenait encore dans le tiroir inférieur l'étonna. Il en prit une, ayant l'étrange impression de reconnaître cette écriture haute et hardie — et son univers bascula.

*
* *

Quand Eliza, après avoir embrassé les enfants dans leur chambre en leur promettant de revenir plus tard avec leur père, descendit le grand escalier pour rejoindre Lester et ses hôtes dans le salon, elle se sentait des ailes. Avec un peu d'inquiétude, elle se demanda si sa félicité allait se lire sur son visage et choquer leurs invités. Ce qui lui arrivait était tellement merveilleux ! Elle était devenue une vraie belle de Virginie, comme dans ses rêves les plus inaccessibles, et elle allait épouser son prince charmant !

Sourire aux lèvres, elle se remémora les heures magiques passées dans les bras de Lester le matin même et faillit en trébucher de bonheur. Etait-il possible, vraiment, que de tels moments leur soient promis durant leur vie entière ? Les attaques qu'ils auraient à subir seraient en fin de compte un bien piètre prix à payer pour de si grandes joies.

Elle traversa le vestibule, aérienne dans sa sublime robe de gaze jaune paille au corsage rebrodé de perles fines, et à l'ourlet orné d'un ravissant bouillonné. Rien ne lui avait semblé assez beau pour ce soir ; elle voulait faire honneur à l'homme qu'elle aimait, au risque de paraître un peu trop habillée.

Au moment de franchir la porte ornée de guirlandes de roses comme le reste de la maison, une curieuse appréhension l'étreignit. Ce silence paraissait bien solennel, pour un soir de fête... Le cœur battant, elle pénétra dans le grand salon et fut surprise de n'y trouver que lord Stewart et sa fille, en train de converser à voix basse.

— Oh... pardonnez-moi, dit-elle. Je pensais que Lester était avec vous.

— Non, il n'est pas encore descendu, répondit le vieux lord. Mais entrez donc, ma chère enfant. Margaret et moi-même parlions justement du don extraordinaire que vous avez hérité de votre père.

Eliza s'avança vers eux, très émue.

— Ce don est surtout fait de beaucoup de patience, sir Alistair.

Elle hésita un instant, la gorge serrée.

— A propos de mon père... j'aimerais que vous me parliez de sa vie en Angleterre. Et de lui, si vous l'avez connu.

— Je l'ai connu, en effet. Et j'ai apprécié ses talents de jockey et d'entraîneur, comme tous ceux qui ont eu le plaisir de le fréquenter sur les champs de courses, répondit le vieil homme en terminant son xérès.

— Et ma mère ? demanda Eliza d'une voix altérée. L'avez-vous connue aussi ?

La main de lord Stewart se mit à trembler si fort qu'il dut poser son verre sur une console. Il échangea un bref coup d'œil avec sa fille, puis déclara abruptement :

— Il se fait tard, miss Flyte. Ma fille et moi devons partir de très bonne heure, demain matin, et je vous saurai gré de nous excuser auprès de notre hôte. Il a dû être retenu par un empêchement de dernière minute, je présume. Enchanté de vous avoir rencontrée.

Stupéfaite, Eliza ne put réagir qu'au moment où ils franchissaient le seuil. Faisant fi de toute fierté, elle s'empressa de les rattraper.

— Lord Stewart... Si par hasard vous vous souvenez du moindre détail concernant ma mère, je vous serais extrêmement reconnaissante de m'en faire part. Je ne l'ai jamais connue... et mon père ne m'a jamais parlé d'elle.

Lady Margaret s'était figée, très pâle.

— Père, il me semble que vous devriez...

— Non, coupa le vieux gentilhomme sans se retourner.

Eliza jeta un regard implorant à la jeune fille, mince et élancée comme une rose anglaise.

— Je vous en prie... C'est tellement important pour moi ! J'ai toujours eu la sensation qu'il me manquait une moitié de mon histoire.

Cette fois, lady Margaret posa une main impérieuse sur le bras de son père.

— Elle a le droit de savoir, père.

Le vieil homme se détourna enfin, le visage cramoisi entre ses favoris blancs. Il toussota d'un air gêné, puis revint dans la pièce.

— Je crains d'avoir à vous choquer, miss Flyte, déclara-t-il à voix basse. Henry Flyte était certes un

393

être rare sur les hippodromes, mais sa vie privée… laissait à désirer.

Eliza retenait son souffle, tendue à craquer.

— Il était connu pour ses aventures sans lendemain. Jusqu'au jour où il est tombé passionnément amoureux, ce qui lui a coûté sa carrière.

— De ma mère ?

Sir Alistair hocha la tête.

— Vous l'avez donc connue ?

— Grands dieux, non ! protesta le vieil homme, les lèvres pincées. Enfin… je veux dire… votre mère ne fréquentait pas les mêmes lieux que moi. Elle était… elle travaillait…

Lady Margaret l'encouragea d'une légère pression des doigts sur sa manche.

— Parlez, père. Miss Flyte doit savoir la vérité.

Lord Stewart se redressa, la mine sévère.

— Votre mère était serveuse dans une taverne, miss Flyte. Elle était d'une grande beauté, à ce que l'on en disait, et venait… de la Jamaïque. Sa propre mère était une mulâtresse… qui avait dû fuir en Angleterre pour recouvrer sa liberté.

Le sang d'Eliza se figea dans ses veines.

— Vous voulez dire que ma grand-mère maternelle était une esclave, et ma mère ce que l'on appelle une quarteronne ?

— Exactement, miss Flyte.

Bouleversée par cette révélation qui dissipait d'un

coup tant de mystères, la jeune femme s'obligea à poser la dernière question qui lui tenait à cœur :

— Quel était son nom ? Le savez-vous ?

— Non, malheureusement. La dernière chose que l'on ait sue d'elle dans les cercles hippiques, où cette affaire fit grand bruit, est qu'elle est morte en couches. Henry Flyte a disparu tout de suite après. Je suis navré, miss Flyte.

— Vous n'avez pas à l'être, sir Alistair. Au contraire. Je vous remercie profondément de m'avoir dit la vérité. Ce que vous venez de m'apprendre ne change en rien la personne que j'étais il y a cinq minutes, avant vos révélations.

— Pour quelqu'un qui a l'esprit ouvert, certes. Mais nous sommes en Virginie, miss Flyte, dans un Etat où des gens comme votre mère, même affranchis, n'ont pas le droit d'épouser une personne de race blanche. Cela dit, il est évident que vous pouvez compter sur ma discrétion la plus absolue.

Un frisson glacé parcourut le dos d'Eliza. Avec un tact tout britannique, lord Stewart ne mentionnait que sa mère, qui possédait un quart de sang noir. Mais elle savait que la loi visait aussi les descendants de quarterons : considérée comme une personne de couleur, au même titre que Noah, elle ne pouvait légalement épouser Lester.

Elle comprenait maintenant pourquoi son père lui avait tu ce secret et l'avait tenue si soigneusement à l'écart du monde : il voulait la protéger, tout en essayant de son mieux de changer la société ignominieuse qui avait causé tant d'injustice et de souffrances autour de lui.

Elle comprenait aussi l'étrange attitude de Nancy, le jour de leur rencontre, et ses mises en garde voilées concernant la haute société de Tidewater : la vieille Noire, avec l'acuité d'une aveugle, avait perçu en elle les lointaines racines qui les liaient — et le mal qui pouvait en résulter pour elle.

Mais surtout, elle savait à présent que ses ennemis disposaient d'une arme dont ils n'hésiteraient pas à se servir pour « sauver » l'un des leurs...

Soudain elle se remémora avec une intense tristesse la malheureuse fiancée espagnole qui n'avait jamais vu le jour de son mariage. Comme elle, elle partirait pour la Californie ; mais si elle y arrivait ce serait seule, après avoir laissé derrière elle l'homme qu'elle aimait plus que tout au monde.

Wreck Island, apparemment, semblait destinée à n'abriter que des cœurs en peine et des amours brisées.

Dans une sorte d'état second, Eliza regagna le premier étage et se mit en quête de Lester, dont l'absence était inexplicable. Lorsqu'elle vit que la porte de Flora était entrebâillée, un nouveau choc la terrassa. « L'écritoire ! » pensa-t-elle aussitôt, saisie d'épouvante. Lester avait dû la trouver ; seule une découverte de ce genre avait pu l'empêcher de rejoindre ses hôtes pour leur dernière soirée à Whitefield.

Le cœur battant à se rompre, elle poussa la porte et leva sa lampe afin d'éclairer la pièce plongée dans l'obscurité. Lester était figé près du sofa, face aux lettres dépliées sur les coussins.

— Oh, Lester..., gémit-elle. J'aurais tellement voulu vous éviter cette peine !

Il releva vers elle un visage aux traits contractés. Ses yeux bleus luisaient d'un feu qui semblait le dévorer intérieurement.

— Ainsi, c'était vous, déclara-t-il d'un ton âpre, rendu cassant par le whiskey. Je me demandais qui avait caché cette écritoire. Où l'avez-vous trouvée ?

Plus de mensonges, plus de secrets, décida Eliza. La dissimulation avait causé trop de mal dans cette famille. La vérité était douloureuse, certes, mais elle avait le mérite d'assainir les plaies et de permettre la guérison.

— C'est Blue qui me l'a remise, murmura-t-elle, le cœur brisé en songeant au terrible sacrifice du petit garçon. Il avait promis à Flora de la mettre en sécurité et de ne jamais, jamais en dire un seul mot. C'était la raison de son mutisme.

Lester serra les poings et les mâchoires.

— Par tous les diables ! jura-t-il. Cette femme était pire encore que je ne l'imaginais ! Comment a-t-elle pu imposer pareille torture à son propre enfant ? Elle a bien mérité sa mort, en fin de compte. Puisse-t-elle rôtir en enfer, et Charles avec elle quand je l'aurai tué en duel !

De saisissement, Eliza faillit lâcher la lampe qu'elle tenait.

— Charles ? releva-t-elle dans un souffle. Ces lettres étaient de lui ?

— Oui, ma chère ! répondit Lester avec un rire grinçant. Mon propre cousin, dont j'appréciais tant les attentions qu'il avait pour Flora ! Un jeune homme remarquable, ce Charles : il s'occupait pour moi de mes chevaux, de mes enfants et de mon épouse ! S'occupera-t-il aussi de vous, quand vous serez ma femme ?

La bouche sèche, Eliza se sentit devenir livide. Au bout de quelques secondes interminables, elle parvint enfin à articuler :

— Je ne puis vous épouser, Lester.

— Quoi ?

Crucifiée par la douleur supplémentaire qu'elle était obligée de lui infliger, Eliza murmura :

— Je viens d'apprendre par lord Stewart que ma mère était une quarteronne originaire de la Jamaïque, où sa propre mère était esclave.

Il fronça les sourcils, la dévisageant avec une intensité qui la fit frémir. Puis, d'un geste rageur, il arracha son foulard et le roula en boule.

— Et alors ? répliqua-t-il avec violence. Qu'est-ce que cela change ? Devrais-je cesser de vous aimer parce que vous possédez un huitième de sang noir ? Qui vous prouve que cette histoire est vraie, en outre ?

— Elle l'est, Lester, j'en suis sûre. Et dans ce pays cela change tout, vous le savez aussi bien que moi.

— Nul n'est obligé de le savoir, sapristi ! Vous l'avez ignoré vous-même pendant plus de vingt ans !

Eliza eut un petit rire amer.

— Quand vos prétendantes sauront que nous sommes fiancés, leurs familles remueront ciel et terre pour empêcher ce mariage, Lester. Et il leur sera très facile de remonter jusqu'à Londres, où le scandale causé par mon père n'a pas été oublié. Même si nous décidions à nos risques et périls d'enfreindre la loi, imaginez les tourments qu'auraient à subir vos enfants, quand cela se saurait. Leur avenir en serait entaché à jamais.

Lester n'eut rien à répondre à cela. Brisé par ce dernier coup du sort, il se laissa choir sur le sofa et revit comme dans un rêve les heures merveilleuses qu'il avait partagées avec Eliza — depuis l'instant où il avait débarqué sur Wreck Island jusqu'à cette seconde fatidique où elle était venue lui annoncer un autre naufrage, celui de leur amour.

— J'ai toujours voulu savoir qui était ma mère, ajouta-t-elle dans un souffle. Je ne pouvais imaginer que cela changerait le cours de ma vie.

Lester tourna la tête vers la haute fenêtre, d'où l'on voyait briller une lampe dans le baraquement occupé par Noah.

— Certaines vérités gagnent à être ignorées, répondit-il d'un ton crispé.

Il tira sa flasque de whiskey de sa poche et la porta à ses lèvres. Quand Eliza quitta la pièce, le laissant prostré dans sa douleur, il ne s'aperçut même pas de son départ.

CINQUIÈME PARTIE

L'embellie

22

Cielito, Californie — Décembre 1854

On la surnommait « La Llorona », l'éplorée,
parce qu'elle paraissait toujours tellement triste.
Pourtant, chaque fois qu'Eliza surprenait Anita, la
cuisinière, ou l'un des *gauchos* du ranch en train
de l'observer, elle s'efforçait de sourire. De fait,
elle était loin d'être malheureuse, se répétait-elle,
et avait mille raisons de remercier le ciel.

Le bateau qui l'amenait en Californie avait accosté
dans la baie de San Francisco à la saison des mois-
sons, époque fertile et riche en promesses. Dans
son sac de voyage, elle avait trouvé un billet de
change rédigé à son nom par Lester. Le montant
lui avait paru faramineux et elle ne s'attendait pas
à un tel cadeau, mais elle n'avait pas eu la légèreté
de le déchirer dans un geste de chagrin ou de fierté
déplacée. Elle avait un avenir à construire, cette
somme lui serait nécessaire. En outre, utiliser cet
argent lui donnait l'impression que Lester faisait
toujours partie de sa vie, d'une certaine façon, et

jamais elle n'aurait pu détruire un présent venant de lui.

Ce n'était pas la seule chose qu'il lui avait laissée. Leur dernière nuit d'amour avait porté ses fruits et elle sentait déjà bouger en elle le cadeau le plus précieux, le plus extraordinaire qu'un homme pouvait faire à la femme qu'il aimait : un bébé.

Parfois, à l'idée d'être seule pour l'élever, la panique la gagnait. Mais elle se souvenait alors de Blue et de Belinda, de l'affection qui s'était si vite tissée entre eux, et elle se rassurait en se disant qu'il était somme toute très facile d'aimer un enfant. Il suffisait de suivre son instinct, d'écouter ses besoins et de lui donner le meilleur de soi-même.

Ici, en Californie, nul ne se préoccuperait de ses origines. Les enfants qui couraient à travers le Rancho del Mar avaient du sang indien, espagnol, anglo-américain ou africain et personne ne songeait à s'en offusquer. Néanmoins, par égard pour l'enfant à venir, elle avait déclaré à Roberto Montgomery et à sa femme qu'elle était veuve. Elle n'avait pu, ni voulu, en dire davantage.

Certains soirs, dans ce pays sauvage et magnifique si semblable à ses gravures jaunies, elle s'asseyait face à l'océan sous la véranda de son bungalow et le chagrin la submergeait. Elle repensait avec une nostalgie poignante à Blue, à Belinda, à la promesse qu'elle leur avait faite de les revoir et de leur écrire le plus souvent possible. Quant à

Lester, sa pensée ne la quittait jamais. Elle évoquait avec une émotion toujours aussi intense la façon dont il avait su toucher son cœur, et découvrait qu'un amour aussi fort ne pouvait pas s'éteindre, contrairement à ce qu'elle avait cru jadis.

Aussi, le plus souvent possible, elle travaillait d'arrache-pied toute la journée dans le manège voisin de sa maison, dressant juments et poulains avec les méthodes chères à son père. C'était sa façon à elle de survivre dans cette contrée étrangère, et de s'étourdir de fatigue pour sombrer la nuit venue dans un sommeil de plomb.

Ce matin-là, elle s'occupait d'une jolie pouliche qui avait déjà revêtu son pelage d'hiver quand un vent frais venu du Pacifique lui fit tourner les yeux vers la côte, du côté du port.

D'un geste machinal elle lissa sa robe plaquée sur son ventre rond et plissa les paupières en voyant Caliban folâtrer sur la prairie qui descendait jusqu'à la mer en jappant comme un fou.

Ce chien serait toujours aussi loufoque, pensa Eliza, mais elle était heureuse de l'avoir emmené avec elle. Il était le dernier souvenir qui lui restait de son père et de leur vie sur Wreck Island.

Soudain, alors qu'elle effleurait du regard les mâts des navires ancrés au large, la stupeur lui fit lâcher la longe qu'elle tenait. Ce pavillon écarlate... Etait-ce possible ?

Avec un cri étranglé, elle saisit sa jupe à deux

mains et s'élança en courant vers le ponton. A l'instant où elle l'atteignait, les passagers du schooner étaient en train de débarquer d'une chaloupe. Deux petites silhouettes se précipitèrent vers elle et elle s'agenouilla dans l'herbe, en larmes, les bras grands ouverts pour les recueillir sur son cœur.

— C'est nous, Eliza ! cria Belinda de sa voix flûtée. Oncle Peter nous a amenés jusqu'ici sur son bateau !

— Est-ce que vous êtes surprise ? demanda Blue tandis qu'elle les serrait contre elle avec un bonheur infini.

— J'en suis renversée ! répondit la jeune femme avec un immense sourire. Je n'arrive pas à croire que vous êtes bien ici, avec moi.

Ils se redressèrent. Caressant leur tête blonde, Eliza porta alors les yeux vers le quai et aperçut Lester. Son cœur se contracta sous l'effet d'une joie indicible, mais aussi d'une appréhension sans bornes.

— Suivez Caliban jusqu'à la maison, les enfants, dit-elle d'une voix altérée. Vous y trouverez une dame très gentille, nommée Anita, qui vous donnera à boire et à manger.

Belinda et Blue s'éloignèrent en riant à cœur joie. Immobile, Eliza regarda approcher Lester — si grand, si beau... et si grave. Il était le même que dans son souvenir, et pourtant il lui semblait changé. Profondément. Mais un tel amour brillait dans ses yeux bleus qu'elle se sentit rassurée, et tellement bouleversée qu'elle en perdit l'usage de la parole.

— Je n'ai pas pu tenir plus longtemps, déclara-t-il de cette belle voix chaude et traînante qu'elle n'avait jamais pu oublier. Vous me manquiez trop.

A cet instant, un coup de vent plaqua la robe de la jeune femme sur son ventre et il la contempla avec stupeur.

— Dieu du ciel, Eliza…

Elle voulut sourire, mais un flot de larmes s'échappa de ses yeux gris.

— Surprise…, murmura-t-elle d'une voix étranglée.

Lester l'enlaça avec tant de tendresse, de douceur et de vénération que ses pleurs redoublèrent. Les deux bras noués autour de lui, elle enfouit son visage dans son épaule.

— Je vous aime, chuchota-t-il dans ses cheveux. Je vous aime comme un fou.

— Moi aussi, Lester, je vous aime et je vous aimerai toujours. Vous le saviez, n'est-ce pas ?

Il sourit.

— Oui, je crois que je le savais, déclara-t-il en l'embrassant avec passion.

Enivrée par ce baiser qui lui rendait tout ce qu'elle avait cru perdu à jamais, Eliza le regarda, les yeux brillants.

— Nous n'avons jamais eu de problème de ce côté-là, n'est-ce pas ?

— Non, mon amour, répondit Lester en riant. Et j'ai une bonne nouvelle à vous annoncer : je ne bois plus.

Il redevint sérieux.

— J'ai cessé de boire le jour où vous êtes partie. Le désir de vous retrouver a remplacé le whiskey. Je n'aurai plus besoin que de vous, désormais. De notre amour, de nos enfants... et de la vie que nous allons bâtir ici tous ensemble.

Eliza pâlit sous le coup de la surprise et de l'émotion.

— Ici ?

Il l'embrassa encore, puis déposa des baisers sur son front, sur son nez, sur ses paupières.

— Je suis venu pour rester. Si vous voulez de moi, ma douce. Et de Blue et Belinda. La Virginie ne changera jamais. Le nouveau monde que je vous avais promis se trouve ici, sur ces terres vierges, au milieu de ces chevaux que nous aimons tant tous les deux.

— Mais comment pouvez-vous abandonner Whitefield, après tout ce que vous lui avez donné ?

— Sans vous Whitefield ne me suffisait plus, Eliza. Après votre départ, le rêve s'est changé en purgatoire. J'avais de plus en plus de mal à feindre un enthousiasme qui ne m'habitait plus. Charles a beaucoup mûri, après la confrontation que nous avons eue à propos de Flora. Il a reconnu ses torts, j'ai reconnu les miens... et j'ai réussi à pardonner sa trahison à ma femme. Je n'étais pas l'époux qu'il lui fallait ; si Charles ne s'était pas trouvé là, elle aurait cherché un autre amant pour se consoler de mon indifférence.

Il sourit.

— Désormais, Charles et Noah Bohannon géreront le haras à ma place. Grâce à vous et à sir Finnegan, leur fortune est assurée. Finn a gagné toutes les courses de la saison, et son calendrier d'étalon est complet pour trois ans. Quant aux rêves, ajouta-t-il en posant sa large main sur le ventre de la jeune femme, je sais maintenant qu'il est encore meilleur de les construire que de les voir aboutir. J'ai appris cela de vous, Eliza Flyte Bohannon. Et je suis prêt à recommencer avec vous aussi longtemps et aussi souvent que vous le voudrez.

L'amour et la confiance inébranlable qui émanaient de son regard bleu émurent Eliza jusqu'au fond de l'âme. Le miracle qu'elle n'osait plus espérer s'était produit : à son tour il était guéri. Enfin. Après tant de souffrances, cet homme merveilleux échoué un jour sur son île déserte méritait amplement tout le bonheur dont elle était décidée à le combler jusqu'à son dernier jour.

— Si nous sommes faits de la même étoffe que nos rêves, dit-elle à mi-voix, citant le magicien

Prospero, je veux bien rêver avec vous jusqu'à la fin des temps, Lester Bohannon.

— Et moi, adorable Miranda, j'espère vous charmer aussi longtemps que le prince Ferdinand.

Ils s'étreignirent et s'embrassèrent encore, mêlant à leur baiser la sauvage beauté de Wreck Island et l'enchantement qui les avait unis sous le scintillement de ses étoiles. Ces moments-là demeureraient à jamais leur trésor secret. La Virginie et ses épreuves, le feu qui avait trempé leur amour.

Il leur restait maintenant à poursuivre au bord d'un autre océan le rêve de Henry Flyte, le dresseur de chevaux par qui le destin les avait réunis.

Du haut du perron, Blue les observait en souriant. Un instant, un gros nuage noir cacha le soleil. Mais le petit garçon ne perdit pas son sourire. Il savait maintenant que la vie était faite d'une succession de moments sombres et de moments lumineux. Quand le ciel s'obscurcissait, il suffisait de prendre patience et d'attendre l'embellie.

Elle finissait toujours par arriver. Toujours.

… / …

... / ...

* *titres réunis dans un volume double*

** *titres réunis dans le volume intitulé : Magie d'hiver 2007*

*** *titres réunis dans le volume intitulé : Passions d'été*

**** *titres réunis dans le volume intitulé : Magie d'hiver 2008*

7 TITRES À PARAÎTRE EN AVRIL 2009

Composé et édité par les
éditions Harlequin

Achevé d'imprimer en Allemagne
par GGP Media GmbH, Pößneck
en janvier 2009

Dépôt légal en février 2009
N° d'éditeur : 14016